Entre as estrelas

KATIE KHAN

Entre as estrelas

Tradução
Carolina Simmer

2ª edição

Rio de Janeiro | 2021

Copyright © Katie Wood 2017

Título original: *Hold back the stars*

Texto revisado segundo o novo
Acordo Ortográfico da Língua Portuguesa

2021
Impresso no Brasil
Printed in Brazil

CIP-BRASIL. CATALOGAÇÃO NA PUBLICAÇÃO
SINDICATO NACIONAL DOS EDITORES DE LIVROS, RJ

Khan, Katie
K56e   Entre as estrelas / Katie Khan; tradução de Carolina Simmer. – 2ª ed. –
2ª ed.   Rio de Janeiro: Bertrand Brasil, 2021.
       280 p.; 23 cm.

       Tradução de: Hold back the stars
       ISBN 978-85-286-2181-5

       1. Romance inglês. I. Simmer, Carolina. II. Título.

17-42543   CDD: 823
                                           CDU: 813.111-3

Todos os direitos reservados pela:
EDITORA BERTRAND BRASIL LTDA.
Rua Argentina, 171 – 2º andar – São Cristóvão
20921-380 – Rio de Janeiro – RJ
Tel.: (21) 2585-2000 – Fax: (21) 2585-2084

Não é permitida a reprodução total ou parcial desta obra, por
quaisquer meios, sem a prévia autorização por escrito da Editora.

Atendimento e venda direta ao leitor:
sac@record.com.br

Parte um

Um

— Acabou.

Os dois giram abruptamente, entrando em foco: a respiração de Carys é pesada, um pânico arfante invade seu capacete de vidro.

— Merda — diz ela. — Eu vou morrer.

A astronauta tenta alcançar Max, mas o movimento o faz flutuar para longe e sair do seu alcance.

— Não vamos.

— Vamos morrer. — A voz dela falha por causa dos arquejos, o barulho soa alto no capacete de Max. — Ah, meu Deus...

— Não diga isso.

— Vamos morrer. Ah, meu Deus...

Os dois estão flutuando pelo espaço, girando para longe da espaçonave, duas manchinhas pontilhistas em uma tela infinitamente escura.

— A gente vai ficar bem.

Max olha ao redor, mas não há nada ali: nada além do ilimitado universo negro à sua esquerda e da Terra suspensa em um tecnicolor glorioso à direita. Ele se estica para pegar o pé de Carys. Seus dedos roçam a bota antes de ele sair girando, afastando-se, sem conseguir parar.

— Como você consegue ficar tão calmo? — quer saber ela. — Ah, mas que inferno...

— Pare, Carys. Vamos lá, controle-se.

Os pés dela surgem diante de Max, e o rosto dele gira, parando diante dos joelhos da companheira.

— O que podemos fazer?

Max une as pernas ao tronco o máximo possível, tentando vencer o pânico e calcular a possibilidade de mudar o eixo em que roda. O fulcro? O eixo? Ele não sabe.

— Não sei — responde —, mas você precisa se acalmar para pensarmos numa solução.

— Ah, meu Deus! — Carys agita os braços e as pernas, fazendo de tudo para interromper a trajetória dos dois para longe da nave, mas é inútil. — Mas que merda nós vamos fazer?

Tendo sido acertada com mais força pelo impacto, ela se move mais rápido que ele.

— Estamos nos afastando enquanto caímos, Cari, e, daqui a pouco, estaremos longe demais para voltar para perto um do outro.

— Estamos em trajetórias diferentes...

— Sim. — Ele pensa por mais um instante. — Precisamos nos juntar — diz. — Agora.

— Tudo bem.

— Quando eu contar até três, estique os braços na minha direção, como se fosse mergulhar numa piscina. — Max demonstra o movimento. — Incline o tronco para a frente o máximo que puder. Vou tentar jogar as pernas na sua direção, então me agarre. Combinado?

— No três.

O sistema de áudio dos dois estala.

— Um. Dois...

— Espere! — Carys levanta a mão. — Não podemos usar o impacto para alterar a trajetória de volta para a *Laertes*?

Com as laterais pintadas de preto fosco e nenhuma luz visível no casco, a *Laertes* paira abandonada acima deles, uma espaçonave vagando pela noite.

— Como?

— Se um de nós acertasse o outro com força suficiente — diz ela —, isso nos empurraria de volta?

Max pensa. Talvez. *Talvez?*

— Não. Vamos nos prender um ao outro primeiro, e depois nos preocupamos com isso. Antes que seja tarde demais. Não quero perder você por aí. Pronta?

— Pronta.

— *Agora!*

Carys joga o corpo para a frente enquanto Max joga as costas para trás. Os braços dela se esticam enquanto ele impulsiona as pernas na sua direção; por um segundo, os dois ficam suspensos, como dois apóstrofos, antes de o impulso deixá-los paralelos um ao outro, encontrando-se. Ela agarra as pernas dele, abraçando seus pés.

— Peguei você.

Agora, encarando os pés um do outro, eles usam os braços para virar no sentido horário, girando lentamente até estarem, finalmente, cara a cara.

— Olá.

Ela passa os braços em torno do pescoço de Max. Ele tira um cabo do bolso na coxa do traje e gentilmente o passa ao redor dos dois, prendendo-a ao seu corpo.

Max respira fundo.

— Precisamos de um plano. — Ele encara a *Laertes*, à espreita na sombra do espaço, enquanto os dois se afastam cada vez mais. — Precisamos de ajuda.

Carys está às suas costas, onde vasculha a parte de trás do traje prateado de Max.

— E quem nos ajudaria? Não encontramos ninguém desde...

— Eu sei.

— Nós temos luzes — diz ela —, corda, água... Por que não pegamos o propulsor? Somos muito burros.

— Precisávamos tentar...

— Precisávamos ter arranjado tempo para isso. Você deveria ter me deixado voltar para pegar o nitrogênio...

— Era uma *emergência*. O que você queria que eu fizesse? Ficasse olhando sua cabeça encolher enquanto você morria sufocada?

Ela dá a volta, de forma que agora ficam capacete a capacete, e lhe lança um olhar de reprovação.

— Não é assim que acontece, e você bem sabe. A AEVE disse que o encolhimento de cabeças era um mito do século XXI, difundido por filmes idiotas.

— A AEVE disse várias coisas. Disse que estaríamos completamente seguros, que nada daria errado. — Max dá palmadinhas no emblema azul da Agência Espacial do Voivoda Europeu na manga do seu traje espacial. — Eles também nos fizeram assinar um termo de responsabilidade e consentimento de riscos, se você não lembra.

— Não acredito que isso está acontecendo. — Carys olha ao redor. — Vamos tentar falar com Osric?

— Sim. É claro. Sim!

Max dá um abraço brusco em Carys.

Ela coloca o flex nas juntas da mão e move os dedos para digitar, a faixa de tela vazada medindo o reflexo dos músculos e os movimentos dos dedos em um teclado invisível.

Osric, está recebendo esta mensagem?

E aguarda.

Você está aí, Osric?

`Estou aqui, Carys.` Ela escuta um *ping* pelo sistema de áudio, e as palavras aparecem em azul no lado esquerdo do visor do capacete.

— Graças a Deus. Max, consegui contato com Osric.

Pode pedir ajuda?

`Claro, Carys. Para quem você quer pedir?`

Para a base? A AEVE? Qualquer um?

— Pergunte se tem alguma espaçonave por perto — diz Max. — Só para garantir.

Há alguém perto o suficiente para nos resgatar, Osric?

`Não, Carys. Sinto muito.`

Tem certeza?

`Sim, Carys. Sinto muito.`

Pode entrar em contato com a Terra?

`Não, Carys. Sinto muito.`

Ela grita de frustração, o som se distorce dentro do capacete e através do sistema de áudio.

Por que não?

`Meu receptor foi danificado no acidente. Acredito que Max estava tentando consertá-lo quando perdemos o oxigênio, Carys.`

Merda.

`Não entendi, Carys.`

Desculpe, Osric. Digitei errado.

`Não há problema, Carys.`

Temos um problema sério, Osric. Pode ajudar?

`Como posso ajudar, Carys?`

Ela suspira.

— Max... Não estou chegando a lugar nenhum com esta coisa.

Ele afaga a manga do traje espacial dela.

— Não tive tempo de conectar meu flex, Cari, então isso é com você por enquanto. Descubra tudo que puder. Existe algum veículo na região?

Carys nega com a cabeça.

Osric, escreve ela, *pode enviar a* Laertes *até nós?*

`Negativo, Carys. Os sistemas de navegação não respondem.`

Pode movê-la?

`Negativo, Carys. Os sistemas de navegação não respondem.`

Girá-la?

`Negativo, Carys. Os sistemas de navegação não respondem, nem mesmo o sistema de orientação que me permitiria girar a` Laertes.

Se Carys pudesse enterrar as mãos nos cabelos, seria isso o que faria, mas elas estavam presas dentro das luvas, e sua trança castanho-claro estava coberta pelo capacete de astronauta. A pequena margarida presa à orelha saíra um pouco do lugar.

Pode nos ajudar a calcular como voltar para a nave?

`Carys? Se me permite fazer uma sugestão, há algo mais urgente para discutirmos...`

Calcule como voltar para a nave, Osric.

`A Análise Situacional me diz que a trajetória atual não permite retorno para a Laertes sem propulsores de nitrogênio, Carys. Vocês têm um propulsor de nitrogênio, Carys?`

Pode parar de usar meu nome no fim de cada frase, Osric?

`Claro.`

Obrigada. Não, não temos um propulsor. Existe alguma alternativa?

`Por favor, aguarde enquanto a Análise Situacional faz os cálculos.`

Depressa.

— Osric disse que não podemos voltar para a nave sem propulsores.

Max faz uma careta.

— Sem chance?

Carys? Há algo mais urgente para discutirmos...

Espere.

— O que mais podemos tentar? Osric disse que os sistemas de navegação estão desligados. Será que pergunto se...

Carys?

O que foi, Osric?

A Análise Situacional mostra que seus cilindros de ar não estão cheios.

Já faz bastante tempo que estamos fora da Laertes.

A soma do ar restante e do oxigênio usado não é igual ao total cumulativo.

O que isso significa? Fale a minha língua, Osric. Por favor.

Seus cilindros de ar não estavam completamente cheios.

O quê?

Além disso, a Análise Situacional detecta que estão vazando.

— O quê?

A surpresa a faz esquecer que Osric não pode escutá-la, então Carys digita a pergunta mais uma vez, rapidamente.

O quê?

Os cilindros de oxigênio de vocês dois foram danificados, Carys.

Quanto de ar ainda temos?

— Cari? — chama Max.

Calculando...

Depressa, Osric.

Sinto informar que vocês têm apenas noventa minutos de ar, Carys.

Dois

Noventa minutos

— Cari. O que aconteceu? — Max agarra seus ombros, mas ela está inconsolável. — O que Osric disse?

    Desculpe por dizer "Carys", Carys.

— Noventa minutos — diz ela, arfando aflita. — Só temos ar suficiente para mais noventa minutos.

Ele se afasta, chocado.

— Não pode ser. Não pode. Deveríamos ter pelo menos quatro ou cinco horas. Nós...

— Vamos morrer, Max. E logo.

Carys segura as lágrimas enquanto Max pensa nas palavras certas.

— Precisamos voltar para a nave agora. — Finalmente diz. — Em primeiro lugar, você precisa se acalmar. Está gastando o ar mais depressa.

— Nosso ar está vazando.

Ele tem um sobressalto.

— Está? Agora?

— Agora. Osric disse que há um vazamento nos tanques.

— Nos dois? — pergunta Max.

— Nos dois.

— Merda. — Desta vez, é ele quem xinga. — Precisamos consertá-los agora mesmo. — Max a encara, analisando o tamanho do seu pânico. — Acha melhor eu encontrar o seu furo enquanto você recupera o fôlego?

— Não, não precisa — diz ela, o coração martelando no peito. — Vou consertar o seu primeiro. — Carys solta o cabo ao redor deles, e os dois se afastam quase como em um passo de balé. — Abra os braços e as pernas — orienta, segurando-o pelo punho e pelo tornozelo. A única camada de tecido que cobre a pele de Max e forma uma superfície pressurizada e resistente contra o vácuo do espaço, como uma mistura de roupa de mergulho com cota de malha, mas completamente maleável para movimentos humanos, é macia sob seu toque. — Não solte a minha mão.

Max estica as mãos e os pés, flutuando na altura da cintura de Carys. Ela se inclina para analisar o traje mais de perto, sem soltar sua mão. Não é algo muito fácil de fazer, uma vez que os dois não estão imóveis, mas caindo em um movimento contínuo e em meio à escuridão, no que parece um lugar abandonado por Deus, fora da Terra.

Rapidamente, ela passa a mão livre e os olhos pelo cilindro metálico prateado. Cada seção é dividida por entalhes com moldes fluidos, os displays azuis na lateral são as únicas fontes de cor. Carys inspeciona todos os ângulos até encontrar o furo, bem lá no fundo: uma fina lufada de moléculas de ar que escapam, quase imperceptível a olho nu, visível apenas por causa da busca desesperada e das moléculas que flutuavam para longe, finalmente livres da gravidade.

— Achei.

Ela tira a fita adesiva do bolso no joelho, sempre mantendo um kit para retalhos à mão, e a alisa sobre o cilindro, certificando-se de que as moléculas não conseguem escapar pelas laterais.

— Pronto? — pergunta Max.

Osric, escreve ela, *isso consertou o vazamento?*

O texto azul surge no seu vidro, acompanhado do *ping* que se tornou, de alguma forma, reconfortante.

`Afirmativo, Carys.`

— Pronto. — Ela assente para Max com a cabeça, soltando o ar.

— É melhor consertarmos o seu.

Carys hesita.

— Não era para ser assim. Nem deveríamos estar aqui.

— Pare com isso, Cari.

— Só temos noventa minutos de ar.

Finalmente, um soluço escapa, uma explosão rápida que abafa os tons tranquilizadores e o ar calmo de Max — porque é isso que ele faz nos momentos problemáticos. Distancia-se do confronto, do estresse e das emoções esmagadoras de Carys: é isso que ele faz. Em um minuto, soltará uma piada.

— Bem, não sei o que você pretende fazer — diz ele —, mas eu vou postar uma avaliação bem ruim sobre viagens espaciais no MenteColetiva.

— Cale a boca, Max — responde ela, apesar de a previsibilidade acalmá-la um pouco. — Agora não é o melhor momento para o seu senso de humor horroroso.

— Eu sei.

As piadas dele sempre apareciam nos piores momentos: durante os treinamentos para astronauta; em enterros; no dia em que se conheceram.

— O que vamos fazer?

— Vamos nos acalmar, nos reorganizar, e, então, eu vou salvá-la. — Max sorri. — Como sempre.

*

Os dois se conheceram no terceiro mês da Rotação, quando, sendo uma moradora nova de uma cidade europeia nova, Carys aprendia outros idiomas no laboratório linguístico da região.

— Meu colega veio do Voivoda 11 — dissera Carys para o instrutor —, então preciso aprender grego moderno, por favor.

Decorado como se fosse uma cafeteria retrô, o laboratório linguístico do Voivoda tinha uma iluminação fraca genérica, sofás de couro falso e o cheiro de milhares de grãos de café arábica de baixa qualidade que foram torrados demais. Um pôster alegre atrás do balcão declarava: "O aprendizado de cinco idiomas permite que você converse com 78% da população da Terra."

O instrutor emitiu um bipe e acendeu uma luz verde, e a mesa de Carys começou a projetar os guias e cursos.

— Obrigada.

Ela colocou o flex na mão e começou a tarefa ingrata de copiar o alfabeto grego várias vezes. No meio da terceira rodada, lembrou-se do jantar. Uma cascata de informações em tempo real se movia por três paredes — os "Rios de Mural" exibiam uma transmissão constante de notícias, previsões do tempo e atualizações. Carys digitou rapidamente uma pergunta simples no MenteColetiva, o canal local. *Alguém sabe onde encontro gordura de ganso no Voivoda 6?* As palavras apareceram em um espanhol perfeito, pulsando por alguns segundos na parede antes de se perderem no rio de comentários, perguntas e piadas nos vários idiomas falados na Voivodia. Ela chegou ao ômega e voltou para o início do alfabeto grego.

Ping. Carys olhou para cima; alguém havia respondido.

Para que alguém precisa de gordura de ganso hoje em dia? Estava escrito em francês.

Sentindo-se rebelde, respondeu em catalão: *Para cozinhar.*

Ping. Romeno. *Por que alguém precisa cozinhar hoje em dia?*

Batatas assadas. Português.

Eu perguntei por que *alguém precisa cozinhar.* Alemão.

Como seu domínio das línguas germânicas era mais fraco, Carys mudou para o italiano, com o início de um sorriso surgindo no canto da sua boca.

Vizinhos novos. Queria servir batatas assadas e crocantes para eles. Alguma sugestão?

Italiano mais uma vez. *Para seus vizinhos novos? Nenhuma. Sinto muito.*

Em um jogo de batalha linguística, aquela repetição de idioma era uma pequena vitória, e ela sorria abertamente agora.

Talvez você seja um dos meus vizinhos. Talvez eu acabe lhe servindo uma batata assada tão borrachuda que vai parecer que está mastigando uma bola. Aí você vai desejar ter me ajudado a encontrar gordura de ganso.

Ping. *Não confio em estranhos cozinhando para mim.*

Mas estranhos não cozinham para você nos restaurantes da Rotação?, retrucou ela.

Na verdade, não. Sou chef de cozinha, então é fácil.

Carys fez uma pausa.

Você trabalha no RR?

Sim.

Ótimo. Talvez possa me ajudar com umas dicas de culinária. Por acaso sabe onde encontro gordura de ganso por aqui?

Nenhuma resposta.

Por favor? Ela adicionou uma carinha sorridente para amenizar o tom.
*Ping. Tente o supermercado clássico logo depois da Passeig.
Obrigada.*
Eles vendem até comida enlatada, por incrível que pareça, hoje em dia.
Você é obcecado com "hoje em dia", respondeu Carys. *Já é a terceira vez que fala disso.*
E quem não é? Tanta coisa mudou.
É verdade. Obrigada pela ajuda, mais tarde passo no supermercado.
Então ela terminou seis iterações do alfabeto grego e removeu a tela dos pulsos, pensando em batatas assadas em sete idiomas diferentes.

Carys saiu na bela noite de setembro, a comichão de uma brisa passando pelas ruínas. As estruturas de vidro e aço brotavam de tijolos e fundações de edifícios perdidos havia muito tempo, suas carapaças fantasmagóricas preservadas e estruturalmente sustentadas por interiores novos em folha. Em alguns pontos, os resquícios de passagens estreitas e paredes altas e rebocadas surgiam, fortalecidas por vigas de aço. Lá dentro, as ruínas abrigavam cômodos formados por largas placas de vidro: uma modernidade brilhante, abrigada como uma matriosca em estruturas despedaçadas e antigas.

A luz enfraquecia, transformando-se em um brilho alaranjado, enquanto Carys atravessava praças cheias de cafés, abraçando os antebraços nus contra o peito. Seu chip parou em um ponto atrás dela, fazendo-a interromper a caminhada em uma esquina.

— Deixe de tristeza, meu amor, pode ser que nada aconteça. — Ouviu, e virou o pulso com irritação.

— Se os meteoros começarem a aniquilar a humanidade, eu sei quem quero que seja o primeiro da fila — murmurou Carys, enquanto o chip a atualizava sobre o caminho a seguir.

Ao chegar em uma rua larga e pavimentada com pedrinhas, ladeada por árvores, ela dobrou em uma viela cheia de lojas, as fachadas inclinadas para a frente, por causa da idade, escoradas por vigas de aço. Uma cortina de contas multicoloridas enfeitava uma pequena porta, e o letreiro iluminado acima da vitrine anunciava *Supermercados Fox*. Havia um suporte de jornal do lado de fora, e uma manchete exibia em luzes brilhantes: "Poeira radioativa finalmente alcança níveis seguros nos EUA."

Carrinhos e cestas de metal antiquados ocupavam os dois lados da porta. Carys empurrou as contas para o lado, fazendo soar um estalido rítmico, e entrou no mercado.

No corredor oito, um homem estava ajoelhado no chão, empilhando latas de comida.

— Desculpe incomodar — disse ela —, mas pode me dizer onde fica a gordura de ganso, se tiver?

O homem se virou. Cabelos escuros e levemente encaracolados caíam por sobre os olhos azuis, que já demonstravam sinal de divertimento, como se ela não tivesse entendido a piada.

— Você deve ser a Carys. — Ele terminou de preencher a prateleira com latas e, levantando-se, entregou-lhe uma. — Nós conversamos mais cedo. Olá.

Ela esticou a mão, confusa, e pegou a lata.

— Você... espere aí. O quê?

— No MenteColetiva.

— Mas você não disse que... Você não é chef de cozinha? No RR?

— Não. Sim. Quase. — O homem teve o bom senso de corar. — Serei, pelo menos. Terminei o treinamento na minha última Rotação, então estou torcendo para que os restaurantes daqui me contratem. Posso começar assim que arrumar alguém para me ajudar com o negócio da família. — Ele gesticulou para a loja ao redor. — Espero.

— Certo — disse ela, girando a lata nas mãos. — Tomara que encontre alguém.

— Obrigado — respondeu ele. — O que você faz?

Carys hesitou.

— Eu piloto.

— Carros?

— Aeronaves.

Ele fez uma cara de quem estava impressionado.

— Maneiro.

Carys deu um pequeno passo para trás.

— Preciso ir, estou atrasada para o jantar. Obrigada pela ajuda, e... foi um prazer conhecer você.

— Tudo bem. A propósito, eu me chamo Max.

— Carys. — Ela esticou a mão, sem jeito, e Max a apertou. — Como encontrou minha pergunta? — Quis saber.

— Perguntas sobre comida são direcionadas para cá pelo MenteColetiva. São destacadas para que os mercados e restaurantes respondam.

— Faz sentido. — Carys assentiu com a cabeça, virou-se e começou a se afastar. — Obrigada.

— E — disse ele às suas costas — a foto do seu perfil é bonita, então isso ajudou.

Carys olhou por cima do ombro.

— Gerente de loja, chef de cozinha *e* psicopata? Você deve ser um sujeito muito ocupado — respondeu, apesar de manter o tom despreocupado.

— Três empregos em tempo integral — respondeu Max. — Além do mais, você respondeu quando escrevi em francês. É o idioma da minha última Rotação.

Ela levantou uma sobrancelha e se virou para encará-lo.

— Jura? Achei que estivesse usando o chip de tradução para conversarmos. — Carys gesticulou para o pulso dele.

— Não.

— Nem eu — respondeu ela, e os dois sorriram. — Também morei no V8. Duas rotações atrás. No sul, perto do mar.

— Passei três anos em Paris. Foi onde aprendi a cozinhar. Sei fazer um suflê de lamber os beiços.

Depois de um instante, Carys disse:

— Escute, convidei alguns vizinhos para jantar hoje. É só uma reuniãozinha amigável. Nada muito sofisticado, nunca vi nenhum deles mais gordo.

— Eu adoraria. Eles são gordos?

— Modo de falar. Mas, pelo seu sorrisinho, eu sei que sabe disso e está me provocando. Vou adicionar pentelho à lista, junto com a leve psicopatia. Então, hoje às oito? Mando o endereço por flex. Leve alguma coisa. Qualquer coisa. — Carys repetiu a manobra de acenar com a cabeça, virar-se e se afastar. — Certo. Até mais tarde!

A luz das velas refletia em cinco taças de cristal de vinho e copos de água — o jantar ia bem. Duas das paredes da sala de estar de Carys eram Rios de Mural: telas enormes e embutidas, uma exibindo notícias atualizadas enquanto a outra mostrava as conversas da MenteColetiva — a anfitriã configurara as duas para exibirem as letras em um tom laranja aconchegante. As fachadas dos prédios do antigo bairro criavam sombras de grades de varandas na sala, e o som do mar se embrenhava pelas velhas janelas. Os pratos na mesa ofereciam um bufê de frango assado, legumes, bolinhos de Yorkshire e as famosas batatas assadas de Carys.

— Bolinhos de Yorkshire com frango? — disse Liljana, uma das novas colegas de trabalho de Carys. — Isso não é um pouco...?

— Diferente — continuou John, engenheiro estrutural e novo vizinho de porta, enquanto pegava uma colher para se servir. — De onde venho, as pessoas comem o que gostam, e que se danem as convenções!

— De onde você vem, John? — perguntou Carys, lançando-lhe um olhar agradecido.

O homem aparentou estar desconfortável.

— Bem, como todos nós, não sei direito. Mas a minha primeira memória é do Voivoda 3. Eu tinha cinco anos. Minha vó me levava para comprar peixe e batatas fritas, mas eu só queria bolinhos. Era uma criança enjoada, fazia *séculos* que não comia uma refeição completa. O chef do RR pensou no assunto e me deu chocolate frito com batatas. — Todo mundo na mesa começou a rir. — Eu sei. Mas eu era pequeno, e isso funcionou. Fez com que eu comesse tudo. Minha avó me dava prêmios se eu limpasse o prato, então eu passei o resto do mês fazendo isso.

— Um brinde a essa ideia. — Liljana ergueu o copo, e o restante da mesa a imitou. — De limpar o prato.

John ficou radiante enquanto o grupo batia as taças.

— E você, Liljana, veio de onde? — perguntou John.

— Meu nome se pronuncia "Lil-*i*-ana" — corrigiu ela. — Eu sei que parece diferente quando se lê no MenteColetiva.

— Perdão, Liljana. — E acertou a pronúncia dessa vez. — É um nome bonito.

— Meus pais estavam em Rotação no Adriático quando eu fui concebida, daí o nome, apesar de a minha ascendência ser completamente africana. O último lugar em que morei foi no Voivoda 1.

— Ascendência — refletiu Olivier, a quem Carys conhecera no laboratório linguístico e convidara em um impulsivo gesto educado. — Nós, da terceira geração europeia, não temos muita oportunidade de conversar sobre ascendência.

— Voivoda 1? — perguntou Carys para Liljana, ignorando o comentário de Olivier. — O que você achou da vida no Voivoda central?

— Utópica — respondeu a outra mulher, e a mesa riu. — E, mesmo assim, muito orgulhosa.

— Nós deveríamos ter orgulho mesmo — disse John. — Vivemos livres, independentes e em comunidades constantemente mutáveis, miscigenadas. Há muito do que se orgulhar.

— É isso aí — concordou Liljana, antes de gentilmente lançar o juramento utópico: — Em nome de quem vocês atuam?

— Não de Deus, nem do rei ou do país — respondeu o grupo.

— Em nome de quem?

— Do meu próprio.

Olivier aproveitou a oportunidade para se servir de mais vinho.

— Mas é interessante, não é? — disse ele, girando o Pinot Grigio na taça. — Quero dizer, o fato de não falarmos mais de onde *nascemos*, mas de onde viemos?

— Essa é a vantagem da Rotação — disse Max. — Ver o mundo, viver em cidades diferentes, sem ficar mais de três anos no mesmo lugar...

Astrid se inclinou para a frente.

— Recebi meu nome quando estava nos Voivodas do Norte, e fui enviada de volta para lá na minha sexta Rotação. Foi maravilhoso poder viver na Escandinávia de novo por um tempo. Mas era muito frio.

O grupo riu.

— Qual foi o lugar mais frio em que vocês viveram? — perguntou John.

— Rússia — respondeu Liljana. — No V13. Geralmente faz menos dez graus nas salas da Agência Espacial de lá.

Olivier estremeceu.

— Irlanda.

Carys levantou uma sobrancelha.

— Irlanda? Lá foi o lugar mais frio?

— Que frescura — zombou Astrid. — Já estive lá e foi bem tranquilo.

— Morei no Voivoda 5 três Rotações atrás, e fazia um frio de lascar — insistiu Olivier. — Você foi ao bar no rio Liffey, onde tocam folk?

Astrid negou com a cabeça.

Ele não se deixou desanimar.

— É um lugar maravilhoso. — Olivier bebeu um pouco de vinho e se levantou. — Carys, acho que você iria gostar de lá. Cantei uma balada romântica clássica lá uma vez. Vou cantar para vocês.

Ah, meu Deus!

— Que bobagem, não precisa. Max trouxe pudim...

Olivier pegou um violão e — enquanto Carys xingava a mãe por obrigá-la a cuidar daquela porcaria — começou a dedilhar as cordas e caminhar na direção dela.

Ah, meu Deus, ah, meu Deus. Carys rezou fervorosamente para que ele não focasse apenas nela. Quando Olivier abriu a boca e começou a cantar...

— Eu ajudo — disse Max, movendo-se para tirar os pratos diante de Carys, sutilmente entrando na frente do seu admirador. Ele olhou ao redor da mesa e perguntou: — Alguém quer sobremesa?

— Que ótima ideia! — exclamou ela.

— Acho que vou precisar da sua ajuda — pediu Max, enquanto Olivier atacava o violão atrás deles.

— Claro.

Ela tentou se esgueirar pelo espaço no qual Olivier continuava se apresentando, mas o homem se inclinou para a frente, exalando bafo de vinho.

Quando Carys se retraiu, Max estendeu o braço e agarrou o violão, fazendo a música se encerrar com um som abafado e metálico. O pretendente de Carys, então, parou, confuso.

— Sobremesa? — perguntou Max, docemente.

Derrotado, Olivier se jogou de volta na cadeira, e Astrid deu uns tapinhas no seu pulso.

— Algumas pessoas não entendem nada de arte. — Ela encheu a taça de vinho dele mais uma vez, girando o corpo em sua direção. — Nadica de nada.

Max e Carys levaram os pratos para a cozinha. Ela fechou a porta, encostou na madeira e exalou. Max a imitou.

— Cacete — exclamou ela, olhando para o teto. — Aquilo foi intenso. Obrigada.

— Não acredito que ele teve coragem de fazer algo assim em um jantar entre pessoas civilizadas. Será — continuou Max — que Olivier queria que a gente entrasse na dele e... fizesse um show? Eu podia ter improvisado um tambor, Liljana poderia bater as colheres, improvisando uma espécie de maraca...

— A cabeça de Olivier podia ser acertada por dois pratos de bateria...
— A gente com certeza daria um jeito de fazer isso.
— Eu tocaria piano...
— Você toca piano?
Carys assentiu com a cabeça.
— Que legal! Cadê ele?
Ela esticou os dedos, ainda segurando os pratos, e sorriu.
— Ah, é claro! Você pode tocar em qualquer lugar. Mas... você tinha um violão tradicional. Lá na sala.
— É da minha mãe. Nós trocamos, dependendo de quem está no clima mais frio. Ela diz que a umidade afeta o instrumento ou coisa assim. É obcecada por ele, na verdade. Sou a guardiã do violão de Gwen, mas apenas por um período predeterminado.
— Então ela ficaria chateada se soubesse quanto ele foi maltratado hoje?
Eles riram de novo, baixinho, e Carys colocou os pratos na pia. Max jogou um pano de prato de algodão em cima do ombro enquanto pegava seis tigelas de sobremesa, cantarolando a música de Olivier, e os dois riam baixinho.
— Onde está a sua família agora? — perguntou ele.
Ela se apoiou na bancada, observando-o encher e arrumar as tigelas.
— Meus pais moram no V14 agora. Meu irmão faz parte das equipes de ajuda humanitária nos antigos Estados Unidos...
— Mas que merda! Sério?
— Sério. Faz um tempo que não temos notícias dele. É assim que funciona, eu acho, mas é difícil. Imagino que entrar em contato não seja tão importante quanto levar comida e água para os sobreviventes. Minha irmã mora no Voivoda português.
— Ah — murmurou Max enquanto, com um dedo, passava o pano ao redor das bordas das tigelas. — Agora entendi toda a sua fluência no português mais cedo, no MenteColetiva.
Carys sorriu.
— Você conseguiu perceber, não é?
— A propósito, quantas línguas você fala?
— Talvez cinco... Seis... Serão seis daqui a pouco. Comecei a aprender grego. E você sabe mesmo falar todas aquelas línguas?

— Pareço alguém que só sabe usar o chip para traduzir frases? — Max levantou uma sobrancelha.

— Não — respondeu ela, avaliando-o. — Parece alguém que trabalha duro. — Carys esticou a mão e virou a dele para cima. — Uma pessoa que põe a mão na massa. — Percebendo quanto aquilo soava brega, corou. — Alguém que faz por merecer tudo que ganha. Que mantém um mercado em funcionamento porque prometeu que faria isso. — E fez uma pausa. — Acertei?

— Mais do que a maioria das pessoas.

— Jura?

— Sim. Principalmente porque está a trinta centímetros de distância de mim. — Carys revirou os olhos, e o som de risadas vindo da sala os fez voltar à realidade. — Então — continuou ele, em um tom diferente —, você pilota espaçonaves, não gosta de serenatas e pergunta a pessoas que passaram a vida inteira vivendo em Rotação de onde são? — Max inclinou a cabeça para o lado, observando-a com um olhar inquisidor.

— Ah — respondeu Carys, começando a limpar a bancada. — Sempre esqueço que tendo a falar besteira quando estou perto de pessoas como Liljana.

— Como assim "pessoas como Liljana"?

— Orgulhosas. Utópicas. Convictas.

Max inclinou a cabeça novamente.

— Então, pessoas como eu.

— É mesmo?

— É — respondeu ele. — Minha família... Somos defensores convictos da Rotação e da importância dela.

— É importante ficar sempre se mudando, vivendo sozinho em cidades diferentes?

— Sim.

Carys deu de ombros, mantendo uma expressão neutra.

— Então acho que fomos educados de um jeito um pouco diferente.

— Como assim?

Ela pegou a travessa com o assado, movendo a gordura e o óleo, e o cheiro de frango invadiu a cozinha.

— Essa história fica para outro dia. Vamos servir a sobremesa?

Uma expressão indecifrável surgiu no rosto de Max enquanto ele, habilidosamente, pegava quatro tigelas e as equilibrava no pulso e no antebraço.

— Claro. Quem sabe você possa me contar sobre a sua ascendência mais tarde?

— Quem sabe? — retrucou Carys com tranquilidade, seguindo para a porta da cozinha com as outras duas tigelas. — Mas, por favor, não diga "ascendência" perto de Olivier. Vai acabar irritando todos nós da terceira geração europeia.

*

— É verdade — diz Carys. — Você sempre me salvou, Max. Adora bancar o herói. — A poeira das estrelas os cerca enquanto os dois caem, suspensos como marionetes penduradas na corda do espaço. — Porém isso é bem mais grave do que as minhas batatas assadas.

— Pelo menos você está mais calma — responde ele — e usando o ar de um modo mais inteligente.

— Tudo bem — diz ela —, pode parar de ser condescendente. Estou de volta. Estou aqui. Estou respirando. — Carys olha para a escuridão ao redor, e seu olhar se volta para o display azul no cilindro de ar. — O que vamos fazer?

— Não se preocupe — responde Max. — Eu tenho um plano.

Três

Oitenta e sete minutos

Max desamarra o cabo, e os dois se separam, ainda se afastando da nave às cambalhotas.

— É a sua vez de se esticar — diz ele, segurando-a pelo pulso e pelo tornozelo —, porque a primeira parte do plano é localizar o vazamento no seu cilindro.

— Ah, meu Deus — diz Carys, observando o cabo branco flutuar entre os dois, tentando conter o terror crescente que ameaça voltar. Ela lhe passa a fita adesiva. Ele busca as moléculas fujonas, assim como ela fez antes. — É um buraco minúsculo. Talvez você não consiga encontrar. Fique contra a escuridão, é o único jeito de enxergá-las.

Sem dizer uma palavra, Max manobra Carys até ele ficar de frente para o sistema solar, voltado contra a Terra, os tons roxos da Via Láctea às costas dela.

— Você sabia — diz Carys para distraí-los enquanto ele busca o vazamento — que existem mais estrelas no universo do que grãos de areia em todas as praias da Terra?

— Isso é assustador.

— Há quem diga que existem dez mil estrelas para cada grão de areia. Imagine quantas delas devem ser maiores do que o Sol.

Depois de alguns instantes, Max cobriu um minúsculo jato de ar com um dedo enluvado.

— Está bem no fundo.

— Igual ao seu. Consegue tampá-lo? — pergunta ela.

— Sim. — Ele gruda a fita adesiva, esfregando com força para garantir que fique bem colada, e solta um suspiro de alívio. — Pronto. Agora, não se mexa. Quero ver se isso vai funcionar.

— Se o que vai funcionar?

Max tateia o cilindro de ar de Carys até encontrar o controle manual de compartimentos diferentes e, em seguida, o tubo que abastece o capacete. Ele está inserido bem fundo em um dos entalhes, o que o faz perder a esperança, pois não vai conseguir soltá-lo com facilidade.

— Max?

— Espere um pouco. Tenho uma ideia, mas preciso pensar por um minuto.

— Ficou doido? — pergunta ela. — Não temos mais muitos minutos.

— Então meio minuto. Confie em mim.

Max segura o tubo e o gira com força, sentindo-o afrouxar um pouco. Torce-o com o indicador e o dedão e o gira de novo, soltando o sistema de abastecimento da longa corda que o prende no lugar. Na base do cilindro de Carys, o revestimento de borracha se molda em várias espirais, inchando quando Max o vira para baixo. Ele segue adiante, apesar de seus movimentos serem desajeitados.

— Como está indo?

— Preciso de um bocal — responde ele. — O que podemos usar?

— De que tamanho?

— Pequeno. — Max exibe dois dedos apertados um ao outro. — Dessa grossura.

— Temos o tubo do recipiente de água — diz ela, baixinho. — Mas, se usarmos isso, não vamos ter...

— Temos o outro recipiente. Ele vai durar até...

— Vai durar até quando? Oitenta e seis minutos? É só por esse tempo que queremos sobreviver?

— Não, claro que não. Mas, se não tentarmos nos salvar agora, não vai fazer diferença termos ou não água para dois dias. Nada vai fazer diferença se ficarmos sem...

Os dois se olham e não dizem nada.

Ele segura a mão dela.

— Por favor.

— Você tem razão — responde Carys, colocando a outra mão sobre a dele. — Você tem razão. Precisamos tentar.

— Obrigado.

Ela vasculha desajeitadamente seus pertences, encontrando uma lanterna e o recipiente de água, e solta o canudo transparente, estendendo-o para Max, um pequeno símbolo de esperança contra o vasto nada que os cerca.

— Faça isso valer a pena — diz ela, enquanto ele estica a mão para pegar o canudo, prendendo-o suavemente entre o indicador e o dedão.

Max aperta o material para criar um funil, entortando o plástico para fazê-lo manter a forma.

— Vou te deixar oxigênio suficiente para um minuto, e então vou bloquear abastecimento. Tente não desperdiçar, está bem?

Carys pisca e assente com a cabeça.

— Já, já, vamos sair desta. — Ele termina de desamarrar o tubo de Carys do cilindro. — Pode se preparar.

— Para o quê? — sussurra ela.

— Tente não falar. Se não conseguir prender a respiração, respire devagar. E não entre em pânico.

Max solta o tubo e prende o bocal improvisado na extremidade. Ao mesmo tempo, pressiona os controles manuais no cilindro, forçando um jato de oxigênio a sair com força pelo canudo, fazendo o corpo dela se mover para a frente. Carys avança mais ou menos um centímetro, e ele ri, aliviado.

— Está funcionando! — Max solta a mão de Carys quando ela se move mais um pouco, observando o oxigênio sibilar.

— Espere... — Carys sacode os braços, esticando-os e agarrando Max. Ela não pode falar muito até Max reconectar o ar.

— Você está se movendo, Cari...

Carys gesticula em sua direção freneticamente, os olhos verdes arregalados. O oxigênio está saindo rápido demais, e ela não está se distanciando o suficiente...

Ela não está se distanciando o suficiente, e ele está desperdiçando seu suprimento de ar. Max agarra as costas do traje dela e, em pânico, reestabelece, ainda meio desajeitado, o abastecimento de oxigênio, prendendo o tubo de forma errada. A base do cano se solta e sai girando, soltando mais ar ainda, e ele a agarra.

Cada segundo é importante.

Max coloca o tubo no lugar e o prende no entalhe, enroscando-o.

— Max — arfa ela.

— Você está bem?

— Você queria fazer um propulsor?

— Sim.

— Seria impossível atravessar essa distância toda desse jeito. Você precisa de gás para tomar impulso — diz Carys, e várias gotas de suor escorrem pela lateral do seu rosto, para dentro do capacete.

— Mas — insiste ele — eu achei que pudesse dar certo se a pressão...

— Não.

Ela tenta esfregar os olhos, mas é impedida pelo vidro, então balança a cabeça de um lado para o outro, a fim de afastar os fluidos. As gotas se prendem aos seus cabelos, estes em uma trança ao redor da cabeça, afastados do rosto. A adrenalina corre pelas suas veias, e o monitor cardíaco apita. Carys desliga o alarme, mas seus batimentos continuam aumentando.

— Desculpe — diz ele.

O alarme soa novamente.

— O impulso precisa ser pressurizado.

— Eu não sabia. Desculpe. — Max estica a mão para tocá-la.

— Não acredito que você ia me mandar de volta sozinha, sem nem mesmo me consultar.

A mão de Max para no meio do caminho.

— Foi essa parte que realmente irritou você, não foi?

— Quanto ar eu perdi?

— Pouco. — Os olhos dele passam pelo medidor na lateral do cilindro. — Eu compenso. Da próxima vez, vamos usar o meu oxigênio.

— Da próxima vez? — grita Carys, a voz distorcida. — Agora eu tenho menos ar, então você provavelmente vai ter que me ver morrer. Ótima ideia!

— Não fique nervosa. Eu só quis ajudar.

— Pois é, mas não ajudou. E agora eu tenho menos tempo com você para bolarmos um plano.

— Se tivesse dado certo, você estaria segura. Poderia ser resgatada...

— Minha nossa! — Carys balança a cabeça. — Eu não preciso de um herói, Max.

— Só estava tentando fazer a coisa certa. — A voz dele soou pesarosa.
— Você não é responsável por me salvar.

*

Max foi embora do jantar por volta da meia-noite, e ela o acompanhou até a porta, apoiando-se no batente, os braços cruzados sob o cardigã, para se proteger do frio.
— Obrigado por hoje à noite — disse ele. — Obrigado por convidar outro completo desconhecido para jantar.
— Obrigada por fazer minhas batatas assadas ficarem com uma cara bonita. — Os dois riram. — O que você vai fazer amanhã?
— Trabalhar no mercado. E você?
— Também vou trabalhar.
Ele não fez menção de ir embora.
— Vai estudar grego por esses dias?
— Ah, sem dúvida.
— No laboratório linguístico?
Carys assentiu com a cabeça.
— Ótimo. Agora eu já sei onde te encontrar. — Max fez uma pausa. — Até mais, Carys.
Ele olhou para trás algumas vezes, observando a silhueta dela, iluminada pelo brilho alaranjado das luzes da rua, afastar-se do batente.
Não demorou muito para Max chegar em casa. O chip no seu pulso reconheceu o endereço enquanto ele se aproximava, e a porta se abriu, a tranca de metal se soltando da madeira. A luminária no corredor acendeu automaticamente quando ele entrou, mas, ao contrário da casa de Carys, onde as molduras embutidas nas paredes eram preenchidas por fotos transmitidas pelo seu chip, as de Max estavam vazias. Imagens dos habitantes da última Rotação ainda adornavam as paredes da cozinha, e ele cozinhava sob elas, ignorando seus sorrisos e pores do sol bonitos.
Ficou pensando em algo que Carys dissera mais cedo, durante o jantar, sobre como havia decorado a casa assim que se mudara e entrara em contato com os novos vizinhos no MenteColetiva, conversara com os amigos e a família em outros Voivodas. Sua vida era cheia de pessoas, de sons e de bagunça.

— Realmente você quer essa gente na sua casa o tempo todo? — perguntara ele, gesticulando para Astrid e Olivier se agarrando no sofá, o último derramando o vinho da sua taça no tapete claro da anfitriã.

— Por que não? — retrucara ela. — É melhor do que ficar sozinha o tempo todo.

Max não sabia ao certo se concordava com isso.

Subiu as escadas, tomando cuidado para não pisar nas tábuas que rangiam. Entrou silenciosamente no banheiro, digitou no teclado o código para programar a higienização dental. Apoiou-se na pia e se analisou no espelho, ainda sentindo a centelha do olhar dela, sabendo que não queria que a noite terminasse, não naquele momento.

*

Max tocou o ombro de um cara na porta da boate, e ele o deixou entrar direto — Carys não era a única a se beneficiar da ajuda dele no MenteColetiva. Já era quase uma da manhã, mas a Dormer estava cheia para uma quinta-feira, lotada de grupos de novos amigos em novas Rotações que não queriam esperar o fim de semana para se divertir no bar do subsolo ou na pista de dança de vidro acima de sua cabeça. Ele olhou para cima, admirando as imagens vívidas criadas pelos passos dos dançarinos: sempre que se moviam, o vidro sensível ao toque explodia em cores sob seus pés. O efeito era impressionante, e a única decoração que a igreja convertida precisava. Depois que a Europia unira todos os *sistemas de crenças* em *fé* (e os ateus passaram a ser adeptos da *ausência de fé*), muitos dos antigos edifícios religiosos foram reutilizados, e sua arquitetura impressionante se tornou o cenário icônico da vida noturna dos Voivodas.

— Max! Aqui! — gritou Liu de um sofá Chesterfield esfarrapado perto do bar-altar.

Liu, um renomado dissidente chinês, sempre atraía multidões com suas histórias malucas. Um grupo de garotas, obviamente ainda sentindo-se pouco confortáveis com suas novas amigas, cercava-o, e Max foi até lá, alisando a camisa com a qual passara o dia e tirando o cabelo do rosto.

— E aí? — cumprimentou.

Um coral de "e aís" com vários tons de voz retribuiu o cumprimento, e ele abriu um sorriso amigável.

— Pensei que não viesse hoje — disse Liu, levantando-se para apoiar os braços nos ombros de Max, no cumprimento geralmente usado nos Voivodas. — Achei que tivesse encerrado a noite.

Ele negou com a cabeça, e uma garota usando um vestido vermelho rasgado se levantou de um salto.

— Ouvimos falar muito de você — disse ela —, o famoso Max.

— Ah, é?

— Não precisa fingir modéstia. — A garota lambeu o sal que estava em seu pulso e virou uma dose de tequila. Max notou que seus lábios eram exatamente da mesma cor do vestido. — Já sabemos que você é o astronauta que vai salvar o mundo...

Max pareceu chocado.

— Liu, venha me ajudar a pegar mais bebidas. — Os dois seguiram para o bar, acomodando-se contra a madeira antiga, enquanto uma rodada de tequila era servida diante deles. — O que está acontecendo, cara?

— Ah, você sabe, o de sempre — respondeu Liu, parecendo o Gato Risonho. — Vamos ficar com estas? — Ele apontou para as bebidas alinhadas na bancada.

— Não tenho como bancar todas com meu salário de não astronauta.

O sorriso de Liu se ampliou.

— Eu já as deixei no ponto para você.

— Você nem sabia que eu vinha.

Liu começou a rir, dando tapinhas nas costas de Max.

— Então demos sorte por você ter vindo, porque eu não tenho como ajudar essas mulheres, tenho?

Max o acertou nas costelas.

— Idiota.

— Só fiquei torcendo para você aparecer, como sempre. Caso não viesse, pelo menos eu teria feito novas amigas, que ficariam fascinadas com quanto eu sou fabuloso e desesperadas para conhecer meu famoso amigo astronauta.

— Essa brincadeira é arriscada — disse Max. — Provavelmente eu vou atender metade delas no mercado amanhã.

— Acha mesmo que alguma delas tem cara de quem faz a própria comida? — Liu exibia uma expressão cética. — Pois é.

— Ninguém cozinha.

— Exatamente. Não há nada de arriscado na nossa mitologiazinha.
— *Sua* mitologia — rebateu Max, e Liu começou a rir de novo. — Eu conheci uma garota. Hoje. No mercado.
— A Sandy do mercado? A loura? Como foi?
— Ela, não. Outra.
Liu assentiu com a cabeça, com um ar sábio.
— Mulheres são como ônibus.
— Que isso, cara? — disse Max. — Do jeito que você fala...
— Não se preocupe, sou completamente favorável à igualdade entre os gêneros, então não tenho problema nenhum em também tratar homens como objetos.
Max entornou uma das doses e fez uma careta.
— Não duvido.
— Desembucha — disse Liu. — Quero saber da garota nova.
Uma batida familiar começou a tocar, e o grupo espalhado nos sofás gritou, movendo-se como um enxame de abelhas escadaria acima, na direção da pista de dança de vidro. Max ficou quieto por um instante, observando as garotas mais acima, então disse:
— Ela... Nós conseguimos conversar. Sobre coisas de verdade.
— Sobre coisas?
— Sobre coisas. Do jeito que *nós* conversamos. Não sobre pegação, obviamente. — Ele se virou, apoiando os cotovelos no bar. — Mas, ao contrário dessas garotas...
— E de Sandy — lembrou Liu.
— Ao contrário dessas garotas e de Sandy — corrigiu-se Max —, pareceu algo mais substancial, se é que me entende... Todo o resto é muito... transitório.
— A Rotação *é* transitória, Max — disse Liu, baixinho.
— Eu sei. E isso nunca me incomodou antes. Sempre gostei de viver sozinho, de fazer o que quero, quando quero. E de me mudar quando as coisas começassem a perder a graça.
— Esse, com certeza, é um jeito diferente de descrever o ideal do Individualismo — disse Liu.
— Tudo em meu próprio nome, é o que as regras dizem. Nada de identidade nacional, nada de divisões religiosas, nada de distrações ou relacionamentos sérios até nos estabelecermos. Mas...

— Eu não acredito. Maximilian, você está criticando a Rotação?

Max deu de ombros.

— Ah, deixa de besteira, eu não vou começar uma revolução. É só que, talvez, *transitório* seja um conceito idiota.

— Talvez — começou Liu, refletindo sobre o assunto — a Rotação tenha nos encorajado a estar sempre em busca de pessoas bonitas para transar, já que vamos viver em um lugar diferente daqui a pouco. Eu acho isso ótimo.

— Certo. A fila anda.

Liu ficou em silêncio.

— Deixa de lado essas metáforas batidas, Max...

— Ah, você me entendeu, não se faça de bobo. Essa garota, Carys, é diferente.

Agora foi a vez de Liu parecer chocado.

— Diferente? Maximilian, você não está considerando...? Não aos 27 anos. Não aqui. — Max ficou em silêncio. — E não com uma garota chamada Gary.

— Cari, idiota. Carys. É galês. — Max riu. — Eu sei. Eu sei.

— Você passou a vida toda na Europia, não foi? Posso até ser relativamente novato em relação aos costumes daqui, mas a Regra dos Casais parece funcionar de verdade. Em nome de quem?

Max se remexeu no lugar antes de repetir o juramento.

— Não de Deus, não do rei ou do país.

— Em nome de quem? Do seu próprio — terminou Liu, antes de o amigo conseguir responder. — Não no nome da sua namorada, do seu namorado, do sobrenome da sua família, nem mesmo dos seus filhos. A sociedade funciona melhor se todos derem o seu máximo. Então todos nós contribuímos para a utopia como indivíduos, até chegar a hora de começarmos a pensar em nos estabelecer e formar uma família. E a Regra dos Casais determina uma idade para isso, que é de, no mínimo, 35 anos. — Ele virou sua bebida. — Individualismo significa liberdade quando somos jovens, família quando somos velhos. O que mais se pode querer? É perfeito.

— Eu sei — suspirou Max.

— Não fale mais com ela — aconselhou Liu. — Não vale a pena. Isso não vai dar em nada.

As garotas voltaram da pista de dança, um grupo obviamente mais unido do que antes de dançar. Uma dissidente desapareceu na direção do banheiro, enquanto a garota do vestido vermelho foi até Max, inclinando-se sobre o bar para tomar um longo gole do canudo da bebida dele, sem desgrudar os olhos do seu rosto.

— Você mora aqui perto?
— Perto o suficiente.

Liu sorriu e se afastou; a garota esticou a mão, as unhas cobertas por um vermelho que combinava com a roupa.

— Meu nome é Lisa. Gostou do meu vestido?

Ela fez uma pose nada natural, e Max lhe lançou um olhar comprido e avaliador.

— É bem impressionante.

Lisa se inclinou na direção dele.

— Vamos para a sua casa.
— Não posso. Não hoje.

Ela fez um muxoxo.

— Se os meteoros acabassem com o mundo amanhã, você não desejaria ter estado comigo hoje? Minha casa fica aqui perto.
— Você é sempre tão direta assim?
— Só quando eu quero alguma coisa. — Lisa passou os braços ao redor do pescoço dele.
— E essa estratégia costuma funcionar?
— Sempre.

Max a encarou.

— Sei. É melhor eu...

Foi interrompido quando Lisa cobriu sua boca com a dela, e não disse mais nada enquanto era guiado para a saída.

*

As palavras de Carys flutuavam no espaço entre os dois, a irritação se esvaindo tão rapidamente quanto surgira.

— Preciso tentar salvar você, Cari. Preciso priorizar a você. — E a encara com uma expressão desesperada.

— Por quê?

— Porque eu nunca fiz isso lá embaixo.

— Como assim?

— Tudo que você odeia, tudo que você pensou que eu não fosse... Eu nunca mereci você, nunca, desde o início. — Max balança a cabeça. — Levei uma garota para a minha casa na noite em que nos conhecemos. E na noite anterior. — Ela fica em silêncio, e Max parece desejar engolir essa confissão. — Eu não devia... Acho que agora não é o momento para isso.

— Não — responde Carys —, agora é o melhor momento. Eu...

Max enrosca entre os dedos o cabo que os une.

— Desculpe.

— Eu sei.

— É um péssimo momento.

Carys pensa em como explicar o que fizera depois que os dois se conheceram.

— Não, Max. Eu quis dizer que eu *sei*.

Quatro

Oitenta minutos

Carys sabe que, com apenas oitenta minutos de oxigênio, seria extravagante continuar a falar, mas não consegue resistir à oportunidade de conversarem sobre algo que nunca debateram antes. Então, pega a extremidade do cabo, a que Max soltou para sua viagem de volta à nave *Laertes*, e começa a dar um forte nó de marinheiro, para que os dois não se separem novamente. A espaçonave podia ter sofrido danos, mas eles teriam mais chance de sobreviver se retornassem para lá, e Carys queria garantir que Max não tentaria enviá-la sozinha. Não importava o local para onde fossem, preferia que estivessem juntos.

— Quando nos conhecemos, Max, tivemos tanta afinidade... Que palavra horrível! Mas eu achei que nos encontraríamos de novo. Só que você sumiu. — Carys olha para ele, falando rápido, apressando-se para dizer tudo enquanto amarra o cabo. — Acho que você já sabia dessa parte. Eu estudava no laboratório linguístico, onde te disse que estaria, e fazia um monte de perguntas de culinária no MenteColetiva... Mas não havia nem sinal de você.

Ela toca os ganchos na lateral do cilindro de ar dele, pensativa, então dá uma volta na corda que o prende, passando a extremidade do cabo pelo buraco que criou.

— O que você não sabe é que eu fui até o supermercado, e uma loura com um crachá me disse que era o seu dia de folga.

Carys não menciona como Sandy revirou os olhos ao ser questionada sobre Max, como exclamou "Mais uma!" quando ela mencionou, sem necessidade alguma, que ele a ajudara no MenteColetiva e então fora à sua casa jantar. "Somos duas, querida. Ele adora ajudar garotas bonitas."

— Desculpe — sussurra ele.

Ela dá de ombros dentro do traje espacial, então forma um oito com a corda, torcendo a parte de cima e passando-a pelo buraco.

— Algumas semanas depois, eu fui ao aniversário de Liljana numa boate que fica em uma igreja antiga com o chão iluminado. Fui para o bar, onde um cara estava dando em cima de praticamente todas as garotas por lá. Fiquei observando por um tempo. Estava claro que o sujeito era gay, mas as mulheres estavam tão felizes em receber atenção que nem pareciam perceber. Foi difícil não prestar atenção. O cara parecia um ator num palco. "E, agora"... — Carys engrossa a voz enquanto prende a guia no gancho na lateral do cilindro de Max — "O homem em pessoa, o maior astronauta vivo que ainda respira e não morreu." Ele parecia um animador de picadeiro. "Vem aí, Maximilian." E lá estava você.

Max a encara.

— Por que você não disse nada?

— Ah. Fiquei magoada. Você nunca me ligou.

— Eu...

— Eu sei. E entendo. Virei de frente para o bar, para me esconder, e, depois que você foi embora, fiquei batendo papo com o animador de palco.

— Com Liu?

— Sim.

— Você falou com Liu? Ele nunca me contou isso.

Carys dá de ombros, observando o medidor de oxigênio azul com algum nervosismo.

— Não temos tempo para falar disso agora — diz ela.

— Eu sei. Conte rápido o que Liu falou. Então poderemos voltar para lá. — Max aponta para a *Laertes*, flutuando acima deles na escuridão, com uma fenda evidente no casco. Escombros também flutuavam ao redor do buraco, como água circulando um ralo.

Carys repete a volta na corda do seu lado, circulando a outra extremidade e apertando o nó com força, para que ele aguente um puxão, se necessário.

— Eu disse a Liu que era engraçado um astronauta passar seu tempo empilhando latas num mercado perto da Passeig. Ele ficou vermelho de vergonha, mas abriu um sorriso enorme, como se tivesse acabado de vender a irmã para o circo.

— Claro. Ele é terrível.

— Perguntei por que tinha inventado aquela história, e ele ficou bem sério. Disse que precisava de alguma coisa que o distraísse, algo que divertisse as pessoas. Como os jornais só falavam do campo de asteroides, o fascínio mórbido da Europia com o espaço parecia ideal. Palavras dele, não minhas.

— É óbvio — diz Max. — Você jamais chamaria o espaço de um "fascínio mórbido".

— O cara nasceu para os palcos. Não sei por que ainda não tem um canal só para ele.

— Talvez tenha agora, ainda mais se o mundo lá embaixo souber o que ele fez para nos juntar. Apesar de eu não ter nem ideia de por que *estamos* juntos, já que você soube disso tudo logo que nos conhecemos.

Carys passa o cabo pelos cilindros dos dois antes de prender a corda com um nó em cada extremidade.

— Eu gostei de você. Nossas conversas eram interessantes, e você fez com que eu me sentisse desejada. Minha insegurança fez com que eu me sentisse lisonjeada, mas eu não vejo problema com isso. Só nunca entendi por que você precisava mentir sobre ser astronauta.

Max apoia uma mão no cabo.

— Isso fazia as pessoas acharem que eu era alguém.

— Eu achei que você fosse alguém.

— Eu trabalhava em um mercado.

— E daí? — Ela pareceu bem irritada.

— A maioria das pessoas na Europia faz o que ama — responde ele —, mas esse não era o meu caso.

— Você queria ser chef de cozinha. Por que não falava sobre isso?

Max abre um sorriso pesaroso.

— Ser chef não é algo muito astronômico, é?

— E viajar pelo espaço é glamouroso?

Carys olha ao redor. Ele a imita, pronto para lançar uma piada, mas aquele não parece o momento certo, então fica quieto. Os dois estão caindo pela escuridão imensurável, presos um ao outro pela cintura.

Ela dá um peteleco no cabo, e uma pulsação passa entre os dois, como a batida de um coração.

— Pronto — diz Carys, momentaneamente satisfeita com o teste de tensão. — Não vamos nos separar agora. Só algo muito afiado cortaria o cabo.

— Tipo um micrometeoro? — pergunta Max. — Porque tem um monte deles ali embaixo. O que vamos fazer?

— Estou pensando — responde ela.

As cambalhotas ficaram mais suaves depois que consertaram os vazamentos, já que o pequeno escape de moléculas dos cilindros deixava a queda mais instável. Max fizera um bocal e usou oxigênio. E se...

— Eu não podia ligar para você, Cari.

Droga! Ela faz uma careta.

— Quando nos conhecemos... Você sabe no que acredito. No que acreditava.

— Sim.

— E você era, é, uma pilota treinada, enquanto eu era gerente de mercado.

— Mas você acabou indo trabalhar no mesmo lugar que eu.

— Você só tinha dito que pilotava aeronaves. Achei que devia trabalhar para alguma companhia aérea. Não sabia quem você era quando me abordaram.

— Você não se inscreveu para trabalhar na AEVE? — Ela indaga tranquilamente, quase como se estivessem discutindo seu relacionamento em um banco de parque.

— Não — responde Max —, eles foram atrás de mim.

*

Quando eles apareceram, fazia nove dias que Max trabalhava direto no mercado, sem folga. Ele queria ligar para Carys, mas estava ciente de que gostar de alguém — gostar de verdade de alguém — era algo perturbador, e parte dele não queria enfrentar esse risco. Seus pais se haviam juntado quando tinham trinta e muitos anos; se seguisse as regras, Max ainda precisaria viver quase uma década antes de encontrar uma Carys para se registrar, isso se quisesse mesmo se comprometer. Porém, mesmo assim... Ele pensava nas possibilidades. O que podia acontecer? Não havia regras que impedissem casos amorosos — a Voivodia parecia alimentar-se deles. O propósito da Rotação era manter a individualidade das pessoas, sem identidade nacional ou pressão social, mas isso não queria dizer que você precisasse ficar sozinho. Talvez pudesse dar um jeito de encontrá-la. O Voivoda era pequeno, os dois já se haviam esbarrado antes... Não deveria ser muito difícil.

O veículo deles desceu lentamente até Passeig del Born, como uma neblina ao meio-dia, o motor abastecido por oxigênio sibilando contra as pedras do calçamento, e Max afastou a cortina de contas que cobria a porta do mercado para observar. Três homens saltaram do carro: um senhor mais velho com uma bengala e um terno risca de giz de abotoamento duplo, ladeado por dois seguranças com óculos escuros. Surpreso, Max os encarou enquanto caminhavam na direção ao mercado, abaixando as cabeças para entrar e parando enquanto tiravam os óculos, os olhos se ajustando à iluminação do interior.

— Estamos procurando por Max Fox — disse um dos seguranças.
— Sim? — respondeu Max. — Posso saber o motivo?

O engravatado deu um passo para a frente.

— É confidencial, mas não há motivo para se preocupar. Então... — Ele se apoiou na bengala e observou o homem mais novo — Se você, por acaso, sabe onde Max está neste momento, pode ser que mude a vida dele.

Max engoliu em seco.

— Bem, essa é uma proposta que não posso recusar. Olá, eu sou Max.

Ele estendeu o braço no tradicional cumprimento voivoda, e o outro homem apoiou a mão no seu ombro, oferecendo a resposta adequada, suas abotoaduras reluzindo na luz fria.

— É um prazer conhecê-lo. Desculpe a formalidade, mas, se puder apresentar seu chip para o meu estimado colega... Perfeito. Obrigado. Meu nome é Aldous — continuou ele. — Sou chefe de recrutamento da AEVE, busco talentos em toda a Voivodia para o nosso programa espacial. Ouvimos muitas recomendações sobre os seus conhecimentos, e gostaríamos de convidá-lo para se juntar a nós como técnico-especialista.

— Como? Isso é uma piada? — Max depositou o abacaxi enlatado que segurava sobre a bancada.

— Claro que não.

— Liu mandou vocês aqui? Vou matar aquele idiota.

— Quem é Liu? — Aldous nem pestanejou. — Max, estamos torcendo para que esta seja, como você disse, uma proposta irrecusável. — Ele ajustou uma abotoadura. — Você é a pessoa deste Voivoda que mais responde a dúvidas sobre comida no MenteColetiva desde que o Segundo Ciclo da Rotação começou, cinco meses atrás, e nos foi recomendado diretamente.

— É mesmo?

— Sim. Você gosta de cozinhar?

— Estudei com Van der Kamp em Paris — respondeu Max. O timbre da sua voz demonstrava um pouco do orgulho que sentia.

Aldous assentiu com a cabeça, num gesto de aprovação.

— Quer vir conosco?

Max passou uma mão pelos cabelos.

— Acontece que este lugar pertence à minha família. — Ele gesticulou para o mercado. — Preciso cuidar dele durante a Rotação, e nós temos um em cada Voivoda. Não posso abandoná-lo para fazer uma entrevista ou passar por um processo seletivo. É um compromisso por tempo indeterminado.

— Providenciaremos um gerente em tempo integral para cuidar do mercado do seu pai no seu lugar, e ele o manterá atualizado diária e semanalmente. Isso seria adequado?

Max ficou boquiaberto.

— Enquanto passo pelo processo seletivo?

— Permanentemente. Max, nossas contratações ocorrem apenas por indicação para determinados cargos. Você entende o que isso significa?

— Max começou a assentir com a cabeça, mas então passou a negar — Significa que contratamos apenas pessoas que nossos funcionários nos indicam especificamente para o trabalho. Esse é o nosso processo seletivo, se quiser chamar desse jeito. Não há outra forma de ser aceito para trabalhar conosco. Não anunciamos vagas. Você não pode enviar seu currículo quando julgar conveniente. Então, eu preciso que nos dê uma resposta agora.

Os quatro ficaram em silêncio, sendo momentaneamente interrompidos quando a cabeça loura de Sandy apareceu sobre uma prateleira bamba de caixas de cereal.

— Parece — respondeu Max — bom demais para ser verdade. Precisam de cozinheiros na sua equipe espacial?
Aldous levantou uma sobrancelha.
— Até mesmo os cosmonautas precisam comer.
Max se balançou nos calcanhares, as mãos nos bolsos, considerando suas opções.
— Tudo bem — respondeu, lentamente. — Pode contar comigo.
— Alguém virá buscá-lo amanhã. Esteja pronto às zero novecentos horas.
Então, o curiosamente garboso Aldous baixou a ponta do chapéu, e os três homens foram embora, deixando Max olhando enquanto se afastavam.

*

Carys afasta o olhar, observando a escuridão que cobre partes da Terra enquanto o sol se põe lá, mas não ali.
— Impressionante. Você conseguiu uma combinação do emprego que queria com o emprego que fingia ter para transar.
Max faz uma careta, mas ignora a provocação.
— Disseram que foi por causa do volume de perguntas a que respondi no MenteColetiva.
— Indicação para o emprego. — Ela assente com a cabeça.
— Eu costumava achar que havia sido completamente casual o fato de nos encontrarmos de novo.
— No almoço? Sim.
— Nem acreditei quando a vi de novo. Minha vida estava mudando, eu tinha a oportunidade de fazer coisas incríveis. Finalmente podia dizer que era um astronauta, de certo modo...
— Aposto que as garotas adoravam isso...
— Eu estava dando a volta por cima quando dei de cara com você, a única garota que, de uma forma estúpida, deixei escapar. — Ele faz uma pausa. — Cari. Você acabou de dizer que sempre soube como eu era.
Para evitar uma discussão sem-fim que todos os casais tendem a ter, na qual esquecem a raiva e fazem as pazes só para depois acabarem voltando ao mesmo ponto em que começaram após um comentário maldoso, Carys simplesmente diz:

— Desculpe. — Porém, não consegue se controlar. — Mas você acabou de me chamar de "a única garota que deixei escapar".

— E daí?

— Isso sugere que houve muitas.

— Não, não sugere. — Max suspira. — Só quis dizer que perdi uma oportunidade com você. Você ficou na minha cabeça, mas não podíamos ficar juntos do jeito que eu queria, não naquela época, e não havia nada que eu pudesse fazer. — Os olhos dos dois se encontram. Max toca a mão dela que segura a corda, olhando diretamente para o capacete. — Por que estamos focando nesse assunto?

— Tem razão — diz Carys, fitando o brilho azul da Terra contra a escuridão embaixo deles. — Temos que resolver esta merda. Agora, fique imóvel.

Cinco

Setenta e cinco minutos

Enquanto se afastam da *Laertes* em uma constante, Carys se vira para ler o medidor de ar na lateral do seu cilindro, e, em seguida, olha para o de Max, bem à sua frente. Setenta e cinco minutos. O oxigênio dos dois diminuiu cinco minutos enquanto conversavam. Meu Deus! Ela passa as mãos pelo cilindro dele, tateando os diferentes compartimentos ao longo da superfície plana e entalhada.

— O melhor que temos a fazer é voltar para a nave, certo?

— Certo.

— Teremos mais chance de sobreviver lá... — Ela faz uma careta — Se conseguirmos dar um jeito de consertar o buraco e retomar o controle da *Laertes*.

Max assente com a cabeça.

— Vou perguntar a Osric sobre o dióxido de carbono que expelimos.

Carys digita rapidamente, as mãos se movendo na frente dele. Quase de forma instantânea, a tecnologia gestual assimila seus movimentos musculares em combinações de palavras, e as palavras se juntam em um texto predefinido. Finalmente, o texto se torna a palavra mais provável naquele contexto. Frases incorretas são substituídas com um movimento. É quase perfeito, mas, como acontece com todos os softwares, existem eventuais erros de digitação que são corrigidos automaticamente. Ela faz uma pausa para ler a resposta de Osric.

— Vai me contar por quê? — pergunta Max.

— Sim. — Carys encontra o botão de controle manual no cilindro de Max e o cutuca por um instante perguntando-se se deve apertá-lo.

— Osric disse que o oxigênio fica armazenado no topo. — Ela lê a frase do vidro do seu capacete — E o dióxido de carbono fica preso na malha de cobre logo abaixo.

— Certo. Qual é o plano? — pergunta ele.

A mão de Carys continua brincando com o botão de plástico.

— Você tentou usar o oxigênio como propulsor. Por que não tentamos com o dióxido de carbono? Não precisamos dele.

— Ah.

— Vale a pena tentar, não é?

Max faz uma careta.

— Isso era óbvio? Eu sou um idiota.

— Não — responde Carys. — O problema é que ele não é armazenado como gás. Nosso traje congela o dióxido expelido no fluxo de ventilação. O sistema todo é um dissipador.

— O que significa...?

— É um bloco de gelo. Para ser usado como propulsor, precisamos fazer com que pare de congelar.

— Tudo bem — diz Max. — Avise quando tiver descoberto o que fazer. — Ela para e o encara. — Desculpe. Você sabe mais essas coisas do que eu.

— Mais ou menos. É uma mistura do que eu sei com o que Osric sabe — diz Carys, tentando tranquilizá-lo. — O dióxido de carbono é congelado na malha metálica a menos 140 graus. — Ela passa os olhos pela mensagem de Osric. — Depois, é levado para uma caixa de refrigeração e devolvido aos nossos capacetes, para desembaçar os visores. Então temos que... — Ela faz uma pausa, pensando no que fazer. — Interromper o fluxo antes de o dióxido de carbono chegar à rede de cobre e congelar.

— E como vamos fazer isso, gênio?

— Vamos tirar nossa rede de cobre do cilindro.

Max se surpreende.

— Você quer remover parte do cilindro aqui fora?

— Temos outra opção? — pergunta Carys.

— E se você deixá-la cair?

— Ela vai flutuar. Ou você pode segurá-la para mim.

— Mas aí... — A voz de Max fica baixa. — O dióxido de carbono não será expelido dos nossos trajes. Vamos respirá-lo.

— Não vai fazer diferença se estivermos voltando para a *Laertes*.

— Mas *vai* fazer diferença se desmaiarmos — retruca ele, de forma sensata, e faz uma pausa de fração de segundo. — Tudo bem. Vá em frente, veja no que vai dar. — Seu coração acelera ao dar as costas para Carys, facilitando o acesso ao cilindro. — Faça o que tiver que fazer. Vamos lá!

— Está bem. Vou tirar a sua rede e desconectar a caixa de refrigeração e, sem essas duas coisas, o gás *talvez* esquente o suficiente para...

— Menos *talvez* e mais *com certeza*.

— O gás *talvez* esquente o suficiente — repete Carys, enquanto abre o compartimento no centro do traje espacial dele. — Então, eu vou usar o tubo de escape como funil. — Hesita por um instante, e, em seguida, pressiona o botão de plástico na lateral. O compartimento desliza para a frente e abre com um *puf*. Carys solta a peça, e a rede em formato de cone sai com facilidade, fria como gelo. Ela segura o revestimento e remove a rede, deixando-a flutuar no vácuo do espaço, suspensa em queda livre, da mesma forma que eles. — Aqui — diz, gentilmente empurrando a peça na direção de Max, que a segura com suas luvas.

Osric, flexa Carys, *preciso de instruções sobre como soltar o tubo de escape de Max.*

Olá, Carys. Preciso adverti-la de que a remoção da rede de cobre fará com que Max sofra uma hipercapnia.

O que é hipercapnia?

Perda de consciência. O tubo de escape irá gerar quinhentos gramas de dióxido de carbono expelido, porém Max inalará o triplo dessa quantidade no mesmo período. Não será o suficiente para lhe dar propulsão, mas afetará sua respiração e consciência.

E a propulsão o levará a que distância?

Será um trajeto curto, Carys, antes de ele certamente ser acometido pela hipercapnia.

— Devolva a rede. — O tom de Carys é brusco, e Max dá um pulo.

— O quê?

— Preciso colocá-la de volta.

Ele lhe passa a rede de cobre.

— Reinserção: iminente.

Sinto muito, Carys. A peneira molecular é uma parte complexa da física.

— Babaca arrogante — murmura ela, e Max a encara.

Como pode ver, se retirar a rede adjacente, terá acesso direto ao principal suprimento de oxigênio de Max.

Carys interrompe o que está fazendo.

— Você está bem? — pergunta Max, preocupado.

Ela se vira para ele, um sorriso ameaçando aparecer.

— Segure a rede por um segundo, está bem? Vamos tentar outra coisa.

Max parece confuso.

— Estávamos seguindo o plano B — explica ela. — Agora vamos para o plano C.

— Que é um plano melhor?

— Sim.

— Tínhamos noventa minutos, Cari. Agora... — Ele olha para o medidor e morde o lábio. — restam 73. Qualquer ideia é válida se nos ajudar a conseguir mais tempo.

— Tudo bem — diz ela. — Vamos ver como provocar uma reação química.

— Reação?

— Vou alterar a fórmula química do oxigênio no seu tanque. — Carys aponta para o cilindro dele. — Atrás de você.

Max geme.

— Química. Nunca foi meu ponto forte. Parei de entender tudo depois da parte dos pássaros e das abelhas.

Ela o encara, surpresa.

— Max, isso é biologia.

*

Max estava um pouco mais na frente na fila do almoço. Era a primeira vez que Carys o via desde o jantar, e ele ria alto de algo que ela não ouvira. A cantina da AEVE estava animada com o som das vozes e o barulho estridente das panelas batendo. Ele pegara sol, e o contraste do rosto bronzeado e do nariz sardento com seus dentes brancos era maravilhoso. Cheia de adrenalina, Carys fechou os olhos e se obrigou a não sair de fininho — era isso que ela queria, encontrá-lo de novo, desse jeito. *Ele nem é tudo isso. É só um cara.* Ela fitou a blusa azul do seu uniforme, respirou fundo e se inclinou para a frente, sob o pretexto de analisar a carne.

— Isso é carne de boi? — perguntou em um tom moderadamente alto, e o servidor apitou. Mais adiante, ele não se virou ao som da voz dela, e Carys o xingou em pensamento. Ela saiu da fila. — Acho que vou querer legumes hoje. — E seguiu para o bufê de salada, parando a alguns centímetros de distância dele. — Brócolis, por favor — pediu ao servidor. Pelo canto do olho, viu Max se virar. — E batatas, se tiver.

— Assadas? — perguntou Max, parando ao lado dela, mas direcionando sua fala ao servidor. — Sabe, existe um segredo para fazer batatas assadas perfeitas. Quer saber qual é? — Ele prosseguiu, em um sussurro forçado: — Gordura de ganso.

— Algumas coisas nunca mudam — disse Carys.

— E ao mesmo tempo — acrescentou ele, virando-se para ela — tudo parece diferente.

— Oi, Max.

— Carys. — Ele lhe ofereceu uma reverência respeitosa, os cabelos ondulados e bagunçados para todos os lados.

— Você se lembra do meu nome — comentou ela, levantando o prato. — Engraçado encontrá-lo por aqui.

— Mas que piadista você é! Falou como se isso fosse óbvio, mas, na verdade, de todos os lugares do mundo inteiro...

— Você entrou na minha cantina — concluiu ela. — É bem inesperado. Como vai?

O humor pareceu desaparecer dos olhos de Max.

— Queria ter ligado para você.

— Ah, é? — Carys ficou surpresa com a mudança de assunto, mas tentou não demonstrar.

— É. — Ele falava sério.

— Não tem problema.

— Passei todos os dias desses dois meses me controlando para não telefonar. A minha família...

Carys se afastou do bufê de legumes.

— Você está colocando o carro na frente dos bois — disse ela, mantendo um tom despreocupado. — Achei que poderíamos conversar sobre o tempo. — Max sorriu, mas continuou em silêncio. — Tudo bem. — Ela suspirou. — Você não ligou.

Ele fez uma pausa.

— Achei que talvez fôssemos diferentes demais.

Os dois usavam as mesmas camisas azuis da AEVE, seguravam bandejas idênticas e estavam parados na mesma cafeteria do Voivoda 6. Carys lhe lançou um olhar irônico.

— Eu não sabia bem o que dizer — completou ele.

— Você estava cheio de assunto quando nos conhecemos — brincou ela. — Em vários idiomas.

— Aquilo foi legal, não foi?

— Muito legal. — Max ficou radiante, e Carys sentiu um frio na barriga. — Muito habilidoso.

— Eu não estava fazendo tipo — disse ele. — Não foi algo que resolvi fazer para impressionar você... — Carys levantou uma sobrancelha. — A menos que tenha impressionado...

Eles riram, e Max a observou: o corpo forte e definido pelo treinamento da AEVE, os longos cabelos castanho-claros caindo em cascata por sobre os ombros, algumas mechas brilhando douradas sob as luzes artificiais da cantina.

— Foi bom encontrá-lo de novo.

— Você também.

— Tem participado de shows improvisados ultimamente?

— Não — respondeu ela. — Tenho evitado homens com violões.

— Boa ideia — disse Max, e as paredes emitiram um brilho verde, indicando que as sessões da tarde estavam começando. — Droga, ainda não comi, mas preciso voltar! — E começou a empilhar seu almoço entre duas fatias de pão. — O prato favorito do meu irmão mais novo. Kent come qualquer coisa que esteja dentro de um sanduíche — explicou.

— Kent... como o político?

Max assentiu com a cabeça.

— Ele mesmo. Batizado em homenagem ao nosso fundador utópico. — Carys se esforçou para não fazer uma careta. — Fazer o quê? Meus pais são devotos. Olha, podemos sair de novo?

— Não sei — respondeu Carys.
— Por favor?
— Não sei. — Ela hesitou, mudando o prato de mão.
— Hoje à noite?
— Não posso...
— Por favor, Carys. Quero lhe mostrar uma coisa. É uma oportunidade única na vida. — Ela riu de novo, e Max fez uma careta. — Acabei de me dar conta do que eu disse, e, sim, parece uma cantada. Mas é sério, tem um negócio acontecendo hoje à noite, e eu pretendia ir sozinho, mas quero levar você. Consegue um tempinho?
— Talvez.
— Por favor?
— Quem sabe — disse ela, cedendo — se você aparecesse na porta da minha casa e realmente fosse uma oportunidade única na vida, eu poderia *considerar* ir.
— Fantástico — respondeu Max, colocando o pão sobre seu almoço.
— Vou buscá-la às dez. Você não vai se arrepender.

— Não vou subir nisso.
— Tente. É divertido.
— De jeito nenhum.
— Tente. — Max e Carys estavam na rua, em frente ao prédio dela, encarando uma bicicleta híbrida. Ele ofereceu o guidom de forma convidativa, e ela cruzou os braços. — Vamos, eu trouxe esta para você. A minha está lá atrás.
— Não, Max. Não é da bicicleta que tenho medo, é das outras pessoas na estrada.
— Ah. Realmente. As pessoas ficam meio enlouquecidas quando dirigem.
— Ficam mesmo. Não posso andar nessa coisa quando os bondes passam voando a cem quilômetros por hora.
— Prefere ir andando? — perguntou ele.
— Sim — respondeu Carys. — Desculpe.
Max suspirou e empurrou a bicicleta até uma ruela na lateral do prédio, prendendo-a ao chão com a tranca líquida que tirou do bolso e espalhou pela roda da frente. A substância se solidificou, e ele empurrou a bicicleta para verificar se estava realmente presa.

— Espere. — Carys tinha a sensação inexplicável de que estava, de alguma forma, arruinando a memória daquela noite ao não entrar na brincadeira. Que, em algum momento, ela olharia para trás e se lembraria dos dois se equilibrando nas bicicletas, atravessando a cidade à noite, seus cabelos balançando ao vento, enquanto Max se virava para trás para lhe lançar um olhar feliz. Ela sabia que aquele era um desses momentos em que precisava se anular e deixar a prudência de lado; que podia ser uma pessoa que se importava menos com os planos aparentes para a noite e mais com a energia do momento. — Traga a bicicleta de volta.

Max soltou um grito de alegria e retirou a tranca com um floreio.

— Você não vai se arrepender, Gary.

Ela lhe soltou um tapa no braço.

— Carys. Cari, se estiver se sentindo carinhoso. "Cabeça de bagre", se não estiver.

Ele posicionou a bicicleta diante dela.

— Pode deixar. Agora, suba.

Max sorriu. Carys jogou uma perna por cima da bicicleta, tomo impulso e saiu voando pelo tráfego noturno da rua. Ele correu com a outra bicicleta híbrida até onde ela o esperava, sob o sinal de trânsito.

— Nossa, mas você é rápida! Achei que não se sentisse segura andando nestas coisas.

— Você precisa prestar mais atenção — respondeu ela. — Eu disse que tinha medo das pessoas nas estradas, não de mim mesma.

O sinal abriu, e Carys seguiu em frente. Seus instintos de piloto entravam em ação enquanto ela desviava dos trilhos de aço dos bondes. Um deles, prateado, surgiu ao seu lado com seus pistões brilhantes e o vagão comprido, soltando arfadas de oxigênio a cada sacolejo.

— Carys! — chamou Max. Ela não escutou. — Cari! Ei, Cabeça de Bagre!

Ela se virou para ele.

— Sim?

Max sorriu.

— Pegue a segunda à esquerda até a Passeig.

— Nós vamos para o mercado? — gritou ela de volta, surpresa.

— Não, sua boba. Que tal você me deixar ir na frente?

— Isso não seria bom para o meu ego — respondeu Carys, correndo no meio do trânsito outra vez, com os faróis iluminando sua silhueta.

— Já que é assim...

Max partiu a toda, fechando outro ciclista e dando uma guinada rápida em um declive na calçada, usando a rampa para pegar velocidade. Carys, por sua vez, virou na primeira à esquerda, passando o controle para manual e pedalando com força, trocando as marchas com o flex enquanto fazia uma curva e dava a volta para chegar antes de Max ao supermercado.

— Pelo amor de Deus — disse ele, arfando ao chegar, segundos depois.

— Não gosta de ser derrotado? — provocou ela.

Max apoiou os pés no chão e recuperou o fôlego.

— Prefiro trabalhar em equipe.

— Aonde vamos então?

— Por aqui — respondeu ele, e os dois seguiram lado a lado, conversando a cem quilômetros por hora.

Eles pararam ao lado de uma velha grade de flores-de-lis em ferro forjado que tentava conter sebes grandes demais. Max e Carys saltaram das bicicletas, prenderam-nas e seguiram na direção de uma entrada quase escondida pelos arbustos selvagens. Ele destrancou o portão de ferro, empurrando com força para abri-lo, e os dois entraram com passos hesitantes na escuridão. Um caminho estreito serpenteava até uma escada pavimentada.

— Podemos...? — Carys mudou de ideia antes de terminar a pergunta e começou a subir a escadaria escura.

— Provavelmente não — sussurrou Max.

Um momento depois:

— Nada de luzes?

— Não.

— Que medo!

E subiram a escada em silêncio. No topo de uma pequena colina, o caminho se alargava para revelar a cidade iluminada contra a escuridão, uma mistura de estruturas de vidro e aço dentro de decadentes ruínas espanholas. Bem na frente deles, havia um domo baixo e escuro, com janelas fechadas no telhado. A madeira estava deteriorada, com ervas daninhas e arbustos crescendo ao redor da porta.

Carys ficou boquiaberta ao ver o edifício.

— Aquilo é um observatório?

— Venha.

Max pegou sua mão, e ela deu um pulo ao sentir o toque, mas se recuperou rapidamente e seguiu com ele até a estrutura. Ele empurrou uma, duas vezes. A porta cedeu e os dois entraram.

— Como foi que...?

— Você faz perguntas demais.

— Eu entro em pânico quando não entendo o que está acontecendo. Gosto de saber como as coisas funcionam. E onde estou. Como encontrou este lugar? Por que estamos aqui? Eu nem imaginava que essas coisas tivessem resistido.

— Encontrei este lugar há algumas semanas. É antigo, da época em que as observações eram feitas apenas da Terra.

— Uau! — Carys deu alguns passos no interior do pequeno edifício e apoiou uma mão na viga larga de madeira que dividia o cômodo, como a retranca de um barco. — O observatório só usa luz natural?

— Acho que não.

— Ele só usa luz natural — afirmou ela, os olhos mostrando divertimento enquanto o corrigia. — É um instrumento bem antigo.

Max deu de ombros, despreocupado.

— Quer dar uma olhada?

— Ainda funciona? — Carys o encarou, chocada.

— Foi por isso que viemos aqui. — Max começou a ajustar o telescópio, abrindo uma das janelas de madeira mofada e empurrando o aparelho pela abertura. — É a última vez pelos próximos trinta anos que será possível ver Saturno a olho nu nesta parte da Terra.

— Mas e as missões espaciais?

— A olho nu — repetiu ele, sorrindo. — Lá em cima, de onde estamos agora. Queria mostrar os anéis de Saturno a você.

— Que romântico!

Max abriu um sorriso malicioso.

— Eu tenho os meus momentos.

— Estou vendo.

Ele moveu Carys para que ela ficasse de frente para o telescópio.

— Gire a lente para ajustar o foco.

Ela se inclinou para a frente e emitiu um som de surpresa. Lá estava Saturno, plano, na lente do telescópio: pequeno e redondo, perfeitamente cercado por linhas cinza.

— Parece um desenho. Não pode ser de verdade.

— Mas é. — Max se aproximou atrás dela. — Ouvi falar que, quanto mais você olha, melhor fica.

Enquanto os olhos de Carys se ajustavam e uma nuvem de asteroides em cima da Terra se movia, a escuridão do céu deixou a esfera ainda mais focada, e ela viu que as cores dos anéis de Saturno tinham um tom arroxeado. Max se aproximou mais.

— Maravilhoso, não?

— De tirar o fôlego. — Ela se virou e sorriu para ele, então voltou a se inclinar na direção da lente. — Quero voar até lá um dia.

— Isso seria incrível. Adoro as estrelas.

— Eu também. — Carys observou os anéis de Saturno em silêncio, seus olhos focando o planeta outra vez. — Nenhum piloto da AEVE conseguiu sair da mesosfera da Terra desde que os meteoros chegaram.

— Você vai conseguir.

— Espero que sim — respondeu ela, enquanto uma chuva de meteoros iluminava a imagem no telescópio, momentaneamente obscurecendo o planeta. — Quero ver o céu noturno sem os fogos de artifício. Ainda não saí da estratosfera.

— Então, o que você faz o dia inteiro?

Carys sorriu, ainda observando Saturno, que surgia mais uma vez na escuridão.

— As agências espaciais sempre recrutam pilotos. Eu comando naves da AEVE dentro da atmosfera da Terra, e estou aprendendo a voar mais alto. Por enquanto, faço simulações e voos parabólicos, mas um dia, num futuro próximo, talvez consiga ir até o cinturão de asteroides e, talvez, encontrar uma forma de atravessá-lo. Ele está sendo mapeado. Quero ver Saturno sem a visão bloqueada por um monte de pedras.

— E você vai conseguir, eu sei que vai. — Gentilmente, Max levantou os cabelos dela e beijou sua nuca.

Carys se apoiou na mão dele, e Max acariciou o ombro desnudo dela com o dedão.

— E o que *você* faz o dia inteiro?

Ele soltou os cabelos dela, que balançaram em suas costas, e ficou imóvel.

— Achei que fossem me colocar na equipe de culinária, para cozinhar para astronautas como você — disse ele —, mas vão me transferir para nutrição e pesquisa.

— Interessante.

— Com certeza é inesperado para alguém que já tinha três empregos em tempo integral. — A mão dele seguiu a curvatura do ombro de Carys até a cintura.

— Que seriam?

— Atendente de mercado, chef de cozinha e psicopata da internet maníaco por Carys.

— Verdade. — Ela fez uma pausa. — Você faz esse tipo de coisa com todas as garotas?

— Cari — respondeu ele, tentando ser razoável —, acho que é justo dizer que tudo que faço com você é inédito.

— Como o quê?

— Não sei... Invadir observatórios abandonados para ver eventos celestiais únicos na vida. Investir em algo sério. Ficar me perguntando que gosto tem a sua nuca. — Ela corou, e Max riu. — Você é diferente, e isso faz com que eu pergunte se também posso ser. — Carys virou a cabeça para o lado para encará-lo, apoiando-se nele. — Mas não podemos violar a lei. Não quero ser expulso da Europia. Se os representantes do Voivoda descobrissem, ou se a minha família...

— Por causa de um namoro bobo? — perguntou ela, mantendo o tom despreocupado. — Não acredito que se dariam a esse trabalho todo.

— Pode acreditar. Já ouvi boatos de pessoas que foram convidadas a se retirar depois de violarem premeditadamente as leis e as regras. — Max deu outro beijo na nuca dela. — Olhe de novo para o céu — sussurrou ele. — Concentre-se nos anéis.

Carys voltou para o telescópio, e Max abraçou sua cintura, sentindo-a respirar contra seu corpo. Enquanto ela observava os anéis de Saturno, visíveis no céu daquele lugar pela última vez pelos próximos trinta anos, ele tracejou círculos no seu pescoço e nas suas costas com as mãos, abraçando-a e mantendo-a aquecida.

Seis

Setenta minutos

— Vou modificar a fórmula química do oxigênio em seu cilindro. — Carys se esforça para não olhar para os medidores de ar, que marcam cada vez menos.

— Tudo bem — responde Max, intrigado.

— Preciso pensar nisso por um segundo. Preciso pensar no oxigênio.

— Posso ajudar?

A expressão dele era de quem duvidava disso, uma vez que seu treinamento de astronauta fora muito breve, mas Carys fez que sim com a cabeça, pensando alto.

— Originalmente, o oxigênio era conhecido como "ar de fogo". Na verdade, é uma grande fonte de energia. Muito incompreendida. Existem vários tipos de oxigênio: o dioxigênio, o ozônio, o tetraoxigênio... A cada século que passava, descobriam um novo, nessa ordem.

— Aonde você quer chegar com isso? — Max se mexe, impaciente.

— A ciência avança e sabota a si mesma com os anos. Se vivermos por tempo suficiente, a maioria das teorias que atualmente aceitamos como fatos será desbancada. Sempre existem dados melhores e mais avançados por aí. Só precisamos avançar em nossos conhecimentos primeiro.

— Como a ideia de que o mundo era plano. — O olhar de Max se volta para a curva da Terra, um mar de meteoritos se aglomerando no horizonte abaixo dele.

— Exatamente. À medida que nossa física vai se tornando mais avançada, o oxigênio também se torna. Não é coincidência. Aprendemos a aplicar uma ciência mais avançada a ele, então o próprio oxigênio evolui. Em 2001, descobrimos que o tetraoxigênio não era tetraoxigênio, mas um grupo de moléculas de oxigênio pressurizado usado no combustível de foguetes no início do século XXI. Era o octaoxigênio, chamado de oxigênio vermelho, muito poderoso... o mais poderoso.

— Certo, estou entendendo tanto quanto minha falta de conhecimento de química permite — diz Max. — Você quer fazer alguma coisa complicada com o oxigênio e transformá-lo em combustível.

— Em oxidante.

— Você quer fazer alguma coisa complicada com o oxigênio e transformá-lo em oxidante.

— Exatamente — diz ela.

Max estica uma mão enluvada, na qual Carys brevemente dá um tapa, em comemoração.

Osric, escreve ela, movendo os dedos como se digitasse em um teclado QWERTY invisível, e o aparelho em seu pulso registra os padrões. *Quero confirmar se posso iniciar uma reação química com parte do oxigênio no cilindro, formando um oxidante.*

Olá, Carys! Se você conseguir gerar uma reação que resulte em simetria romboidal dupla, poderá usar o produto como oxidante.

Um oxidante poderoso?

Sim.

Explique a simetria romboidal dupla.

Estamos falando de oxigênio-16, Carys.

Eita!

Ela passa um segundo pensando, fitando a Terra com os azuis e verdes tão nítidos das florestas e oceanos, seus olhos parando no marrom surpreendente da região deserta e árida que costumava ser os Estados Unidos. *O que acontece se não conseguirmos criar pressão suficiente?*

Talvez criem um alótropo diferente.

Isso seria ruim?

Não necessariamente. Se conseguir criar o octaoxigênio, a Análise Situacional calcula cinquenta por cento de probabilidade de ele funcionar como um oxidante poderoso o suficiente para ser usado como propulsor.

Então vale a pena tentar, digita ela. Numa reflexão tardia, acrescenta: *Obrigada.*

`Disponha.`

Carys nota a ausência do seu nome no fim da frase, mas continua planejando sua experiência química.

— E aí? — Enquanto Carys trocava mensagens com Osric, Max se conscientizava cada vez mais do problema que enfrentavam. Seus olhos focam os meteoritos abaixo deles e se voltam para a *Laertes,* lá em cima. — Está tudo bem?

— Não parece ruim. Osric disse que precisamos criar octaoxigênio. — Ela vai com calma, analisando a reação dele. — Oxigênio vermelho.

— Você quer criar oxigênio vermelho. Aqui fora?

— Sim.

— No espaço, onde não se tem nenhum controle. Oxigênio vermelho. — Max parece incrédulo. — Fora de um laboratório.

— Isso.

— No espaço.

— Sim.

— Sem nenhum equipamento.

Carys resolve abrir o jogo.

— Na verdade, para termos mais chance de sobreviver, precisamos criar oxigênio-16.

— O quê?

— Oxigênio negro. Mas Osric disse que, se conseguirmos chegar perto do octaoxigênio, teremos chance.

— Oxigênio negro — repete Max. — Isso é impossível.

— Temos que tentar. — A voz dela sai fina, implorando. — Vamos, Max. Temos que tentar.

Ele olha para cima, assustado.

— Tudo bem. O que temos que fazer?

`Carys.` A palavra inesperada brilha azulada na lateral do capacete de vidro. A adrenalina dela aumenta.

Sim, Osric?

`Os painéis do seu traje espacial estão detectando um grande influxo de ultravioleta.`

E?

Você está exatamente voltada para o Sol, Carys?

Ela olha para a nave e vê o brilho do nascer do sol surgindo atrás da base.

Sim. Nós nos afastamos mais da Laertes, *então saímos da sombra.*

Carys volta a trabalhar no cilindro de Max, a mão passando pelo buraco antes ocupado pela rede de cobre e subindo para o recipiente que armazenava oxigênio.

Carys.

O que é, Osric?

— Estou ocupada — murmura ela, desligando o *ping* das mensagens de Osric antes que o som faça seu coração ter uma overdose de adrenalina.

Você não deve manusear o oxigênio sob raios ultravioleta.

Carys fica imóvel.

Por quê?

A reação química entre as moléculas de oxigênio sob a radiação ultravioleta apresenta alta probabilidade de criar trioxigênio.

— O que houve? — pergunta Max.

— Espere um pouco.

— Me conte...

Carys, o trioxigênio não funcionará como oxidante ou propulsor, e, se for inalado por vocês...

— Cari, o que está acontecendo? — Max agarra o braço dela.

— Alguma coisa sobre o Sol...

A parte de trás do cilindro de Max se solta no ponto em que Carys a abriu e sai flutuando, então ela solta a mão dele para recuperar a peça.

E se as moléculas não saírem do cilindro?, pergunta ela.

Negativo, os níveis de trioxigênio são altos demais.

— Cari, eu juro que vou...

— Pelo amor de Deus, espere um pouco. Osric está falando algo acerca do oxigênio sob raios ultravioleta...

Osric? Defina trioxigênio.

Trioxigênio, O_3, conhecido como ozônio. Um alótropo menos estável do que dioxigênio.

— Carys. — Max parece estar entrando em pânico.

— Merda. — Ela segura o braço dele. Max continua agarrado ao dela. — Merda. — Com cuidado, Carys pega a tela e a coloca de volta no cilindro, fechando tudo, e então se afasta, presa a Max apenas pelo cabo que os une. — Não vai funcionar.

— Por quê?

— É arriscado demais. Se não conseguirmos criar oxigênio vermelho ou negro, poderemos criar trioxigênio. Por causa do Sol.

— Ozônio?

— Sim.

Osric, liste as consequências médicas de se respirar ozônio.

`Efeitos colaterais do ozônio: indução de sintomas respiratórios. Diminuição da função pulmonar. Inflamação de vias aéreas. Sintomas respiratórios podem incluir: tosse, irritação de garganta, dor, queimação ou desconforto torácico ao respirar fundo, aperto no peito, respiração sibilante ou insuficiência respiratória e, em alguns casos, morte.`

Maravilha.

— Eu queria poder falar com Osric — diz Max. — Odeio não estar com meu flex.

— Não sei se você gostaria das coisas que ele está me dizendo agora. — Max faz uma careta, e Carys lhe estende o braço. — Tenho certeza de que podemos dar um jeito de reconfigurar o meu, se você quiser.

— Não temos tempo suficiente. Continue falando com ele. — Os olhos de Max focam o medidor de oxigênio de Carys, que continua abaixando.

— Tudo bem.

Osric, flexa ela, impulsivamente, *você pode mover a nave para bloquear os raios ultravioletas do Sol?*

`Negativo, Carys. Os sistemas de navegação e orientação estão desconectados.`

Ah. Um segundo se passa. Então: *Pode fazer nossa conversa também aparecer no traje de Max?*

`Sim, Carys. Você gostaria que eu transmitisse o diálogo no capacete de Max sem as palavras chulas?`

Ele não é criança. Pode manter tudo idêntico.
Afirmativo.

Um segundo depois, o vidro de Max brilha com o texto de toda a conversa de Carys com Osric, à esquerda do seu campo de visão. Ele pisca e olha para cima, analisando as informações.

— Ele fala com você de um jeito diferente.

— Que bobagem!

— É verdade. Meu Deus, Cari, esses efeitos colaterais do ozônio são muito sérios.

— Eu sei, mas algum deles é pior do que a certeza de morrer? — questiona ela. — Se tentarmos, mas fracassarmos, vamos acabar danificando nossos pulmões. Mas não é melhor vermos se dá certo para termos a chance de viver?

— Você quer dizer que — diz ele — é melhor termos a possibilidade de uma vida deficiente do que não ter vida alguma?

Carys assente com a cabeça.

— Não sei se concordo com isso.

Ela o encara.

— Sério?

— Não quando é você quem vai se arriscar.

— Bem — diz ela —, tecnicamente, quem vai se arriscar é você. Vamos usar o seu cilindro.

Max ri, e o som sai como um soluço.

— Ah. Então não tem problema.

— Jura? Max? Você está falando sério? — Ele parece distraído, piscando enquanto lê a conversa entre Carys e Osric. Ela tenta de novo. — Max. Diga alguma coisa. Você estava falando sério?

Ele não responde.

— Max?

— Eles não são muito proativos, não é?

— Quem?

— Osric. A AEVE. Quase tudo que Osric calculou foi porque você pediu.

— Acho que é uma limitação do sistema — responde Carys. — Ele é reativo.

— Será que vão aperfeiçoar isso em versões futuras?

— Provavelmente. Inteligência proativa deve ser uma realidade próxima.

Max continua lendo o texto no vidro do capacete.

— Cari. Osric disse que os sistemas de navegação e orientação da *Laertes* estão desconectados. Pergunte a ele quais sistemas estão *conectados*.

Osric, liste outros sistemas que estão conectados.

Um carretel azul se desenrola no vidro dos capacetes dos dois. Sistema de suporte à vida; reciclagem de ar; sistemas da estufa: fotossíntese, painéis solares, irrigação, eliminação de resíduos, simulação de gravidade, iluminação, fornecimento de água...

— A estufa — diz Max.

— O que tem ela?

— As plantas precisam de luz. A ativação da rotina da estufa abriria os painéis solares extras. Olhe como a *Laertes* está posicionada. Ela teria que virar os painéis na direção do Sol. A ativação da rotina da estufa *giraria a nave*.

— Tem razão — diz Carys, e Max dá um pulinho. — Isso não traria a nave até nós — avalia ela, apesar de achar o entusiasmo dele contagiante, e sua voz soa cheia de energia. — Mas talvez possa bloquear o Sol e impedir que seu cilindro produza ozônio.

— E não faria mal se ela se aproximasse um pouquinho de nós.

— Além disso, a eclusa de ar ficaria na nossa direção, para o caso de conseguirmos criar um propulsor. O mais importante seria bloquear completamente o Sol.

— Parece uma boa ideia.

— Vamos fazer isso. Temos que fazer isso. — Carys balança para baixo e para cima. — Vamos lá?

Max lhe lança um sorriso.

— Vamos!

Osric, inicie a rotina da estufa.

`A rotina da estufa foi executada 12 horas atrás. O ecossistema não necessita de mais fotossíntese. Perigo potencial para vida vegetal: alto.`

— Chega. Vou matá-lo.

— Ele é um computador. Não sabe o que diz. Confirme a operação — diz Max. — Aperte o flex com força para Osric sentir a pressão dos seus dedos no pescoço dele.

Passe para o controle manual. Iniciar rotina da estufa.
Confirme a senha.
A senha é FOX. Obrigada.
Confirmado. Iniciando rotina da estufa.

Max e Carys encaram a nave, observando atentamente enquanto ela permanece imóvel. Nada acontece. Os dois trocam olhares, depois voltam a focar a *Laertes*. Finalmente, ela começa a se mover: duas estacas saem de cada lado, girando, lembrando canhões de guerra.

— Não é estranho — diz Carys — que lá dentro a gente consiga ouvir cada arranhão no metal, mas, aqui fora, tudo seja completamente silencioso?

Outra pausa, então a *Laertes* começa, lentamente, a girar em noventa graus. Sua longa proa a estibordo encara agora o ponto no qual Carys e Max continuam a cair.

— Muito estranho.

As estacas irrompem ao mesmo tempo, crescendo em câmera lenta, enquanto os painéis solares se abrem como guarda-chuvas que protegem a nave de uma tempestade. Brancos e prateados, os painéis têm marcas feitas pelo impacto dos asteroides, mas o restante da estrutura brilha na escuridão enquanto o equipamento se alonga, transformando-se em quadrados largos e se ajustando para ficar de frente para o Sol. Max e Carys ficam na sombra, e gritam de felicidade.

— Isso foi fantástico.
— Nunca fiquei tão feliz em ver painéis solares.
— Incrível.
— Olhe... Dá para ver a eclusa de ar agora.

Ele esfrega o braço dela, subitamente sentindo-se perdido.
— E agora?

Os dois se olham, e Carys morde o lábio.
— Acho que devemos começar a reação química.

Mais uma vez, Carys se arrasta até as costas dele, onde mexe no cilindro.
— Tem certeza disso?

Ele assente com a cabeça.
— Nós sabemos o que fazer para esquentar o oxigênio?

Ela para e o encara, então Max se vira para encontrar seu olhar.

— Eu disse, Max, o sistema é um dissipador.

Ele solta uma risada irônica.

— Como se eu soubesse o que isso significa!

— Nós removemos as caixas de refrigeração e alteramos a temperatura do oxigênio criogênico com um calibrador de temperatura muito útil.

— Essas coisas com certeza são fixas.

— Sim. Mas também temos um calibrador de pressão.

— Meu Deus, eles realmente pensam em tudo. — Max faz uma pausa. — Exceto nas coisas mais óbvias.

— E nas instruções. — Carys passa as mãos pelos compartimentos prateados, tocando os tubos condutores, marcadores eletrônicos com muitos números e displays que brilham em uma forte luz azul. — Vamos esquentá-lo e aumentar a pressão.

— Queria que Osric nos dissesse o que fazer.

— Isso não está na programação dele —, diz ela —, o que é uma droga!

— Ele consegue acionar sistemas quando recebe o comando e emite alertas automáticos quando os equipamentos quebram. Só isso?

— E lista os resultados prováveis através da Análise Situacional.

— Certo, como os efeitos colaterais do ozônio. Que me deixaram apavorado.

— É melhor decidirmos o que vamos fazer se isso funcionar — diz Carys. — Se conseguirmos criar um propulsor oxidante, você precisa estar pronto para ir zunindo até a *Laertes*. Acha que ela continua ao nosso alcance?

Max dá de ombros.

— É você quem sabe dessas coisas.

— Vamos partir do princípio que sim. Não seria ruim chegarmos mais perto dela, caso não consigamos alcançá-la de imediato. Acho que é melhor você virar para o lado certo.

— Cari...

— O oxidante vai lançar você para a frente...

— Qual é o problema? — pergunta ele, interrompendo a tagarelice dela.

— Estou com medo de o oxidante ser instável, por estar saindo de trás do seu cilindro.

Ele levanta as sobrancelhas.

— E...?

— E, se eu estiver atrás de você, ele vai me empurrar para trás e soltar o cabo. Vamos acabar girando por aí. Então é melhor nos soltarmos um do outro...

— Carys, me escute. Se você conseguir gerar oxigênio-16, *se* conseguir, o impulso será tão forte que sairmos girando por aí será o menor dos nossos problemas.

Ela responde, baixinho:

— Você acha mesmo?

— Acho. Nem pense em se soltar.

— Tudo bem.

— Faça a reação, depois dê um jeito de vir para a frente e sair do caminho do propulsor, certo?

— Certo.

— Espero que a gente não morra — diz Max, e, por impulso, Carys joga os braços ao redor do seu pescoço, abraçando-o.

— Não vamos morrer. Já tivemos azar suficiente.

Max a segura com força, frustrado diante da falta de contato físico verdadeiro, por causa dos seus corpos cobertos pelos trajes espaciais. Os dois ficam nessa posição por um breve tempo.

— Quanto tempo ainda temos? — pergunta Carys, e ele baixa os olhos.

— Sessenta e cinco minutos.

Ele pensa em todas as vezes que enrolou para acordar, dormindo por mais uma hora, permanecendo na cama por mais tempo do que tinham agora — que desperdício!

— Não dá para esta situação piorar — diz ela. — Vamos tentar voltar para aquela nave idiota? — E aponta para a *Laertes*. Então, de repente:

— Mas o quê...

— Cuidado!

Enormes cubos de lixo compactado voam na direção dos dois, acertando Max, que gira com o impacto, puxando o cabo e levando Carys junto. A distância, a *Laertes* está com as escotilhas a estibordo abertas, encarando-os.

Osric, flexa Carys, mas o contato sai embaralhado, já que seus dedos tremem pelo susto. *Osric...*

— Mas o quê...? — Max gira e se revira, as mãos agarradas ao cabo.

— Cuidado com aquele bloco!

— É um despejo? Por que a merda do despejo está acontecendo agora? *Osric!*

Detritos passam voando pelos dois, afastando-os ainda mais da *Laertes* e os aproximando dos perigosos asteroides abaixo.

```
Estou aqui, Carys. Vocês estão bem?
```

Por que o despejo está acontecendo agora?, flexa ela para Osric, esforçando-se para controlar os movimentos musculares e digitar enquanto eles giram para longe, afastando-se cada vez mais da nave.

```
A descarga estava programada. O dióxido de carbono
foi expelido antes do cronograma devido à rotina ex-
tra da estufa. A descarga programada foi antecipada.
```

— Carys! — chama Max. — Não se separe de mim agora. Este cabo... Você tem que se concentrar...

— Passe para o controle manual! — grita ela, instintivamente.

Passe o despejo para o controle manual, Osric! Interrompa-o!

```
Confirme a senha.
```

FOX. INTERROMPA O DESPEJO...

— Segure o cabo! — berra Max, uma vez que os dois estão girando em direções diferentes, os corpos sacolejando e se retorcendo, em sua tentativa desesperada de permanecerem juntos.

Carys segura o cabo e se puxa pela curta distância até Max, esticando os braços para prendê-los ao dele. Ao redor dos dois, moléculas flutuam, como se estivessem em um globo de neve, junto com grandes cubos de lixo compactado, ejetados no espaço com um silvo silencioso.

— Está parando...

— As escotilhas estão se fechando.

— Precisamos tentar acertar um bloco. Talvez isso faça nossa velocidade diminuir.

— Estamos caindo na direção dos...

— Eu sei. Vamos ser destruídos. Estique as pernas! *Temos que acertar esse bloco!*

— Se chegarmos lá embaixo...

— Pule esticado. Abra os braços e as pernas. *Agora.*

Os dois se esticam, os músculos e tendões estão estendidos, ocupando o máximo de espaço possível, e acertam o maior dos blocos expelidos.

Eles se balançam para cima e para baixo e começam a reduzir a velocidade, enquanto o cubo desliza na direção oposta do impacto. Max e Carys continuam caindo, mas numa velocidade mais lenta e uniforme. Mesmo assim, afastando-se.

— Estamos mais longe do que nunca.

Os painéis solares da *Laertes* estão do tamanho de guarda-chuvinhas de coquetel, e a ideia de criar oxigênio negro suficiente para voltar se tornou uma fantasia impraticável.

Sete

— Vou dar um pulinho na Austrália — anunciou Carys para Max, do nada, semanas depois do passeio ao observatório.

— Por quê?

— Vou dar uma olhada. — Ela apontou para o arco que usava na cabeça.

— Antenas?

— Vou dar. Uma. Olhada.

Ao mesmo tempo, as duas antenas que saíam da cabeça dela brilharam e as palavras "FORÇA, TIME" surgiram em LED vermelho sobre seus cabelos.

Max ficou surpreso.

— Você vai aos Jogos?

— Isso aí. — Carys mexeu no flex preso no pulso, e as palavras em letras de forma na sua coroa se dissolveram e mudaram.

— Que maneiro! Meu irmão mais novo adoraria um desses. É um holograma?

— Tipo isso.

— Mude para "VOCÊ É IDIOTA". — Ela mudou o texto para "VÁ SE F*DER", e Max lhe deu um tapinha no braço, rindo. — Não é normal você censurar os palavrões.

Carys jogou as antenas nele, ainda se adaptando ao ritmo das brincadeiras entre os dois.

— Estou tão animada! Sempre quis ir.

— Eu também — comentou Max.

Os Jogos Voivodas aconteciam de dois em dois anos para receber os últimos territórios a se unirem à Voivodia. Aquele ano era particularmente especial: os Jogos aconteceriam na Austrália, o país mais distante da União Europeia original e o mais recente membro da Europia. A Rússia cedera dez anos antes, sem querer permanecer isolada com os resultados da guerra, e alguns tratados foram assinados com a África. A China era uma aliada relutante da Europia, embora isso não impedisse que desertores como Liu fugissem de lá, uma grande dor de cabeça para a República Popular.

— Preciso dizer uma coisa — disse ele, subitamente sério.

Carys sentiu um frio no estômago. Os dois tiveram alguns momentos como aquele no último mês, entremeados por comentários despreocupados sobre "não ser proibido passar um tempo juntos", mas ela temia que Max desse para trás a qualquer momento.

— Ah, é? — E prometeu a si mesma que não se importaria quando isso acontecesse, mas...

— Eu vou aos Jogos também. Com a AEVE.

— Ah! — Carys cobriu os olhos com as mãos, rindo.

— Ganhei ingressos na loteria dos funcionários.

— Eu também.

Max começou a rir com ela.

— Eu devia ter imaginado. Metade da empresa vai estar lá.

— Ah, bom... É um evento divertido, que podemos aproveitar juntos.

— Pois é. Só temos que...

— Ser discretos? — terminou Carys.

— Exatamente. — Max pegou a mão dela. — Somos amigos aproveitando o espírito da Europia juntos. Não há motivo para dar bandeira.

Ela assentiu com a cabeça.

— Pode deixar. Temos individualidade até o último fio de cabelo.

— É o ideal.

Carys suspirou.

— Você pode pelo menos ir ver os coalas comigo? — Ela seguiu em direção à sua mochila, perto da porta.

— Eles podem transmitir clamídia.

— O quê?

— Humanos podem contrair clamídia de coalas. É um fato.

— Que nojo! — Ela fingiu estar vomitando, mas então ficou séria. — Achei que a clamídia tivesse sido erradicada. Supostamente, estamos vivendo na era da perfeição.

— Num mundo perfeito, na utopia moderna, claro — respondeu Max, parecendo razoável —, mas você ainda pode contrair doenças sexualmente transmissíveis de coalas.

— Vamos nos ver no terminal aéreo? — perguntou ela, caminhando na direção da porta.

— Você já vai?

Carys inclinou a cabeça para o lado.

— Gosto de chegar cedo.

— Você não vai *pilotar* a nave — provocou ele, indo até ela —, mas, se esta é a última vez que vamos nos encontrar sozinhos...

Max a puxou para perto, inclinando a cabeça para encontrar os seus lábios, seus cabelos caindo sobre a testa. Carys afastou gentilmente a mecha.

— Vou acompanhar você até o cruzamento — disse ele quando os dois se separaram.

Ela abriu a porta para a rua, e Max a puxou para dentro quando um bonde passou a alguns centímetros de distância deles.

— Merda — soltou Carys. — Como é perigoso viver aqui. Por que as coisas são assim?

Estavam pressionados contra o batente enquanto os vagões passavam chacoalhando, emitindo seu característico som sibilante.

— Ótimas linhas de transporte.

— E o lado negativo disso — disse Carys, enquanto Max atravessava os trilhos — é o pequeno risco de morte que sofremos sempre que saímos de casa.

— Todo mundo morre um dia — respondeu ele. — E essa ameaça faz a vida valer a pena.

— Que mórbido! — exclamou ela.

— Mas é verdade.

— Uma verdade mórbida.

O rosto de Max foi tomado por uma expressão desafiadora quando cada um parou de um lado dos trilhos na porta da casa dele.

— Se aquele bonde estivesse prestes a me acertar, você teria encontrado força sobre-humana para me salvar.

— E se eu não tivesse?

— Todos nós mostramos nossa verdadeira face quando deparamos com o fim — disse Max. — A mulher que se descobre com uma força surreal para levantar um carro e salvar alguém preso embaixo dele, o homem que arrisca a própria vida para tirar uma criança do caminho de veículos que vêm em sua direção. Atos heroicos acontecem quando enfrentamos a morte. E também existem os menos heroicos, os covardes. No fim de tudo, é impossível esconder quem somos de verdade. E o mais fantástico disso, Cari, é que essas histórias heroicas estão se tornando mais comuns do que os casos de pessoas que deparam com problemas e os ignoram.

— Você parece outra pessoa falando — disse ela. — Nossas conversas nunca foram tão... épicas.

— É por causa da Europia — respondeu Max, em tom prático. — Fazemos o que queremos, não o que devemos fazer. Estamos nos tornando um povo melhor.

— Pessoas melhores.

— O que foi?

— Pessoas melhores, não um *povo* melhor.

— Ah, para com isso — disse ele. — Estou falando sério.

— Você realmente acredita nisso tudo. — A voz dela soou baixa.

— Sim. — Max gesticulou para ela atravessar os trilhos e seguir com ele até a estação dos bondes, mas Carys continuou onde estava. — Você ficou chateada porque eu falei da Voivodia.

— Não. — Ela ajustou as alças da mochila e passou rapidamente por ele. — Você falou sobre o ideal.

*

Max chegou ao terminal aéreo e se reuniu a um grupo sem encontrar o olhar de Carys, sorrindo ao ver que ela encarava o relógio de pulso. Ele havia chegado apenas alguns minutos antes da hora marcada para a saída do jato expresso comercial.

O grupo da AEVE prendia seus cintos nos assentos quando Max, no último instante, sentou ao lado de Carys. Ela revirou os olhos.

— Voltou para mais uma rodada? — sussurrou ela.

— Achei que seria uma boa ideia sentar ao lado de alguém que poderia pilotar o avião numa emergência. Aí, quando perguntarem "Tem algum piloto a bordo?", posso apontar para você. E isso seria bom para a minha reputação.

— Um cidadão modelo.

Max baixou bastante o tom de voz.

— É realmente importante que, para todos os efeitos... — Ele olhou ao redor para garantir que todo mundo por perto estava imerso nas orientações antes da decolagem — ...eu *seja* um cidadão modelo. — Carys soltou uma risada. — Não, é sério. — Ele permaneceu olhando para a frente. — Preciso ser assim. Sou de uma das famílias fundadoras, Cari.

Ela foi pega desprevenida.

— Sério?

— Sim. Meus avós ajudaram a estabelecer a Europia depois da guerra. Meus parentes são muito, muito dedicados à causa.

Ao pensar nos próprios parentes e em como fora criada, ela roeu as unhas em silêncio. O jato começava sua decolagem vertical. Quando chegou à estratosfera, esperando o mundo girar antes de voltar a descer, ela sussurrou:

— Em nome de quem você atua?

— Do meu próprio, Cari. É o que tenho que fazer.

Ela assentiu com a cabeça e se virou para a janela.

— Estamos passando pelo Oriente Médio? — perguntou Max, esticando-se por cima dela para apreciar a vista.

— O que sobrou dele — respondeu Carys. — Não há água em lugar algum. É um deserto.

— Quantas pessoas morreram lá?

Carys não desviou o olhar da janela.

— A maioria.

— Meu Deus! É difícil saber quem ficou pior: os Estados Unidos ou o Oriente Médio.

— Não houve vencedor. Não existe vitória depois de destruir um continente inteiro.

— E você acha que a Europia não é ideal...?

— Nem precisa perguntar o que ele vai comer — disse ela à aeromoça. — Ele vai aceitar qualquer coisa que você sugerir.

— Está me chamando de pau-mandado?

Carys arrastou a bandeja para a frente dele.

— Coma.

— Quer saber? — disse Max, baixinho, fazendo-se ouvir sobre o murmúrio dos motores e pegando uma garfada da comida. — Não se trata de simplesmente seguir o rebanho.

Enquanto o jato descia da Linha de Kármán e a luz exterior saía da noite e passava para o dia, Carys começou a rir.

— Eu sei, Max. Individualismo. — E o observou tranquilamente, enquanto ele se agarrava ao braço da cadeira quando passaram por uma bolsa de ar que fez o jato balançar com a turbulência. — É o que me faz sentir tão sozinha.

— Mas é um ponto negativo que vale a pena enfrentar. Um pouquinho de solidão, quero dizer. É muito mais difícil bombardear ou declarar guerra contra um lugar no qual você viveu parte da vida, onde seus amigos moram ou para no qual você pode ir na próxima Rotação.

Carys não olhou para ele.

— Isso não me faz sentir menos solitária.

Aproveitando a inclinação na direção de Carys de quando o jato tombou para o lado dela, mudando subitamente de posição com o movimento do avião, Max sussurrou no seu ouvido:

— Você tem a mim. — Ele tocou a mão dela com o dedo mindinho. — Carys? Eu disse que você tem a mim.

Quando aterrissaram, ela soltou o cinto de segurança com um gesto brusco e se levantou para pegar a mala, mantendo a voz baixa.

— Tenho? Você desafiaria sua família? — Carys olhou para baixo, e Max tinha uma expressão de culpa no rosto. — Foi o que eu pensei.

O grupo da AEVE chegou ao estádio no início da noite, e o calor seco do sol poente atacava seus temperamentos aclimatados ao norte.

— Ar-condicionado — guinchou Carys enquanto eles se dividiam em grupos menores. — A próxima atualização do sistema do chip deveria vir com ar-condicionado.

O suor secava quase instantaneamente em suas peles e a umidade do ar era quase inexistente.

— Não estamos mais na Europia, Totó.
— Quem é Totó?
— Não faço ideia, ouvi isso em algum lugar. — Max riu.
— Tecnicamente, a Austrália agora *é* Europia.

— É um tipo de calor completamente diferente. — Eles chegaram às filas que serpenteavam até as catracas com leitores de chip e flexes fixos, nos quais cada convidado colocava o pulso para selecionar as opções em uma tela. — Quais...?

— Carys!

Os dois foram interrompidos por um homem e uma mulher que ziguezagueavam pelas filas como hamsters em túneis de acrílico, as cabeças baixas com a determinação de atravessar a multidão.

— Liljana!

— Desculpe o atraso — gritou a outra mulher, apertando-se para passar pelas pessoas. — Precisei ir a uma casa de fé.

— Chegaram na hora certa — respondeu Carys, apontando para as catracas que se aproximavam enquanto o grupo se ajeitava na fila, tocando os ombros uns dos outros com afeição, o cumprimento que se esperava deles.

— Então seremos um quarteto? — Liljana gesticulou para eles e, depois de um instante, Carys assentiu com a cabeça.

— Lili, você se lembra de Max?

— O rei das sobremesas — respondeu Liljana, analisando-o. — Este é meu novo amigo, Sayed.

— Prazer em conhecê-los — disse Sayed. — Vocês todos são da AEVE do V6?

— Isso mesmo — disse Max. — E você?

— Também. Trabalho com Liljana nas missões terrestres.

Max sorriu.

— Maneiro. Estou alternando entre nutrição e testes. E Carys é mais legal do que todos nós, nerds de laboratório. Ela é pilota.

Carys fez uma reverência caricata.

— Sayed começou agora com a Rotação — avisou Liljana —, então devemos ser bonzinhos com ele.

— O que está achando da vida no grande V? — perguntou Max.

— Boa — respondeu Sayed —, é boa. Ainda estou me adaptando, aprendendo idiomas e tal. As pessoas falam línguas demais.

Max riu.

— Você vai ter mesmo que se ajustar a isso. Meu pai me colocou na Rotação quando eu tinha seis anos.

— Seis? — Carys, que até então só ouvia a conversa, ficou horrorizada. — Mas você era tão novo...

— As famílias fundadoras têm que dar exemplo, acho. Faz bem para a alma. Passar algumas décadas fazendo tudo em seu próprio nome.

Sayed murmurou os sons afirmativos dos recém-doutrinados.

— Vocês vão marcar o chip para a loteria?

Max apertou os olhos contra o brilho do pôr do sol.

— Talvez. E você?

— Você deveria se inscrever — disse Carys.

— Você também — respondeu Sayed. — Talvez todos nós devêssemos.

Liljana estremeceu.

— Eu, não. Mas, Carys, você deveria se inscrever para a parte tática. É ótima em resolver problemas, ia se dar muito bem.

— Ia mesmo — disse ela. — Estou treinando há meses, só para garantir.

Juntos, os quatro entraram em catracas adjacentes. Carys se inscreveu na loteria, escolhendo categorias e selecionando as opções na tela. Depois da guerra com os antigos Estados Unidos, a segurança era sempre reforçada em grandes eventos, e, como novo residente europeu, Sayed foi retido para revista no portão.

— O que você escolheu? — perguntou Carys enquanto Max soltava o punho do leitor de chip e entrava no Parque. — A loteria da força bruta?

Ele fez uma pose pouco convincente de homem musculoso.

— Ah, claro. Levantamento de peso. Artes marciais variadas. Judô. — Carys parecia meio chocada, meio admirada, e ele soltou uma gargalhada.

— Fantástico — disse ela. — Vamos ter que dividir o jato de volta com os pedaços embrulhados para viagem que sobrarem de você.

No meio do parque, havia um coliseu sem adornos, feito de vidro brilhante. Aquilo era raro na Voivodia: ao contrário da justaposição de elementos modernos com estruturas antigas vista em todos os lugares, o Parque dos Jogos era uma construção completamente nova. Estádios ergonômicos e arenas elegantes estavam espalhados por toda a área, e havia música tocando em todos os cantos, em uma mistura de diferentes tradições — guitarristas de jazz com percussionistas, rappers dividindo o palco com flautistas.

As fileiras de bandeiras tremulavam ao vento automatizado, o tecido era digitalmente modificado em intervalos de segundos para mostrar o desenho de cada Voivoda. Em curtos intervalos, o símbolo tricolor dos Jogos era exibido.

— Pode tirar uma foto nossa? — Carys entregou sua lente a Max enquanto ela e Liljana se abraçavam de lado e sorriam para a câmera.

— Agora, vocês dois. — Liljana pegou a lente, e Carys e Max fizeram uns joinhas sem-jeito, enquanto as bandeiras balançavam atrás deles. — Mais uma. Cheguem mais perto! — Os dois se olharam. — Vamos! — insistiu Liljana. — Podem se apertar.

Depois de um instante, Max assentiu com a cabeça, erguendo o braço e passando-o ao redor de Carys, enquanto ela se aproximava e abria um sorriso largo.

— Vocês dois fariam um casal lindo! — Liljana riu e mostrou a foto a eles. — É uma pena termos a Regra dos Casais, não é?

Carys soltou uma risada alta demais.

— Só nos sonhos dele.

Max fez uma careta.

— Se Carys tiver sorte, talvez eu considere ligar para ela daqui a dez anos. Para onde vamos primeiro?

— Atletismo — disse Sayed, reunindo-se ao grupo e olhando a programação. — Acabei de conseguir lugares na primeira fila.

Enquanto seguiam para o coliseu, Max, sem dizer uma palavra, pegou a lente de Carys e passou a foto para a sua conta.

A pista impecável estava disposta na forma curvilínea de um oito, o símbolo do infinito. Assentos de polímero alaranjado moldados por injeção cercavam a arena, indo tão alto que deviam alcançar os deuses.

— Épico — suspiraram eles enquanto as telas ao redor do teto aberto jogavam luzes no céu.

Onze atletas desfilavam ao som de gritos entusiásticos, que se silenciaram imediatamente quando anunciaram o momento do sorteio da loteria. Liljana lançou um olhar questionador a Max e Sayed, e eles negaram com a cabeça — não haviam marcado os chips para aquele evento. Um grito soou na extrema esquerda da arena, e um homem saiu correndo do meio da multidão até o pódio, onde recebeu o kit necessário. Ao redor, as telas proclamavam a união da Europia por meio da união interativa de participantes e espectadores. O homem da plateia se uniu aos atletas sob o som de aplausos ensurdecedores e se posicionou na raia doze. Como as conquistas dos talentos excepcionais só poderiam ser realmente admiradas quando comparadas a uma capacidade mediana, um espectador competia com os atletas profissionais em cada prova, oferecendo contexto para aqueles que assistiam ao espetáculo de casa.

— Com quem você vai competir? — perguntou Max a Carys.

Aquele era o segundo elemento interativo dos Jogos: a função de seguir um atleta específico e sentir cada respiração, topada ou tropeço.

— Com o zé-ninguém ali — respondeu ela, apontando para o representante da multidão. — Vamos ver como é correr com a elite da Europa.

— Sei — disse Max, enquanto os dois pegavam os visores de realidade virtual nos assentos, os colocavam sobre os olhos e ajustavam os chips no punho. — Eu vou com o da raia onze, para ver como é derrotar o seu cara na doze.

— Que vença o melhor!

Eles se inclinaram para a frente no assento, assim como os espectadores de toda a Voivodia que assistiam ao espetáculo de casa, quando uma música com batida pesada inundou o estádio. Os atletas saudaram a plateia, relaxaram os músculos e se agacharam em suas posições nas marcas de cada raia. A multidão se calou. Com uma explosão, os corredores se impulsionaram para a frente, e o zé-ninguém de Carys saiu cambaleando dos blocos, correndo desajeitado pela pista.

— Você fez uma péssima escolha — riu Sayed, e Carys gemeu, os visores exibindo os atletas de elite deslizando tranquilamente a distância.

O coração dela acelerou conforme seu chip foi sincronizado com o do zé-ninguém, seu corpo se inclinava de forma suspeita para a direita enquanto ele bamboleava pela pista, apertando as costelas ao sentir pontadas de dor. Max e Liljana, por outro lado, tinham as cabeças jogadas para trás em euforia, disparando pela pista com os corredores profissionais, os corações batendo em um ritmo orgânico e saudável. O atleta de Liljana venceu, e ela se levantou de um salto, os braços esticados como as asas de uma águia, gritando animada. Em todo o estádio, os outros seguidores do atleta também pulavam.

Os quatro removeram os visores. Ao seu redor, a multidão ria e tagarelava sobre o que haviam sentido, gritando encorajamentos para os competidores enquanto o zé-ninguém de Carys abria um sorriso radiante e fazia uma reverência, arfando.

— E agora? — perguntou Liljana. — Deveríamos fazer uma aposta. Tenho a impressão de que só vou escolher vencedores hoje.

— Vamos ver mais umas corridas e depois passamos para os esportes aquáticos? — sugeriu Max. — É melhor deixarmos Carys recuperar o fôlego.

A piscina do Centro Aquático brilhava como vidro enquanto o burburinho animado da multidão batia na água e se refletia pelo estádio. Liljana os guiou até seus assentos brancos, cada um com seu próprio visor. Carys os seguia de longe, exausta por seguir os participantes "comuns" da plateia nos Jogos a que tinham assistido até então. As bandeiras de tecido digital tremulavam no mesmo vento, embora estivessem em um ambiente fechado, e o cheiro de água quimicamente tratada fazia cócegas nas narinas das pessoas.

As atletas surgiram uma atrás da outra, e a audiência, agora já acostumada, ficou em silêncio para ouvir o resultado da loteria da plateia.

— Merda.

Max se virou para Carys.

— O que foi?

— Merda! — Ela mexeu no flex, ajustando a faixa de tela vazada nas juntas dos dedos, olhando para o chip no punho.

— O que foi? — Liljana e Sayed se viraram para ver o que estava acontecendo.

— Meu chip foi marcado.

— Para a natação? — Max começou a rir. — Espero que tenha trazido seu maiô.

— Isso não tem graça. Merda!

— Mas, Carys — disse Liljana, inclinando-se na direção da amiga —, achei que você só tinha se inscrito para os jogos táticos.

— E foi o que eu fiz.

— Mas isso é uma competição feminina de pura força.

— Eu sei, merda! — Ela olhou para Max. — O que vou fazer?

— Deve ter sido um erro — respondeu ele, dando de ombros.

Sayed parecia sério.

— Você tem que competir, Carys.

— Como é?

— A probabilidade de você ser selecionada é mínima. A probabilidade de você ser selecionada de novo é menor ainda.

— Sayed tem razão. Você deveria participar — disse Liljana. — Nunca mais terá outra chance.

— Não posso.

Max se controlou para não segurar a mão dela enquanto outro anúncio no alto-falante pedia para o vencedor se apresentar.

— Participe, Carys. Sei que você queria acabar com os caras dos jogos táticos, mas isso vai ser divertido. Ninguém vai julgá-la por não vencer uma corrida de força.

Ela o encarou, desesperada.

— Eu não nado bem, Max. Quando eu...

— É só bater as pernas — aconselhou Liljana. — Ninguém espera que você vença.

Sayed estava determinado.

— Você vai olhar para trás e desejar ter participado. São só quatro voltas, Carys.

— É o medley. São quatro voltas de estilos diferentes.

A última chamada para o vencedor da loteria foi anunciada, e Max, incentivado por Liljana e Sayed, fez Carys se levantar. A torcida vibrou ao redor deles, o som ricocheteando pela arena no momento em que a multidão percebeu que o vencedor havia sido encontrado. Ele a empurrou gentilmente na direção da escada, e Carys foi tremendo até a piscina, olhando para trás, para os amigos. Max gesticulou para que ela sorrisse, desenhando uma curva no ar diante do próprio rosto, e ela, em resposta, fez uma careta.

— Vocês vão competir com Carys? — perguntou Sayed.

— É claro — disse Max, colocando o visor no rosto enquanto Carys era apresentada à multidão, recebia um kit e era direcionada ao vestiário.

— Eu, não — disse Liljana. — Tenho uma meta a cumprir.

Sayed se inclinou para a frente.

— Às vezes, as pessoas encontram talento onde menos esperam.

— Que engraçado — disse Max. — Eu falei a mesma coisa no caminho para cá.

Carys saiu do vestiário usando maiô, e a plateia explodiu em aplausos enquanto ela ocupava seu lugar no bloco de saída, ao lado das atletas.

Max respirou fundo quando ela mergulhou na água após o anúncio da partida, e seu coração batia em sincronia com o dela. Sayed, também participando com Carys, sentiu cada braçada do nado borboleta desajeitado enquanto ela atravessava a água com dificuldade na primeira volta, as nadadoras profissionais deslizando mais adiante.

— Ela está indo bem — disse ele a Max, e o outro assentiu com a cabeça.

O retorno — nadando de costas — foi um pouco mais problemático, já que Carys acertou a corda entre as raias, e algumas pessoas na plateia emitiram sons consternados. Aqueles que participavam com ela, como Max e Sayed, estavam com a respiração pesada.

Foi na terceira volta que as coisas começaram a se complicar de verdade. Depois de tomar ar no meio da piscina e se esticar para tocar a borda enquanto permanecia de costas, teria sido fácil impulsionar as pernas contra a parede e continuar nadando, seguindo de frente. Porém, no embalo da prova, ela tentou dar uma cambalhota de costas, encolhendo as pernas contra o estômago para sair no nado peito. Sua respiração perdeu o ritmo, e os chips de Max e Sayed indicaram o problema à medida que a falta de ar dominava Carys.

Ela ficou imóvel na água.

Max puxou o ar, arfando conforme sentia a água virtual inundar sua boca e seus pulmões, assim como muitos espectadores ao seu redor. Ele arrancou o visor e desceu correndo a escada do Centro Aquático. A sincronia do chip foi desativada enquanto ele corria para a extremidade mais funda da piscina. Um grito surgiu quando os médicos pularam na água, agarrando o corpo de Carys, que flutuava com os braços imóveis.

— Não! — gritou Max horrorizado, e Sayed e Liljana correram atrás dele.

Um murmúrio nervoso veio da multidão quando a sincronia daqueles que participavam com Carys foi manualmente desativada, enquanto os demais espectadores que seguiam as atletas de elite removiam os visores, chocados ao perceberem o que estava acontecendo.

As bandeiras ficaram imóveis e emitiram um brilho vermelho, e a transmissão ao vivo sinalizava a ocorrência de um acidente. Todos assistiam enquanto os paramédicos a tiravam da água.

— Afogamento em águas rasas — disse o médico enquanto as atletas saíam da piscina e ficavam observando respeitosamente de um canto.

Max se apoiou na barreira que separava a arena da plateia e a saltou, então foi correndo até o ponto no qual Carys estava deitada, imóvel, ao lado da piscina.

— Ela está bem?

— Por favor, deixe a gente trabalhar.

O médico pressionou o peito dela uma, duas, três vezes; as mãos em concha. O coração de Carys não reagia com batimentos.

Max caiu de joelhos ao lado do médico, pegando a mão dela.

— Carys.

— Por favor, senhor. — O homem fazia os movimentos mais uma vez.

— Cari.

— Hipóxia cerebral — declarou outro médico, enquanto outro fechava o nariz dela e começava a administrar respiração boca a boca.

Liljana observava a cena horrorizada, com a expressão se tornando preocupada ao perceber quantos olhos estavam focados no jovem e belo casal emoldurado pelo desastre: Max de joelhos ao lado da água turquesa, os cabelos de Carys saindo espalhados da touca, como se ela fosse a Dama do Lago. Em algum lugar, algum executivo estaria se perguntando o que fazer caso ela morresse durante a transmissão ao vivo.

O médico respirou na boca de Carys mais uma vez. Com uma forte tremedeira, ela tossiu, a água da piscina saiu de sua boca, e ela começou a chorar.

— Cari. — Max apertou sua mão, também chorando. Ela virou a cabeça, as lágrimas se misturando à agua da piscina em seu rosto. Ele se aproximou de quatro, apoiando a testa na dela. — Desculpe.

As bandeiras brilharam e se tornaram brancas. A plateia gritou de alívio, feliz pela sobrevivência da garota, e Carys levantou uma mão, ainda deitada, para mostrar que estava viva.

Liljana chamou os nomes deles, e Max piscou.

O encanto se dissipou conforme lembrava onde estavam. Enquanto os médicos a moviam com gentileza, sob os aplausos do público, Max, dividido, achou que seria melhor se afastar, preocupado por ter revelado tanto, de forma tão pública. E se o pessoal da AEVE estivesse assistindo à cena nos telões do Parque? Ou a sua família, em casa? Seus olhos passaram pela multidão e encontraram o olhar reprovador de Liljana, mas Max deixou as preocupações de lado e continuou segurando a mão de Carys, enquanto ela puxava seu pulso.

— Eu disse que não nadava bem — sussurrou ela.

— Eu sei. Desculpe-me por ter obrigado você a participar.

— Você não obrigou.

Obriguei, sim, pensou ele.

— Perdi o fôlego. Perdi o fôlego.

Por todo o parque, telões gigantescos repetiam a triunfante sobrevivência de Carys sem parar, mostrando Max encostando a cabeça na dela várias e várias vezes.

Oito

Sessenta minutos

Carys e Max atravessam a nebulosa de lixo da *Laertes*, presos um ao outro pela cintura, adentrando cada vez mais a escuridão. Os dois são cobertos por sombras, e seus trajes e capacetes são as únicas fontes de luz. Seus braços, prateados e brilhantes, mantêm-se esticados sobre a cabeça, como se pudessem sentir ou impedir a queda, mas não podem.

— Se acabarmos lá embaixo...

— O que faremos?

— O campo de asteroides vai nos matar.

As entranhas de um microasteroide passa por eles, estalando silenciosamente como uma bombinha fora da validade.

— Você viu aquilo?

Carys geme, com a cabeça entre os braços estendidos.

— Não temos nenhuma chance de sobreviver aqui. Até as porcarias das estrelas e das pedras estão morrendo.

— Não temos *quase* nenhuma chance. O que você estava dizendo?

— Existe alguma coisa que podemos fazer?

Max nega com a cabeça, triste.

— Acho que não.

Os dois trocam olhares assustados quando outra pedra pequena passa voando, semelhante aos fragmentos de asteroide que acertavam a nave e quebravam os painéis solares, provocando uma cacofonia regular que acompanhava os ruídos e estalos do metal se expandindo ao entrar e sair da luz do sol. Ali fora, as fissuras e colisões das pedras eram mais ameaçadoras em seu silêncio.

— Chegamos ao cinturão de asteroides.

O pânico havia tomado conta das ruas quando ele aparecera: obras de arte foram escondidas em compartimentos subterrâneos; casas de fé começaram a pregar sobre todas as formas do apocalipse, desenterrando sermões de todas as crenças da história, enquanto procuravam conhecimento ou um significado maior; os efeitos da guerra nuclear entre os Estados Unidos e o Oriente Médio se acalmaram diante de uma ameaça maior e mais universal; a Rússia acelerou seu processo de adesão à Voivodia. Entretanto, o cinturão de asteroides simplesmente ficara onde estava, suspenso acima da Terra. Algumas pedras caíram no solo e no mar, mas a maioria permaneceu na estratosfera, formando um anel ao redor do planeta. As nações remanescentes da Terra se uniram para pesquisar tanto os meteoros no céu como as pedras brilhantes caídas — a coleta de geodos se tornou uma atividade desenfreada e lucrativa. A AEVE se esforçava para elaborar simulações de voo e mapear rotas antes de enviar os melhores astronautas para o espaço, mas ninguém conseguia atravessar o campo.

Pelo futuro previsível, o planeta estava confinado e separado do restante do universo. Nosso sistema solar permanecia inexplorado; o espaço sideral estava abandonado. Depois de duzentos anos ouvindo os maiores cientistas declararem que nosso futuro estaria nas estrelas, que a salvação do homem seria encontrada na exploração das galáxias, a humanidade se encontrava, mais uma vez, presa à Terra. Um anel de pedras fizera o relógio voltar dois séculos no tempo, tanto filosófica como tecnologicamente.

No cinturão de asteroides, Carys e Max se seguram ao cabo que os une, silenciosos e contemplativos.

— Temos menos de uma hora.

— Não sei o que fazer. — A sinceridade de Max é um golpe. — Estamos longe demais agora, e qualquer coisa que tentarmos provavelmente será destruída por um meteoroide. Fizemos tudo que podíamos.

— Será que vale a pena repassarmos o que já tentamos? — pergunta Carys, cautelosa. — Talvez isso nos dê alguma ideia.

— Não sei.

— Tem que haver algum jeito.

— Não sei, Cari, está bem? — A voz dele falha nas últimas palavras. — Não sei. Faça o que quiser, porque, pra mim, já deu.

— Se tivéssemos um propulsor...

— Mas não temos. Você não devia começar com essa besteira de pensar em como as coisas poderiam ter sido, desejando o que não podemos ter.

— Mas, se tivéssemos pegado o propulsor...

— Eu sei que o erro foi meu. — A voz de Max se torna polida e dura. — E eu faria qualquer coisa para voltar no tempo e prender o propulsor a mim na eclusa de ar. Mas não fiz isso. Eu me sinto péssimo, mas não podemos mudar o passado.

— Ei — diz Carys, tocando nele. — Não estou culpando você.

— Você não me culpa?

— Max, por favor, acalme-se.

— É você quem está falando de culpa.

Carys respira fundo, sem saber como prosseguir. Quer encontrar uma maneira de resolver o problema e sobreviver, mas Max agora parece furioso. Ela tenta de novo.

— Podemos repassar o que fizemos até agora?

— Não quero fazer uma lista dos meus erros.

— Pare com isso. Pare! — Ela solta um grito de raiva, exalando boa parte do ar. — Max a encara, surpreso. — Quero repassar tudo que fizemos.

— Você não deveria respirar assim — diz ele. — Vai usar todo o seu ar.

— Ah, é? E que diferença isso faz? Você já desistiu.

Ele brinca com a insígnia azul da AEVE no braço.

— Eu não desisti — responde ele, mais calmo. — Só não tenho mais ideia do que fazer. Não podemos criar um propulsor e, mesmo que pudéssemos, estamos longe demais para voltar.

— Tem razão, estamos longe demais — diz Carys. — Mas ainda temos uns sessenta minutos um com o outro, e prefiro passar esse tempo sendo otimista a desistir.

Max olha para o medidor na lateral do cilindro de ar dela, mais uma vez notando que o volume está mais baixo do que Carys acabou de declarar.

— Vamos lá — diz ela. — O que tentamos?

Ela parece esperançosa, e Max controla seu nervosismo, conformando-se. Mais um grupo de pedras passa voando ao lado deles.

— Tentamos expelir oxigênio despressurizado para fazer um propulsor. Não funcionou.

— Certo.

— Foi idiota. Desculpe.

— Não importa. O que mais?

— Depois tentamos aquecer dióxido de carbono. Mudamos o plano para algo impossível: criar oxigênio vermelho ou negro.

Carys revira os olhos.

— Que só não funcionou por causa do Sol. Mas, agora que estamos na sombra, será que vale a pena tentar de novo?

Os dois olham para a escuridão ao redor, suas costas estão voltadas para a Terra. A Lua e a faixa de estrelas distantes parecem estar a centenas de vidas de distância, e até mesmo elas desaparecem nas dobras rosadas da Via Láctea, fazendo Carys e Max se sentirem desesperadoramente minúsculos.

— Acho que estamos longe demais — diz ele.

Carys volta a ler a conversa com Osric sobre oxidantes e passa um segundo fazendo cálculos, então baixa a cabeça.

— Confirmado. Estamos longe demais para voltar para a *Laertes*. O que mais? Pedimos a Osric para mover a nave, o que era impossível. Ele listou os sistemas conectados e desconectados.

— Conectados... Osric só listou os sistemas conectados. — Max se abaixa quando outro meteoroide, este do tamanho de um cascalho, passa voando, quase acertando sua bota. — Precisamos tomar cuidado. Se uma dessas pedrinhas bater nos nossos vidros, a gente já era.

— Estamos caindo na direção das pedras maiores, então isso é inevitável. — Ela abaixa mais um dedo para mostrar que está falando de outra tentativa. — Iniciamos a sequência da estufa, o que fez a *Laertes* girar e abrir os painéis, bloqueando o Sol, mas acionando um despejo.

— Aquela droga de despejo!

— Uma porcaria — concorda ela. — Nem pensei que aquilo poderia acontecer.

— Levar uma pancada de esgoto realmente foi a gota d'água de tudo isso. — Max pensa por um instante. — Existe outra coisa que faria a nave chegar mais perto de nós?

— Isso adiantaria alguma coisa? O impulso de lá — ela aponta — para cá só nos empurraria para mais longe.

— E não temos um bote salva-vidas nem nada assim.

— Nada de bote salva-vidas — confirma Carys.

— Nada na *Laertes* que seja inteligente ou que possa receber instruções. — Max parece esperançoso novamente, e ela se anima, por um instante.

— E se eu perguntasse a Osric?

Max assente com a cabeça, e ela começa a digitar no flex.

Osric, ainda existe algum drone a bordo?

Carys espera, mas Osric não responde.

Osric?

Max encara a pergunta em sua tela.

Olá, Carys. Há muita interferência, então nem todas as suas palavras estão sendo recebidas.

Ainda existe algum drone na Laertes?

Negativo. Dois drones estão em missão de reconhecimento e fora de alcance. Dois estão atuando como satélites de patrulha.

Droga.

Carys espera que a palavra em azul apareça no vidro deles, mas nada acontece, então tenta de novo.

Droga.

Mas não aparece.

— Mas o quê...?

Max olha para ela.

— O que está acontecendo?

O áudio dele falha dentro do capacete de Carys, então ela rapidamente verifica o sistema de som, depois inspeciona o flex em seu pulso.

— Consegue me ouvir?

Ele parece perturbado e nega com a cabeça.

— E agora?

Mais uma vez, Max nega, gesticulando para a orelha, cada vez mais preocupado.

— Merda.

Carys olha novamente para o pulso e para o sistema de comunicação, com os controles de volume na parte interna do braço. Ela aponta para Max em pânico, articulando com a boca para que ele fale.

— Perdemos o sistema de comunicação? — pergunta ele, mas Carys não consegue ouvir.

Ela estica a mão para tocá-lo, tentando, de alguma forma, se fazer entender. Max olha ao redor, nervoso, dizendo palavras que ela não consegue ouvir.

— Não quero ficar sozinha — diz ela.

Osric?

`Carys. As palavras piscam na tela. Há muita interferência, e vocês estão ficando fora de alcance.`

Isso é um choque.

O quê?

`Não perca tempo. O que você precisa perguntar?`

Max balança o braço dela, mas Carys o afasta, indicando um dedo para pedir que espere.

O quê?, flexa ela.

`Vocês estão saindo do alcance, e logo estarão sozinhos. Carys, o que você precisa que eu diga?`

Max a agarra de novo, lendo a conversa com Osric dentro do seu capacete, mas Carys não consegue ouvir o que ele obviamente grita, e seu tempo está acabando.

— Fones destratados? — interpreta ela, impotente, balançando a cabeça. — O quê?

Fones destratados.

A leitura labial não faz sentido algum, Carys não tem ideia do que Max está gritando para ela fazer. Depois de hesitar por um instante, pensando em como passar a próxima hora, ela toma uma decisão.

Como faço para restaurar a comunicação com Max?

Max joga as mãos para cima, nervoso.

`Carys, no momento, o áudio é transferido para a` *Laertes* `e então volta para os seus chips. Ajuste a proxi...`

— Osric? — chama ela, a voz desesperada.

Nada.
Osric?
Apenas silêncio. Carys coloca o rosto nas mãos, ou pelo menos o máximo que consegue com o vidro do capacete no caminho, e então volta a olhar para Max. No caso de Osric ainda estar conectado, ela flexa rapidamente: *Obrigada, Osric.* Nada aparece no vidro deles.

Max a encara e dá de ombros. Os dois não têm como se comunicar — estão completamente sozinhos.

*

A experiência de quase-morte morte nos Jogos Voivodas fez com que Carys quisesse se sentir, de alguma forma, mais viva. Os dois foram para a cama, finalmente, nervosos e um pouco bêbados, cientes demais de que aquilo significava alguma coisa. Haviam afogado seus medos e expectativas no álcool, tornando tudo meio vago — Carys empurrou Max para o sofá e subiu nele, esgarçando a gola do velho suéter de tricô azul-marinho que ele vestia.

— Eita! — Max riu, segurando seus pulsos quando ela puxou um fio, distorcendo a forma da roupa antiga.

Ela se sentou, o rosto lutando para manter uma expressão indiferente.

— Eita?

— Não quis dizer "Eita, pare com isso" — sussurrou Max, puxando-a para mais um beijo, mas calculando mal, de modo que Carys caiu em cima dele, batendo com o rosto em seu peito. — Acho que existe a possibilidade — disse ele — de estarmos um pouco bêbados.

Carys se sentou novamente, olhou para ele, os cabelos se soltando da trança e se espalhando pelos ombros, louro nas pontas clareadas pelo sol.

— Você acha?

Max começou a rir, e ela começou a desabotoar a camisa. Ele a segurou pelo quadril, observando-a de baixo, piscando para estabilizar a visão, que girava.

— Vamos para o quarto — disse ela.

— Tem certeza? — perguntou ele.

— É claro que tenho certeza.

— Eu quero muito fazer isso.

— Eu também.

Max se levantou do sofá com as pernas de Carys presas ao redor da sua cintura, carregando-a nessa posição até o quarto, enquanto ela o beijava.

— Precisamos nos preocupar com...

— Está tudo bem. Eu uso um AAA — disse Carys. — Estamos protegidos.

Ela levantou o suéter dele, impaciente, e Max o tirou desajeitadamente enquanto a deitava na cama.

— Você está bem? — perguntou ele, tirando a calça e pressionando o dedão na curva do pé de Carys enquanto levantava a perna dela.

Ela se retesou e esticou os músculos da panturrilha em reflexo. Arfou quando Max passou a mão pela parte interna da sua coxa, provocando-a. Em resposta, prendeu a perna em torno dele e o puxou de repente na sua direção, na cama.

— Pare de me perguntar se tenho certeza e se estou bem. Nunca quis tanto algo na vida.

Mordendo o lábio, Carys abriu a braguilha da calça de Max, e ele observou enquanto ela o puxava para dentro de si. Ele a penetrou uma, duas, três vezes; pensou "meu Deus, isto está acontecendo tão rápido, com ela, com a garota que assombra meus pensamentos e tem o corpo de uma..."

E gozou bruscamente, apertando-a em seus braços. Os dois ficaram deitados assim por um instante, antes de Max dizer, baixinho:

— Desculpe.

— Não seja bobo — respondeu Carys, a voz distante. — Não importa.

— Importa, sim. Só estava tão...

— Não tem problema.

Carys deu um beijo no ombro de Max, levantou-se da beirada da cama e caminhou pelo quarto escuro, a pele pálida iluminada apenas pela luz da lua. Ele a observou, confuso, enquanto ela pegava o suéter de tricô do chão.

— Posso usar isto? — perguntou ela, passando-o pela cabeça. O suéter a cobria até a metade das coxas. Max assentiu, e Carys seguiu para a cozinha. — Quer alguma coisa? — gritou.

Aliviado ao perceber que ela não estava indo embora, gritou de volta:

— Água seria bom.

— Já volto.

Max ficou deitado, contemplando a luz que vinha da rua e atravessava o teto correndo sempre que um híbrido passava, a cabeça girando por causa da bebida e dos últimos acontecimentos. Entretanto, quando Carys não voltou depois de cinco minutos, ele começou a ficar preocupado.

Encontrou-a encolhida em uma cadeira na cozinha, uma silhueta iluminada pela luz da rua que entrava pelas portas de vidro. Encarando as ruínas da fundação de tijolos que era usada para delimitar um jardim, ela roía uma unha e balançava o joelho sobre o qual acomodara o queixo.

— Você está bem?

Ela não respondeu.

— Carys?

— Oi — respondeu ela, com um sorriso que não alcançava os olhos. Olhos que, por sua vez, não encontravam os dele.

— Pode olhar para mim? — Max se aproximou lentamente, colocando uma mão nas costas dela.

— Acho que já fiquei sóbria — disse ela, ainda sem olhar para ele.

— Que pena! — Ela olhou para cima, para Max, irritada, mas ele continuou: — Porque eu não fiquei.

Ela escondeu a cabeça entre os braços.

— Eu sou uma idiota.

— Não seja ridícula. — Max sentou ao seu lado. — Eu sou o idiota. Não consegui me controlar.

— Nem eu.

— Mas eu não consegui... Quero dizer, eu queria que fosse maravilhoso para você, mas...

Carys levantou a cabeça e finalmente o encarou de verdade, uma mecha de cabelo caindo sobre seus olhos verdes.

— Não me importo com isso, Max.

— É vergonhoso.

— Claro que não.

Ele se esticou na cadeira.

— Não?

— É um elogio, na verdade.

— Bem, claro, foi exatamente isso.

— Desculpe por ter sido esquisita — disse ela. — Só estava com medo.

Max tirou a mecha do rosto dela e a prendeu atrás de uma orelha.
— Por que estava com medo?
— Porque gosto de você. E queria que você me quisesse.
Envergonhada, Carys se desencolheu e se levantou para fazer um chá.
— E eu quero — respondeu Max. — Apesar de você ter ficado um pouco selvagem.

Ela escondeu o rosto no suéter, e os dois riram, a tensão finalmente se dissipando.
— Desculpa. — Carys o olhava nos olhos.
— Me desculpa também. Acho você maravilhosa, e sinto muito por estarmos tão nervosos que fizemos tudo rápido demais. — Max se aproximou, e Carys olhou para baixo. Ele levantou o queixo dela. — Mas você sabe que isso teve um ponto positivo.

Ela levantou uma sobrancelha.
— Agora já transamos. O que significa que podemos transar de novo.

Carys riu quando os lábios dos dois se tocaram, ele empurrando a língua entre os dentes dela. Enquanto se beijavam, Max passou as mãos pelo seu corpo, sentindo cada curva no caminho até as suas coxas, e levantou-a para sentá-la na bancada. Ela gemeu e acomodou a cabeça no ombro dele. Max percorreu uma trilha em sua pele com beijos, enquanto ela o envolvia com as pernas.
— Obrigada — sussurrou ela.
— Pelo quê?
— Por me querer, mesmo sabendo que eu sou uma idiota.
— Não tem problema — respondeu ele, dando um beijo ao lado da orelha dela. — Também sou um idiota.

Carys abraçou o pescoço dele, as mãos de Max foram para o cabelo dela, e os dois pararam de rir, o frio em suas barrigas dizendo que, dessa vez, era para valer.

Nove

Cinquenta e dois minutos

Max e Carys sabem que estão irritados um com o outro só de observar sua linguagem corporal. Dentro do capacete de astronauta, o rosto dele está franzido, e a boca pronuncia palavras que ela não consegue escutar, suas mãos gesticulam mais rápido do que as de um chef de cozinha picando legumes. A postura dela, por outro lado, é a de alguém derrotado, com as costas curvadas, apesar de seu corpo continuar se movendo — vítima do perpétuo movimento da microgravidade.

— Eu sei — diz Carys, apesar de Max não escutá-la. — Fiz a pergunta errada a Osric. Desperdicei a oportunidade, e você está irritado comigo. Eu sei.

O sistema de comunicação não funciona mais. Eles não conseguem falar nem ouvir a voz um do outro. Osric se foi. No silêncio que se segue, a frustração de Max se transforma em raiva, e Carys, cansada da hostilidade do companheiro, ergue o pulso diante do rosto dele, esperando receber toda a sua atenção antes de bater os dedos no dedão repetidas vezes, no gesto internacional de "blá-blá-blá". Com a provocação, a hostilidade de Max surge novamente, e fala palavras que ela nunca vai ouvir, mas das quais se arrependerá para sempre.

Os dois brigam em silêncio por alguns instantes, vagando por seu caminho na escuridão. Quando se cansam, Max se encolhe em posição fetal os braços cobrindo o capacete, os joelhos contra o peito, e grita. Grita pela impotência da situação, deixados à deriva e sem treinamento suficiente, flutuando pela noite. Grita que não deveria estar ali naquele momento com Carys, grita que tentou se afastar e obedecer às leis utópicas, não se envolver com ela. Porém, acima de tudo, por tê-la colocado em perigo. Em uma hora — menos —, ela vai morrer, e ele terá de assistir.

Carys não escuta o grito. Ela o observa se encolher cada vez mais em posição fetal, estremecendo enquanto expõe as emoções. É possível ver o tremor passando pela sua pele, pelos braços e pernas. Ao testemunhar o colapso de Max, sabe que há um som que não consegue ouvir, e, por um instante, fica feliz.

Max tenta se afastar quando Carys toca seu braço, mas ela insiste.

— Sinto muito — sussurra ela. — Sinto muito mesmo.

Lentamente, ele cobre a mão dela com a sua, dando-lhe tapinhas. Tudo bem, diz com aquele gesto. Ele está voltando a si.

Max se desenrosca gradualmente, as pernas se esticam como as de um mergulhador caindo na água. Os braços relaxam, saindo da bola tensa e rígida que ele se havia tornado. Ele levanta a cabeça e respira lenta e profundamente. O cabo entre os dois estica um pouco com o movimento, e ele o puxa para que Carys, presa pela barriga, se aproxime, como um passo de tango.

Ela o encara. Max coloca uma mão sobre o coração, seus olhos azuis pedem perdão.

— Eu sei — diz ela. — Me desculpe também.

Ele levanta os dedos contra o peito duas vezes, como um batimento cardíaco.

Carys olha para o medidor de oxigênio dele, que marca uma queda para cinquenta e poucos minutos — a soma da idade dos dois. Ela se pergunta o que fazer, como vão se comunicar agora que não podem falar, se ainda conseguirão voltar para uma vida juntos, com a capacidade de conversar garantida. Lentamente, ela estica os dedos de uma mão, como uma estrela-do-mar, para ativar a tela do flex, e então digita aleatoriamente no teclado QWERTY. Nada aparece no seu vidro — e ela torcia que algo aparecesse no dele. Carys balança a cabeça em negação, e Max lhe lança um olhar questionador, e ela nega mais uma vez. Ele dá de ombros. Não entendeu o que ela quis dizer.

Carys pensa em tudo que aprendeu sobre comunicação na escola, exceto os idiomas europeus. Acontece que ninguém realmente sabe usar o código Morse. A maioria das pessoas é capaz de sinalizar "SOS" e, caso tenha conhecimento avançado, talvez o próprio nome, mas ninguém sabe o sistema completo.

Ela desconsidera a semáfora — não está tentando aterrissar um avião. Poderia balançar um pedaço de pano, de corda ou os compartimentos de água diante de Max, mas seria impossível se lembrar de todas as letras ou ter certeza de que ele entenderia...

Ela pensa.

Max toca em seu ombro, como uma pergunta.

Espere.

Ele a toca novamente, e Carys levanta um dedo para pedir que espere, ainda pensando.

Max levanta as sobrancelhas.

Com uma série de movimentos, ela indica com as mãos para que ele se vire, mostrando que quer ficar às suas costas. Max assente com a cabeça, e Carys tateia o corpo dele, tomando impulso para a frente até estar diante do seu ombro, manobrando para chegar às costas. Mexe no cilindro, na parte em que antes viu o recipiente de água e... luzes.

Carys pega uma lanterna de LED e a segura com ambas as mãos, concentrando-se em ligá-la. Ao se soltar de Max para verificar o mecanismo, afasta-se um pouco, e o cabo estremece.

O LED é acionado. Carys aponta a luz para o rosto de Max, cegando-o, e ele protege os olhos com as mãos.

— Desculpe — diz, mas ele não escuta.

Ela gesticula para o ponto onde o brilho desaparece na escuridão, a lanterna apontada para o lado. Apesar de a luz parecer forte, ela é apenas um pontinho minúsculo na tela da galáxia. Max olha na direção que Carys aponta, perguntando-se se ela está usando a lanterna para chamar a atenção de alguém e se encontrou algum tipo de ajuda. Quando se vira e não encontra nenhuma salvação, apenas uma pedra moderadamente grande caindo a quase dois quilômetros de distância, estremece. Os dois estão dentro do cinturão de asteroides.

Carys balança a lanterna para recuperar a atenção de Max, que assente com a cabeça. Ela gesticula para o brilho, à espera de que ele sinalize novamente que entendeu.

Tudo bem.

Com as mãos firmes, mexe a lanterna em uma linha lenta, arrastando o pequeno facho de luz pela escuridão. Ao chegar ao topo, faz uma curva até a metade da linha e então o encara.

— P?

Carys sorri e faz que sim com a cabeça, rezando para que Max tenha dito "P", e não qualquer uma das muitas outras letras com que "P" rima ou com que se parece em uma leitura labial. E usa a lanterna para fazer novamente a mesma forma. Porém, antes de conseguir terminar, Max toca seu braço e repete:

— P.

Ela sinaliza que não e repete a forma, gesticulando para ele prestar atenção, e faz uma linha diagonal na metade da linha.

— R? — diz Max.

Ela faz sinal de positivo com a mão e rapidamente desenha um círculo com a luz.

— O. — Max parece confuso. — PRO. Profissional? Promessa? Esta é a brincadeira mais inútil do mundo. Não faço ideia. Continue.

Muito concentrada, Carys corta a escuridão com um X.

— P-R-O-X. Próximo?

— Não.

— Próximo. O que você quer dizer com próximo? O que é próximo? Um parente próximo. Algo que está perto. Um amigo. Ajudar ao próximo. O fim está próximo. — Ele a encara. — Acho que não é nada disso.

Irritada, Carys nega com a cabeça, esperando o monólogo acabar. Ela gesticula com as mãos, apontando o espaço entre ela e ele, entre ele e ela, indicando a distância que os separa.

— Sim, nós dois estamos aqui.

Max repete o gesto (o espaço entre ela e ele, então o espaço entre ele e ela), e Carys revira os olhos. Mais uma vez usando a lanterna, ela desenha uma linha: "I."

— I. Ou um. Um? Um o quê?

— Não é um, Max. Não é um. PROXI.

Ele não consegue escutar, e Carys percebe que terá de reescrever todas as letras. Se os dois não conseguirem se entender, não poderão dizer muito um ao outro. Quanto alguém seria capaz de expressar, nos momentos finais da vida, usando apenas gestos? Eles passaram por tanta coisa juntos. Reunindo toda a sua paciência e ainda agarrando a lanterna, Carys estica os braços antes de usar as mãos, como se quisesse apagar o céu, fazendo o sinal de "cortar", indicando que ele deve esquecer tudo que viu. Então ela rapidamente refaz P-R-O-X...

— Eu sou um idiota. Proximidade. Você está falando de proximidade.

Max repete a palavra para Carys, que faz um sinal de positivo e gesticula para o flex, fingindo digitar uma mensagem para Osric.

— Ah!

Ele repassa rapidamente a última conversa com Osric.

`Carys. Há muita interferência, e vocês estão ficando fora de alcance.`

O quê?

`Não perca tempo. O que você precisa perguntar?`

O quê?

`Vocês estão saindo do alcance, e logo estarão sozinhos. Carys, o que você precisa que eu lhe diga?`

Fones destratados.

Como consigo restaurar a comunicação com Max?

`Carys, no momento, o áudio é transferido para a Laertes e então volta para os seus chips. Ajuste a proxi...`

Max lê "fones destratados" e geme, então faz que sim com a cabeça para mostrar a Carys que entendeu. Ele não havia prestado atenção na última instrução de Osric: deviam dar um jeito de ajustar a proximidade para conseguirem se comunicar.

— Proximidade — murmura ele, analisando o texto em azul no vidro do capacete, movendo o bloco da conversa para um lado, a fim de explorar o painel de configurações. — Nunca fiz isso antes.

Carys levanta o rosto em uma pergunta — ele sabe o que fazer? Ela faz que não com a cabeça, indicando que não sabe.

— Nem eu, Cari. Nem eu. — Max passa pelas configurações de brilho, contraste e cor, sem encontrar o que procura. — Não é aqui.

Ele passa a focar os controles de som em seu braço, ignorando volume, controle de clareza e equalização. Como se alguém estivesse preocupado em escutar tons graves ou agudos no espaço.

Max a encara sem saber o que fazer. Ele aponta para a orelha, balança a cabeça em negação, aponta para a tela e faz que não novamente.

Carys relê a conversa com Osric, e reflete.

```
Carys, no momento, o áudio é transferido para a
Laertes e então volta para os seus chips. Ajuste
a proxi...
```

E dá um tapa no peito de Max.

— Está nos nossos chips. — Sabendo que ele não consegue escutar, ela aponta para o punho. — Chip.

Para garantir que Max entenda, bate várias vezes no punho, e ele sorri quando assimila o significado. Carys rapidamente passa pelos vários itens de configuração do chip, até chegar aos menos usados. Encontra a opção certa e estica o braço para que Max possa ver. Ele configura o seu da mesma forma. Com um estalo, em um volume muito mais alto do que o áudio anterior que passava pela *Laertes*, o sistema de comunicação deles volta à vida com o som mais belo que ela poderia imaginar:

— Oi!

Os dois se abraçam e riem, tudo em som estéreo.

— Carys? — diz ele. — Lembra quando me ofereceram este emprego?

— Essa é a primeira coisa sobre a qual você quer falar?

— Eu estava pensando nisso quando não conseguíamos conversar. Queria lhe perguntar. Preciso saber.

— Queria me perguntar o quê?

— Eles disseram que fui indicado e mencionaram o número de perguntas a que respondi no MenteColetiva. Mas só funcionários ativos podem fazer indicações.

Carys brinca com o cabo.

— Já conversamos a esse respeito.

— Quando nos encontramos de novo — continua ele —, quando descobri que você também trabalhava na AEVE... Aquilo foi uma coincidência tão...

— Sim.

— Esta é uma das coisas que se aprendem com a idade. Coincidências não existem. Você me indicou, Cari?

— Isso faz alguma diferença?

— Você me arranjou o emprego?

— Sim.

Carys nem tenta negar, e Max assente com a cabeça.

— Achei que tivesse conquistado aquilo por mérito próprio.

— E conquistou.

Ele ri, uma risada lenta que soa balbuciante e abafada no sistema de som dos capacetes.

— Você interveio para melhorar a minha vida depois de ter me visto uma só vez?

— Duas vezes. Tínhamos nos visto duas vezes.

— Você é doida?

— Não. Sim. — Carys sabe que é difícil explicar. — Quando nos conhecemos, dava para ver que você não era feliz. Estava preso naquele mercado por causa de uma obrigação familiar. Você mesmo disse. Então, na noite no bar, conversei com Liu sobre sua "empreitada espacial", nos termos dele, e pensei em usar sua habilidade essencial, que realmente é uma habilidade, Max, para lhe dar a história que ele inventou para você. "O maior astronauta vivo que ainda respira e não morreu"? Por que isso não podia virar realidade? Por que esse não poderia ser você? A AEVE precisava de um técnico culinário, e você já tinha se esforçado para conseguir isso. Eu simplesmente apresentei você para as pessoas certas.

— Por que, Cari?

Silêncio.

— Por que eu?

— Não sei. Talvez porque você tinha dentes bonitos...

— Você *é* doida.

Ela tenta explicar mais uma vez:

— Eu não sabia se alguma coisa aconteceria entre nós, não naquela época, mas achei que seria melhor tentar *te* deixar feliz. Em vez de ficar com a bunda plantada na cadeira, esperando alguma coisa surgir para me deixar contente, eu podia ser proativa e ajudar alguém a tornar suas ambições realidade, só para variar.

Max se afasta dela por um instante, absorvendo aquela informação.

— Então passamos esse tempo todo — diz ele — fazendo piada sobre como eu a salvei, quando, na verdade, foi você quem me salvou.

Parte dois

Dez

Era uma pergunta bastante simples, que Carys nem tinha considerado fazer. Estavam felizes, sendo amigáveis no trabalho e íntimos em segredo, quando metade do Voivoda começou a se preparar para a próxima Rotação.

Tudo começou com pequenas coisas que foram ganhando importância: primeiro veio o distanciamento social imperceptível e discreto, já que alguns europeus inevitavelmente percebiam que seu tempo na vizinhança estava chegando ao fim. O MenteColetiva sofreu um grande aumento na quantidade de conversas, palpites e pesquisas sobre futuros Voivodas em potencial, apesar de ainda faltar algum tempo até que eles fossem anunciados. Depois disso, vieram as inscrições em massa no laboratório linguístico, uma vez que aqueles que perderam a prática de alguns idiomas nos últimos três anos não queriam ficar isolados e sozinhos no próximo destino. Finalmente, vieram as noites maldormidas e as manhãs sonolentas enquanto o Voivoda entrava em clima de uma festa que nunca termina. Os membros do Primeiro Ciclo logo iriam para a próxima Rotação.

Em um dos raros dias perfeitos, Carys e Max viajaram para visitar o local da primeira memória dela nas montanhas mais afastadas do Voivoda 3. Como os membros da sociedade em geral eram incapazes de conversar sobre de onde vieram ou sobre onde haviam crescido de verdade, uma vez que a maioria das experiências da infância era transicional e transitória, muitos dos moradores da Europia optavam por voltar ao local da primeira memória; um rito de passagem.

Embora o topo da montanha mais alta do País de Gales fosse historicamente cercado de nuvens e, com frequência, neve, naquele dia

Snowdon estava emoldurada por um belo céu azul manchado apenas pelas menores nuvens brancas: o oxigênio expelido pelos trens híbridos que subiam pelas encostas.

Max acordou primeiro e se esgueirou da cama para preparar o café, gentilmente depositando uma bandeja na beirada da cama, ao lado de Carys.

— Agora você está me servindo? Eu o treinei bem *mesmo*.

Ele deu um pulo. Era raro ouvir Carys fazer piada antes das dez da manhã, que dirá antes de tomar café!

— Dormiu bem?

— Estou animada para voltar lá em cima. — Ela gesticulou para os picos do parque nacional, visíveis pela janela, enquanto bebericava o café quente e pegava a torrada que Max tinha posto na bandeja. Seus cabelos castanho-claros estavam presos em um coque volumoso e meio caído que se soltara durante a noite e agora pendia sobre sua testa. — Vamos nos arrumar e sair?

— Nossa! Você está se sentindo bem? — Max a analisou, perdida naquela cama enorme, vestindo a camisa azul da AEVE dele com as mangas dobradas, e Carys encontrou seus olhos. Segurava a caneca com ambas as mãos para aquecê-las, e o rosto exibia um largo sorriso. De repente, ela pareceu muito jovem, e ele soltou uma gargalhada. — Vamos lá. Só temos que sair de fininho. Eu não devia ter usado a cozinha. Aquela velha vai vir atrás de mim com seu rolo de massa.

— Com o quê?

— Deixa pra lá.

Os dois encheram suas mochilas com tudo que seria necessário e se esgueiraram para fora da pousada — uma velha mansão da era Georgiana mantida de pé por suportes e vigas de aço que se projetavam da fachada, mas não destoavam da umidade e do ar de grandeza decadente — aninhada na estrada aos pés do vale. O sol iluminava tudo com um brilho forte, porém, como ainda era cedo, o calor parecia distante. Ao redor deles, tudo era verde. Musgo verde amarelado crescia em pedras de ardósia que ladeavam os declives esverdeados, samambaias enfeitavam os caminhos com sua vegetação frondosa. Com cautela, Carys saiu, encontrou a trilha e puxou a gola do seu casaco para se proteger do ar gelado.

— O dia está perfeito.

— Está, sim — concordou Max.

— Vamos desligar os chips e não usar os flexes.

— Tem certeza? — perguntou ele.

— Eu consigo passar algumas horas sem tecnologia — provocou ela. — E você?

Max desligou o chip com um gesto espalhafatoso.

— Pronto. Aonde vamos primeiro?

— Podemos ir à velha estação elétrica?

— Claro. Sabe como chegar lá?

— Mais ou menos. Temos que subir a montanha. — Ela fez uma careta. — Temos que subir a montanha para tudo.

— Ótimo — disse Max. — Pode ir na frente, guia.

Um grupo de carros híbridos passou correndo, fazendo com que os dois saíssem da trilha e fossem para cima das plantas. Carys, desequilibrada pelo peso da mochila, imediatamente caiu de costas em um arbusto.

— O que eles estão fazendo aqui? — perguntou ela sem fôlego, mas achando graça.

Max ofereceu a mão para levantá-la. Quando Carys a aceitou, ele escorregou na lama e caiu ao lado dela.

— Merda!

Os dois se deixaram cair e riram, e ficaram assim por um bom tempo, rindo ainda mais ao trocarem um olhar. A piada já tinha perdido a graça, mas a força das suas risadas os levou às lágrimas.

Um senhor idoso, vestido para caminhada com um casaco e uma calça encerados e com um Beagle caminhando obedientemente atrás dele, lançou-lhes um olhar de reprovação e suspeita.

— Bom dia! — gritou Max do chão. O homem emitiu um murmúrio emburrado enquanto eles voltavam a rir.

— O que acha que eles estão fazendo aqui? — perguntou Carys enquanto Max tirava a poeira dela.

— São nativos, querida. O velho e o cachorro provavelmente moram aqui.

— Não, seu idiota. Os híbridos voivodas. — Ela apontou para a calça jeans de Max, manchada com um infeliz tom marrom.

— Ah, ótimo! Parece que não consegui aguentar até chegar ao banheiro. Acho que estão preparando o V3 para a Rotação.

Carys assentiu com a cabeça.

— Certo. Sempre esqueço que a outra metade vai se mudar logo.

Max olhou ao redor enquanto os dois continuavam a subir, mas permaneceu em silêncio.

Eles fizeram uma pausa no centro de visitantes para beber água antes de a trilha se alargar em uma estrada plana que seguia ao longo de um lago. Anos antes, o lugar era um reservatório, mas os detalhes construídos pelo homem desapareceram havia tempo. Agora, a água se estendia por todos os lados, sua superfície refletindo o céu e invertendo as montanhas ao redor — um espécime perfeito da Mãe Natureza, apesar da origem artificial.

Carys se adiantou e pegou uma pedrinha para fazer deslizar sobre o lago. Quando a lançou no ar, a pedra bateu uma, duas, três vezes na superfície antes de afundar.

— Nada mau. Nada mau — disse Max, procurando uma pedra adequada. Depois de encontrá-la, ele a fez bater na água quatro vezes.

— Isso aí!

— Humm.

Carys passou o dedão sobre a superfície lisa de uma pedra oval, avaliando seu peso com a mão. Esticou o braço para trás, mas não fez seu arremesso. Em câmera lenta, movimentou o punho, praticando o movimento.

— Não precisa ter pressa.

— Observe e aprenda, Maximilian.

Ela girou o braço, dobrando os joelhos enquanto jogava a pedra, satisfeita ao observá-la deslizar pela água em linha reta, batendo nove, dez, onze vezes na superfície e afundando com um *plink*.

Max ficou boquiaberto.

— Como você fez isso?

— O truque — respondeu ela, enquanto dava as costas para a água e escondia seu sorriso — é gerar rotação e velocidade de avanço ao mesmo tempo.

— O método científico de jogar pedras. — Max ainda fitava o ponto no qual a pedra afundara, a cerca de oito metros da margem. — Minha nerd dos arremessos — disse, abraçando-a e falando contra seu pescoço. — Você está ensinando o método científico de jogar pedras. Não acredito que saiba fazer algo assim.

— Quando eu era pequena, ganhei cinco vezes a competição de Tanygrisiau — contou Carys, a voz tomando mais a cadência do seu sotaque ao falar sobre a infância. — A última parte da equação é o grau em que a pedra bate na água. Quinze graus é o que oferece o melhor resultado.

— Entendi. Cinco vezes vencedora do campeonato. — Max deixou cair a pedrinha que segurava. — Não tem como competir com você.

— Para sua sorte — disse Carys, ficando na ponta dos pés para quase olhar nos olhos dele —, você não precisa fazer isso. Sou boa o suficiente por nós dois.

Ele soltou uma gargalhada, mas se afastou, ciente das pessoas que passavam ali por perto.

— Ah, relaxe. — Carys suspirou. — Não acho que precisamos nos esconder por aqui.

— Em todo lugar, Cari. As regras existem por um motivo.

— Sempre achei que fossem uma orientação. Como ter uma vida feliz... Seja independente e tenha filhos mais tarde. — Carys fez uma careta.

— É mais ou menos assim — respondeu ele. — Apesar de haver aspectos psicológicos e científicos por trás disso. — Max olhou para as pessoas que caminhavam do outro lado do lago. — É melhor continuarmos andando.

— Não vivemos num estado de polícia, Maximilian. Aqueles estranhos não vão nos expulsar da Voivodia. Ou o seu problema é eles acharem que você não segue os ideais?

Carys voltou para a trilha sabendo que estava certa — e ele também sabia.

Respirando fundo, Max pegou a mão dela, e eles subiram pelo morro íngreme e pedregoso na direção da velha central elétrica.

A vista de Llyn Stwlan era deslumbrante. Uma represa enorme, esculpida em pedra, formava curvas que percorriam as encostas. Ela criava um caminho pelo terreno: de um lado, o vasto lago de água escura; do outro, uma depressão na montanha. Max e Carys seguiram por ela, alternadamente observando o reservatório e o penhasco pedregoso, pisando com cuidado em qualquer trecho verde que saía das rachaduras na pedra cinza. Acima dos dois, nuvens atravessavam o céu azul-claro, impulsionadas por uma brisa suave, porém gélida.

— Aqui em cima era cercado por um muro, mas há muito tempo ele desabou — disse Carys, admirando a vista da montanha. — Hoje em dia, é um pouco mais perigoso. Centenas de anos atrás, havia uma ferrovia para locomotivas a vapor.

— Locomotivas a vapor? Eles estavam mais próximos do que pensavam.

Carys deu de ombro.

— Mas eles usavam carvão, não oxigênio.

— Então é uma pena que não tenham prestado mais atenção no oxigênio. — Max sentou na beirada rochosa da represa, onde o muro costumava ficar, as pernas balançando perigosamente cerca de trinta metros acima da água. — Como está sendo o seu dia?

— Ah, você sabe, perfeito!

— O meu também. — Ele sorriu. — Este lugar é o primeiro de que você se lembra?

— Praticamente o primeiro.

Carys se sentou ao lado de Max, que lhe passou um sanduíche de frango com maionese que havia guardado na mochila. Ela o aceitou com prazer.

— Quantos anos você tinha?

Ela hesitou.

— Max...

— Imagino que cinco, como todo mundo. — Ele pensou no assunto por um instante. — Mas aí você não lembraria tanto sobre o lugar, tipo como chegar aqui. E não teria vencido cinco vezes o campeonato de arremesso de pedras. — Max a encarou. — Carys?

— Meus pais... O País de Gales era independente, sabe, então eles optaram por não participar da Rotação no início. Ficaram aqui nas montanhas. Fomos uma das últimas famílias a ir embora.

Ele a observava com surpresa nos olhos.

— Você cresceu fora da Rotação?

— Morei aqui até completar 18 anos.

— Sem se mudar?

— Sem me mudar. Só comecei a participar da Rotação aos 18 anos.
Max se inclinou para trás.

— Fora da Rotação até os 18. Meu Deus, se um dia vocês se conhecerem, nunca conte isso aos meus pais. Minha família *nunca* aprovaria. — Ele deu uma mordida no sanduíche, balançando a cabeça em negação. — Não é de se admirar...

— O que não é de se admirar? — perguntou Carys.

— Que você ache a Europia e tudo o que ela engloba um pouco inconveniente.

Ela baixou o sanduíche.

— E você não acha?

— Na verdade, não. Quer dizer, agora que nos conhecemos, é inconveniente eu ter que me mudar daqui a dois meses.

Sua boca formou um *ah*, mas nenhum som saiu.

— Cari?

— Você vai se mudar?

Ele olhou para baixo.

— Estou no Primeiro Ciclo, Cari.

— Nunca perguntei qual era o seu ciclo — disse ela. Era uma pergunta tão simples que nem havia passado pela sua cabeça. — Só achei que não fosse o primeiro.

— Estava esperando o momento certo para contar.

— E escolheu agora? — A voz de Carys estava distorcida em um tom dramático, mas não havia como ser diferente.

— Achei... Achei que seria melhor esperar até termos um dia perfeito.

Ela refletiu sobre isso e então disse:

— Você achou que a melhor forma de terminar um dia perfeito seria me contando que vai se mudar em dois meses?

— Sim — respondeu Max, mas ela parecia incrédula. — Não. Talvez. Sim.

— Mas, quando nos conhecemos — disse ela —, você estava cuidando do supermercado da sua família. Tinha acabado de começar lá.

— Não, Cari. — A voz dele soava gentil. — Já fazia um tempo que estava lá. Por isso me sentia tão frustrado. Olhe, nunca imaginei que fosse conhecer alguém como você, que nosso relacionamento fosse durar... Não deveria ser assim, pelo menos não por enquanto.

Ela esfregou o rosto, encarando o musgo nas pedras enquanto pensava no que fazer, no que dizer. Finalmente:

— O que vai acontecer agora? Acabou?

— Não quero que acabe. — Max falava baixo. — Não quero perder você.

— Você não parece estar se esforçando muito para *ficar* comigo, Max.

— Não sei o que dizer. Talvez quando estivermos mais velhos... — Sua voz sumiu, e ele instintivamente soube que não deveria olhar para cima.

— Acabou? — repetiu Carys.

— Eu não posso. Não posso. Como justificaria uma coisa dessas? Nenhum dos meus amigos está passando por algo assim. Nenhum. — Carys murmurou algo, e Max disse: — Não me venha com essa história de geração da pegação. Nosso caso não tem nada a ver com isso. Mas a forma como meus pais me educaram...

— Qual é o problema, Max?

Ele abaixou o que sobrava do seu sanduíche.

— Eu contei sobre a minha família. Meus ancestrais morreram para fundar a utopia. Meus avós, seus irmãos e irmãs, meus tios e tias-avós, eles foram a primeira geração. Faço parte de uma das famílias fundadoras, Carys. Qual parte disso você ainda não entendeu?

Ela permaneceu em silêncio.

— Muitas delas, é claro. Mas a minha... Passávamos seis dias da semana na escola de idiomas. Meu primeiro desenho pendurado na geladeira de casa foi a bandeira azul com estrelas douradas da Europa. Meu Deus, minhas primeiras palavras devem ter sido o juramento. — Carys sorriu ao ouvir isso. — Meus avós paternos trocaram a Índia e a Espanha pela utopia, e meus avós paternos vieram da Suíça e da Itália. Minha avó paterna era doutora em genética infantil, assim como a minha mãe.

Carys ficou imóvel, intimidada pelo peso do legado da família de Max, mas fascinada pelos detalhes que desejara tanto ouvir, mas temera tanto perguntar.

— Minha avó fazia parte da equipe que analisou as estatísticas ultrapassadas sobre fertilidade da França do século XVIII, que ainda eram citadas, e solicitou novas pesquisas. Como cientistas, eles exploraram os limites da fertilidade, desenvolvendo novas técnicas e métodos, criando novos padrões para a maternidade. Minha família finalmente ajudou a acabar com o estigma social de ter filhos numa idade mais avançada.

— Então as pessoas tiveram que parar de ficar dizendo que o tempo estava passando e era melhor não deixar para fazer isso tarde demais — comentou Carys.

— Exatamente. O que, por sua vez, levou à criação da Regra dos Casais.

Ficaram em silêncio enquanto ela absorvia tudo aquilo.

— Então, quando te provoco por acreditar de verdade...

— Você sabe como é difícil ir contra algo que passou a vida inteira ouvindo?

— Acho que não.

— É doloroso. — A voz de Max tinha um tom de súplica. — Se tivéssemos nos conhecido um pouco mais tarde...

— Quase uma década mais tarde.

A verdade nua e crua era dolorosa para ambos, e Max queria consolá-la, mas não sabia como, então permaneceram ali sentados, observando os tristes vapores híbridos se afastando pelo vale.

— Para onde você vai se mudar? — perguntou ela.

— Para outra estação da AEVE. Estava falando sério quando disse que não queria perder você.

— Mas você é o garoto-propaganda da Regra dos Casais.

— Você entendeu.

Carys concordou com a cabeça.

— Acho que sim.

Max ficou em silêncio por alguns instantes, o frio da pedra atravessando suas roupas.

— Vou sentir falta das suas chamadas de vídeo pelos Rios de Mural para me mostrar todas as opções de roupa para sairmos.

Ela fez uma careta.

— Isso só aconteceu uma vez.

— E eu vou sentir falta de como você enfia seus pés gelados entre as minhas pernas enquanto dorme.

— Ou de como reconfiguro seus programas de higienização dental para espalharem água pelo piso de vidro do seu banheiro.

— Com certeza não vou sentir falta disso.

— Qual o problema em usar uma escova de dente? Só queria saber isso...

— Você é antiquada.

Cautelosamente, Max passou um braço pelo dela enquanto os dois fitavam o parque nacional de cima. As montanhas verdes se espalhavam ao redor, sob o céu azul primaveril, suas pernas balançavam acima do lago. Ele começou a dizer algo, mas parou.

Depois de um instante, Carys incentivou:

— Diga.

— Eu não imaginava que algo assim fosse acontecer.

Ela segurou o braço de Max, apoiando-se nele, e ficaram assim por um tempo.

— Talvez possamos visitar um ao outro. Nos fins de semana...

Carys o encarou.

— É melhor não, você mesmo disse.

— Eu sei. — Max estava se contradizendo, e não gostava daquela estranha troca de papéis. — Mas eu visito amigos em outros Voivodas. E você também faz isso. — Ele pensou no assunto. — Isso seria completamente normal. Além do mais, não seria certo da minha parte abandonar você antes de ensiná-la a configurar os programas dentais do jeito certo. — Carys sorriu. — Seria um serviço de utilidade pública.

Ela apoiou a cabeça no ombro dele, seus braços estavam entrelaçados.

— Não me odeie — disse Max. — Mas ainda não posso desistir de você.

— Como eu poderia odiar você?

Ele guardou as embalagens dos sanduíches na mochila e fez menção de se levantar.

— Talvez — sussurrou Carys, as palavras sibiladas seguindo com o vento — algumas regras existam para ser quebradas.

Onze

Quarenta e cinco minutos

Deslizando como as pedrinhas que jogaram no lago, Max e Carys penetram o campo de asteroides mais fundo do que queriam. O cinturão que envolve a Terra exibe um belo espetáculo de estrelas cadentes à noite, às vezes durante o dia, mas, ali — dentro dele —, só oferece perigo.

— Quarenta e cinco minutos já se passaram — diz Max, olhando para os lados, nervoso, enquanto caem. — Usamos metade do nosso tempo. Ninguém vem nos ajudar, não é?

— Não tem quem possa vir.

— Estamos completamente sozinhos.

— Pare com isso.

— É melhor desistirmos.

Carys morde o lábio.

— Desistirmos do quê?

— É melhor desistirmos de encontrar formas de sobreviver.

Ela lhe lança um olhar irritado.

— O quê?

— Que diferença isso faz? — Max dá de ombros.

— Por favor, Max. Não posso lidar com sua crise de depressão além de todo o resto. — Ela gesticula para o campo de meteoroides ao redor.

— Talvez seja melhor tirarmos nossos capacetes agora e aceitarmos um fim rápido, em vez de ficarmos protelando o inevitável.

Carys lhe dá um tapa no peito.

— Pare com isso. Estou falando sério. Olhe para baixo. — E aponta para os fogos de artifício seguindo em direção à China, meteoros do tamanho de estantes criando rastros de fogo pelo céu da Terra enquanto queimam e se partem na atmosfera. — Imagine quantas pessoas estão olhando para cima agora — diz ela. — E nós somos os únicos olhando lá para baixo.

— Humm — responde Max. — Isso não ajuda muito a acalmar meu pânico por estarmos sozinhos.

— Não estamos sozinhos — insiste ela, e os dois continuam a observar os meteoros sobre a China. — Aqui em cima, pelo menos não precisamos lidar com a Regra dos Casais, com representantes da Voivodia, com as consequências da destruição dos Estados Unidos e do Oriente Médio ou com aqueles meteoros acertando a Terra.

Carys estremece ao pensar na situação do planeta que deixaram para trás, um mundo tido como perfeito, apesar de estar lentamente se destruindo.

— Mas não tem ninguém aqui com a gente. Isso não torna tudo bem pior?

— A cadela-astronauta russa provavelmente está por aqui, flutuando na sua nave — diz ela. — Laika.

— Coitadinha — reflete ele, um tom desesperado surgindo em sua voz. — Será que Anna também está aqui, em algum lugar?

Surpresa, Carys balança a cabeça em negação.

— Não, querido.

— Ela pode estar.

— Acho que não.

— Em algum lugar.

Preocupada com essa mudança radical de humor, Carys lhe dá outro tapa no peito, então nota que os olhos dele estão um pouco dilatados.

— Max? Você está bem?

Ele continua observando os asteroides lá embaixo.

— Não nasci para isso. Sou chef de cozinha, Cari. — Max a encara, implorando. — Só um chef de cozinha.

— Não, não é. Você é membro da Agência Espacial do Voivoda Europeu. — Ela apoia a mão enluvada no peito dele. — Também estou com medo. Meus conhecimentos de física não são suficientes para nos salvar. Não sabemos o que estamos fazendo, mas somos membros da AEVE, e fomos treinados, mesmo que um pouco, para estar aqui.

— Certo.
— Você pode fazer uma piada, por favor?
— Agora, não — responde Max. — Estou guardando uma para mais tarde.
— Ótimo.
— Provavelmente vai ser sobre o método científico de arremessar pedras.

Carys franze o nariz.
— Faça uma piada melhor.
— Vou pensar em outra coisa.
— Ótimo.
— Mas você sabe física o suficiente — diz Max — para ser uma boa lançadora de pedras.

Ela ri.
— Acho que posso considerar os asteroides como pedrinhas deslizando pelo espaço. Apenas o contexto muda.
— Seria meio complicado arremessar uma pedra na gravidade zero. A menos que você a atire de uma galáxia para outra.
— Que profundo — responde Carys, feliz por ele estar começando a relaxar enquanto falam bobagens. — Então você não acha que estamos sozinhos aqui?

Max gesticula para os tons arroxeados da Via Láctea.
— Fala sério. Costumávamos pensar que vivíamos no único planeta habitável da única galáxia. Agora sabemos que há um número infinito delas, em um universo em expansão. Somos realmente tão sortudos a ponto de termos tudo isso só para nós?

Carys solta uma risadinha.
— Você parece um corretor de imóveis tentando vender o universo.
— Promoção! Avise aos seus amigos! — cantarola ele, desempenhando esse papel. — À esquerda, temos uma vista panorâmica maravilhosa de todas as constelações no cosmos. À direita, um trajeto rápido de quatrocentos mil quilômetros até o centro da Terra, fora do horário do rush. As acomodações são aconchegantes, com um capacete de astronauta autêntico para te proteger dos elementos da natureza, e a vizinhança é amigável.

Carys bate palmas com as mãos enluvadas, e Max faz uma reverência.
— Obrigado — diz ele. — Estou me sentindo bem melhor.

— Acho que é isto que temos que fazer agora: nos distrairmos. Assim, evitamos chegar ao fundo do poço.

— Queria que tivéssemos um fundo do poço. É cansativo demais não parar de cair.

Carys olha ao redor.

— Sei que sempre falamos da Terra como se ela estivesse abaixo de nós, mas, se isso ajudar, com a microgravidade daqui, nada está acima ou abaixo. Não interessa onde estivermos, tudo será igual.

— Meu cérebro sempre mantém a Terra abaixo de nós. Sempre que ela se move, sinto como se estivesse numa montanha-russa.

— Eu também. Talvez seja melhor pararmos de olhar para casa.

Ele não diz nada sobre aquela palavra — *casa*.

— Max? O que você quis dizer antes com *fones destratados*?

Ah, meu Deus!

— Ah, meu Deus, isso.

— O que você quis dizer?

— Osric disse para você perguntar o que precisava saber antes de sairmos de alcance. Você só tinha tempo para mais uma pergunta. Antes, ele falou que havia quatro drones. Drones, Cari. *Drones desconectados*?

Ela o encara, chocada.

— Fones destratados. Drones desconectados.

Max dá de ombros.

— Queria saber se ele podia acionar os drones funcionando como satélites e enviá-los para cá.

— Está de brincadeira. Por que não disse logo isso?

— Eu disse. Mas perdemos a comunicação — rebate ele, irritado. — Não percebeu que Osric só podia responder às coisas que você perguntava?

— Aquilo foi muito esquisito.

Não perca tempo. O que você precisa perguntar?

— Agora é tarde demais. Não podemos falar com Osric, não podemos falar com a *Laertes*, não podemos falar com a Terra.

— Desculpe. Não entendi.

— Ah, paciência. Também não consegui entender "proximidade", então acho que somos igualmente inúteis. — Max limpa o vidro na frente do seu rosto com a manga do traje espacial. — O que você quer fazer?

— Eu beberia alguma coisa.
— Estou falando sério — diz ele. — O que você quer fazer?
Carys gesticula para os arredores.
— Não temos muito tempo de sobra.

*

Quando o namoro dos dois passou a ser de longa distância, nada era mais importante do que o tempo que passavam juntos. O distanciamento, entretanto, só trouxe confusão. As noites de sexta-feira eram estranhas, um portal educado e desconfortável de volta à familiaridade, um deles sempre cansado da viagem, o outro tenso pela necessidade de ser um bom anfitrião. Carys chegava ranzinza e inibida ao Voivoda 13, implicando com tudo ou sendo irritante no transporte híbrido, incapaz de olhar nos olhos de Max. Ele a papparicava, tentando ajudá-la a se sentir à vontade, mas não tinha a capacidade verbal de tranquilizá-la, então logo iam para a cama. Ficavam juntos, deitados, as endorfinas acalmando os pensamentos irritados e nervosos, relaxando os dois.

— Bem-vinda de volta — disse Max, ficando de lado para encará-la. — Você está de volta, não é? Por que sempre fica tão estressada quando chega aqui?

Carys deitou de bruços e levantou os cabelos para que ele pudesse acariciar suas costas.

— Não sei — respondeu ela. — Acho que, quando nos vemos, não sei se alguma coisa mudou durante a semana. Não sei se você ainda é meu ou se me quer... É como começar tudo de novo. Nosso namoro precisa renascer a cada sexta-feira, e é cansativo. Mas, quando você tira as minhas roupas... — Ela olhou para seus corpos entrelaçados na cama. — É como pegar um atalho de volta para nós.

Ele levantou uma sobrancelha.

— E não é dos piores atalhos para se pegar.

Max mordeu o nariz dela, e Carys se afastou, rindo.

— Ei!

Lembrando-se do seu papel, ele voltou a bancar o anfitrião.

— Você quer alguma coisa?

— Um copo de água seria ótimo.

Ela sorriu enquanto Max afagava seus cabelos e os tirava do rosto, mas, quando ele saiu do quarto, levantou-se de um salto, ainda um pouco desconfortável na sua presença, e foi dar uma olhada no espelho. Quando o ouviu retornando, jogou-se de volta na cama, olhando para cima enquanto ele fechava a porta.

— Obrigada.

Eles precisariam de pelo menos uns dois dias para se acostumar novamente um com o outro, mas aí já seria hora de embarcar em aeronaves e transportes híbridos e voltar para seus respectivos Voivodas, despedindo-se com beijos, incapazes de fugir do sofrimento dos domingos.

— Vamos fazer uma brincadeira — disse ele um dia, no apartamento de Carys, junto ao mar. — Complete esta frase. Quando os asteroides destruírem a Terra em pedacinhos, quero estar...

Ela pensou no assunto.

— Bem acima deles, observando tudo lá de cima. E você?

— Na cama com você.

Max levantou um braço para que Carys se aconchegasse contra o seu ombro, rindo quando ela disse que sua resposta era tipicamente masculina.

No início, acharam que morar em cidades diferentes era bastante libertador. Ambos exploravam a autonomia total dos dias e noites da semana descompromissados e livres, Max passando cada vez mais tempo no trabalho, Carys se dedicando ao treinamento no Voivoda 6, um pouco aliviada por não ter ninguém perguntando a que horas gostaria de comer e o que desejaria jantar. Ficava feliz com as menores liberdades: não ter de se preocupar com as pernas estarem peludas era uma vantagem; a solidão miserável que sentia à noite era uma grande desvantagem. Jogou-se na carreira, voando com mais dedicação, mais velocidade e por mais tempo, até conquistar uma promoção: a permissão para voar acima da Linha de Kármán, que separa o espaço da atmosfera terrestre. Quando executou seu primeiro voo impecável até lá, sendo unanimemente elogiada e transbordando de adrenalina, Carys também confirmou à Voivodia que ali estava outra jovem trabalhadora capaz de se destacar quando não se distraía com questões amorosas.

Os momentos mais difíceis para os dois eram os sinais óbvios de que um havia seguido em frente em algum ponto que o outro não conseguia acompanhar. No Voivoda de Max, Carys se esforçava para se manter atualizada sobre os novos conhecidos dele, sendo apresentada rapidamente a essas pessoas nos fins de semana e se referindo a elas como "os amigos de Max", mas incapaz de conquistar real proximidade ou familiaridade. No Voivoda de Carys, Max era educado com as pessoas que conhecia, mas, quando ela as convidava para sair, ele tinha a sensação indefinível de que, de alguma maneira, ele já havia superado o passado.

Eram os pequenos momentos que traziam felicidade. Ele telefonaria de uma cidade distante, fazendo uma chamada de vídeo, de forma que seu rosto ficasse gigante nos Rios de Mural da sala dela, que tinha as outras duas paredes dedicadas ao MenteColetiva e aos canais de notícia.

— Olá — cumprimentou ela, acenando com uma mão.

— Oi — disse Max, sorrindo. — O que está aprontando?

Carys pegou o manual de voo que tinha apoiado no colo.

— Estava lendo. Revisando. Estão começando a enviar pilotos até o cinturão de asteroides para tentar atravessá-lo.

— Sério?

— Achei melhor adiantar a lista de livros recomendados. Embora... — Carys deixou cair o livro com desdém — ...nenhum dos autores dos manuais realmente tenha estado *lá*, então nada é muito útil.

— Que droga! — Max hesitou.

— Você está bem? O que fez hoje?

— Nada de mais. Cozinhei, comi. Eu... senti sua falta, acho — disse ele, bagunçando os cabelos.

Carys sorriu.

— Quer passar a tarde comigo?

— Como?

— Aqui. — Ela gesticulou para a sala ao redor, formando um retângulo grande com as mãos e fazendo a parede inteira ser ocupada pela imagem da sala de estar de Max. — Faça a mesma coisa — disse ela, e ele obedeceu, de forma que a parede de cada um exibia o apartamento do outro.

— Mas que... maneiro! — Max se acomodou no sofá.

— Vai ficar sentado aí, me encarando?

— O quê? Não.

Ele pegou alguma coisa no apartamento, e Carys sorriu para si mesma antes de voltar para o manual de voo. Os dois passaram a tarde parando, de vez em quando, para conversar.

Depois disso, eles com frequência abriam mão do MenteColetiva um pelo outro, as salas conectadas em todos os Rios de Mural dos apartamentos. Carys gostava das vezes em que, enquanto recebia uma entrega dos restaurantes da Rotação, atacando as embalagens de papelão das comidas, Max compartilhava sua cozinha, as lentes das câmeras embaçando pelas panelas fumegantes enquanto ele preparava uma refeição. Ela observava admirada enquanto ele usava a faca para picar e repicar legumes e carnes com precisão cirúrgica. Carys dava gritos de incentivo enquanto ele cortava cebolas e então exibia os cubinhos perfeitos, corando sob os elogios dela. Às vezes, faziam companhia um ao outro enquanto liam ou tiravam uma soneca, e a parede se tornava um portal para outra sala de estar, para outro Voivoda, para outra vida.

*

— Carys? — chama ele enquanto continuam observando os fogos de artifício sobre a República Popular da China.
— Sim, Max?
— Nada.
— Tem certeza?
— Sim, Carys.
— Que bom que tivemos esta conversa, Max — diz ela, inexpressiva.
— Também acho — responde ele, apesar de não estar prestando atenção. Desobedecendo ao próprio conselho, dado minutos antes, sobre não observar a Terra, eles encaram o planeta enquanto giram pelo espaço. Presos um ao outro, o movimento agora é menos digno do balé e mais parecido com uma rumba atrapalhada. — Estou um pouco enjoado.
— Pelo amor de tudo que nos resta no mundo, não vomite dentro do capacete.
— Eca!
— Olhe para o outro lado. — Carys o cutuca, sem parar de fitar a Terra. — Pare de olhar.

Max vira a cabeça e olha ao redor, para o cinturão de asteroides. As pedras grandes ainda não representam uma ameaça. A maior de todas está a pelo menos algumas centenas de metros abaixo. Outros asteroides de tamanhos consideráveis são fáceis de localizar e, no geral, de evitar. São os minúsculos micrometeoroides que podem acertá-los a qualquer momento, furando seus trajes e cilindros ou quebrando o vidro dos capacetes. Carys continua olhando para a Terra, e Max a encara com carinho quando algo surge no canto do seu olho, atrás da cabeça dela.

— Aquilo foi...?

— O quê? — quer saber ela.

— Acho que vi... — Max se estica, tentando ver se existe algo atrás dela, se realmente viu alguma coisa se mover. — Nada.

— Continua enjoado?

— Estou bem melhor.

— Que bom!

Ele vê de novo.

— Tem alguma coisa ali!

— O quê? — Carys o encara, e ele aponta na outra direção, mas, quando ela se vira, não há nada. — Não estou vendo.

— Tenho certeza de que havia...

— Você não está se sentindo bem.

— Não...

— Quanto tempo de ar ainda temos? — Ela franze a testa. — Trinta e nove minutos. Você ainda não devia estar tendo alucinações. O que você viu?

— Uma luz.

— Atrás de mim?

Carys se vira, mas, novamente, não há nada. Volta a fitar a China e o Tibete, onde a noite se transforma em dia.

— Achei mesmo que tinha visto alguma coisa — diz ele, balançando a cabeça.

Porém, ela está encarando o nascer do sol se espalhando pelas fronteiras tibetanas, perdida em tristeza e nostalgia intocáveis pelas visões de Max.

Ele vê novamente.

— Uma luz!

Carys se vira tão rápido que bate nele, e as pernas dos dois voam para o lado.

— Desculpe. Onde?

— Ali. — Max aponta para cima de suas cabeças, em uma linha reta do local onde se encontram. — Está vendo?

O movimento deles os faz girar em um círculo, e Carys leva alguns segundos antes de conseguir responder.

— Aquilo é uma luz? — Ela aperta os olhos.

— Estamos salvos?

— Quem poderia ser?

— Não sei...

— Estou vendo — diz ela, e o coração de Max sapateia contra suas costelas.

— E aí?

— Bem ali. Mas não acho que...

— O que é? — Ele se estica para ver melhor, depois volta à posição normal com o pesar da descoberta. — Ah.

A voz de Carys está muito, muito baixa.

— Sinto muito, Max.

— É um cometa — diz ele.

— Sim, acho que é.

— Ele foi aquecido pelo Sol, então está brilhando.

— Sim. — O tom de Carys é gentil, mas se transforma. — Ei, ele está vindo direto para cá. Devemos nos preocupar?

— Achei mesmo que fosse uma luz.

— Max, você acha que ele vai bater em nós?

Ele é pragmático.

— Isso está fora do meu alcance. — Max ri do trocadilho involuntário. — De toda forma, ele vai demorar séculos para chegar aqui. Já teremos morrido algumas horas antes de isso acontecer.

Carys se retrai ao ouvir essas palavras, incapaz de contestá-las. Ela se vira novamente para a Terra e, enquanto o sol avança pela superfície e a manhã invade o Tibete, sente Max pegar sua mão.

Doze

Era aniversário de Max, e Carys tinha planos. Ela seguiria uma linha antiquada: enchê-lo de presentes antes de saírem para uma festa, toda embonecada com o glamour da era em que mulheres se vestiam apenas para agradar seus homens. Não se importava com isso: seria uma brincadeira para um dia especial. Tudo estava caminhando exatamente como o esperado: o assado marinava — obviamente — enquanto a própria Carys ficava de molho em óleos infundidos com limão, manjericão e tangerina na banheira. Com cuidado, pintou as unhas com um esmalte no tom mais claro de cor-de-rosa, só parando para, em um ataque de pânico, tirar os bobes dos cabelos antes de ganhar uma coroa de cachinhos exagerados. Os cachos foram penteados em belas ondas hollywoodianas enquanto ela observava o vestido pendurado na porta do guarda-roupa com certa apreensão. Uma escolha ousada.

Carys achava que seu visual devia ser completamente diferente para aquele dia, então escolhera o tipo de vestido justo que havia adornado fashionistas do Voivoda no último ano. Acreditava que seria necessário todo o seu conhecimento de engenharia estrutural para entrar nele. E talvez um guindaste: o vestido havia entalado em sua cabeça quando o provara da primeira vez.

A campainha soou — Max estava atrasado, e Carys, nervosa, abriu a porta usando um robe, ficando na ponta dos pés para beijá-lo. Ela o viu notar as unhas pintadas e os cabelos penteados, mas tudo que disse foi:

— Você está bonita.

— Você está atrasado — respondeu ela, arrumando suas ondas castanho-claros.

— Eu tinha umas coisas para resolver.

— Você sempre diz isso.

— Quando? — Max parecia perplexo.

— Sempre que some, você diz que tinha umas coisas para resolver. Não importa. Feliz aniversário! — disse ela, guiando-o pela mão até a mesa que tinha posto para duas pessoas, os Rios de Mural na parede exibindo um tom roxo-escuro. — Sente-se.

Carys lhe serviu uma taça de vinho e, com certo orgulho, depositou o assado sobre a mesa.

— Você fez o jantar? — Max começou a rir.

— Sim! — Ela estava indignada. — Já cozinhei para você antes.

— Eu sou chef. Você cozinhou para um cozinheiro no aniversário dele?

Carys se virou para a bancada e serviu dois copos de água, mordendo o lábio.

— Achei que você fosse gostar.

Ele não mencionou que havia passado no restaurante da Rotação depois que chegara de viagem e era por isso que tinha se atrasado.

— É claro. Por que não? Vai se vestir antes de comermos?

— Não. — Carys não mencionou que se inspirara em um filme que vira, no qual uma mulher de robe de seda e pele perfumada comandava um fogão fumegante. Estava chocada demais com o comportamento dele. Deslizou na cadeira à frente dele. — Como foi o seu dia?

— A mesma coisa de sempre. Falei com Sayed pelo MenteColetiva, o que foi legal.

— Como ele está?

— Bem. E falei com meu pai também.

— Ah, é? Contou sobre mim? — brincou ela.

Max lhe lançou um olhar esquisito.

— Não. Por quanto tempo deixou este frango no forno? Está seco.

Carys afastou a cadeira da mesa com um barulho alto e irritante, e se levantou. Ele olhou para cima, surpreso.

— Vou me vestir — declarou ela. — Temos que sair em vinte minutos. Desculpe por estragar a segunda surpresa.

Carys foi para o quarto, fechou a porta e se recostou na cômoda, encarando-se no espelho. Aquilo era uma idiotice. O problema com gestos grandiosos e planos ambiciosos é que eles elevam todas as expectativas a níveis impossíveis de serem alcançados, o que só podia causar decepção. Festas de Ano-Novo, aniversários, formaturas: ninguém se divertia nos eventos em que planejavam fazer isso. Não havia como.

Ela estava pintando os lábios em um tom coral-escuro quando Max abriu a porta.

— Aonde vamos?

— Sair. — Com cuidado, Carys delineou o lábio superior, sem olhar para cima.

Entendendo o tom de voz dela, ele se rendeu e parou às suas costas, passando as mãos pelo robe de seda.

— Desculpe, você teve tanto trabalho. Estou cansado da viagem. Desculpe por ter sido grosseiro.

Max beijou a parte de trás do seu pescoço, correndo as mãos pelas curvas do corpo coberto por seda.

— Você foi bem grosseiro.

— Fui mesmo. Eu avisei que era um idiota muito tempo atrás. — Ele deslizou a mão para dentro do robe e beijou a bochecha dela, o reflexo dos dois perfeitamente emoldurados pelo espelho. — Você me perdoa?

Ela afastou o batom da boca, encarando-o através do reflexo.

— O frango não estava seco.

— Eu sei. Sou um babaca. Hoje é meu aniversário. Você me perdoa? — Max deu um puxão na faixa do robe, observando enquanto ele se abria para revelar um espartilho digno de um velho comercial de perfume. Ele respirou fundo. — Uau!

— Cale a boca — disse ela.

— Sério.

— Cale a boca. Você não pode começar a ser legal comigo só porque me viu de calcinha.

— Isso — disse Max — não é estar de calcinha. Você está maravilhosa. — Ele deslizou a seda para fora dos ombros dela, de forma que o robe caísse no chão. — Parece uma obra de arte.

Carys fez uma careta.

— Sério?

— Uma estrela de cinema, então.

— Era isso que eu queria. — Os Rios de Mural exibiram um lembrete de compromisso, e Carys deu um tapa nele. — Está vendo? Você me atrasou. Vamos assistir aos fogos. Tenho certeza de que todos os seus velhos amigos estarão lá. E alguns dos meus também. Vou ter que encontrar você lá depois.

— Liljana vai? — perguntou Max.

— Não. Ela... ainda está irritada com o que aconteceu nos Jogos.

— Com o fato de você quase morrer afogada? — Ele parecia chocado.

— Não, bobo. Com a gente. Ela passou meses sem falar comigo depois que entendeu o que estava acontecendo.

— E como estão as coisas agora?

— Eu disse que terminamos, que era só um casinho.

— Talvez seja melhor assim — disse Max, seguindo para a porta sem tirar os olhos do corpo dela. — Vai vestir mais roupas antes de sair?

Carys amassou o robe e o jogou, e o pano acertou Max bem na cara antes de escorregar para o chão.

— Faça um favor a si mesmo e pare de agir como um babaca!

— E, agora, o homem em pessoa, o maior astronauta vivo que ainda respira e não morreu. — Liu cantarolou a introdução familiar enquanto Max corria pela praia diante do apartamento de Carys, com as ruínas da cidade refletindo o brilho das fogueiras na areia.

Ele cobriu o rosto, gesticulando com falsa modéstia para que Liu parasse. Os dois se encontraram e tocaram os ombros um do outro, no cumprimento tradicional, e então se abraçaram, trocando tapinhas nas costas.

— Não acredito que você continue recitando essa ladainha — disse Max, afastando-se para olhar o amigo. — Senti sua falta, cara.

— Como minha profecia virou realidade, ela agora virou meu mantra noturno. Repito isso todo dia antes de dormir. Faz bem para os meus chacras. — Liu envolveu os ombros de Max com um braço, virando-se para observar a cena diante deles. Uma multidão se reunira na praia para assistir ao espetáculo, algumas pessoas organizando piqueniques informais, outras começando a tocar músicas. — Como vão as coisas? Onde você está morando?

— No Voivoda 13 — respondeu Max. — Faz um frio de matar lá, mas as paisagens são maravilhosas.

Liu moveu as sobrancelhas.

— E, com "paisagens", você quer dizer...?

Max riu.

— Você não tem jeito. Sim, as "paisagens" não são ruins no V13.

— Então por que voltou?

— Ah, você sabe! Tive meus motivos.

— Teve seus motivos. — Liu parecia incrédulo, os olhos se estreitando ao ver alguém na entrada da praia. — E como vai o trabalho?

— Ótimo, na verdade. Estou simulando a produção de comida a partir de vários tipos de minerais, para ver o que podemos um dia gerar em planetas diferentes.

— Maneiro, cara. Parece bem legal.

— Mas só será útil se algum dia conseguirmos atravessar o campo de asteroides. — Max fez uma careta. — Sim, o trabalho dá para o gasto.

— E você não estaria considerando estragar tudo por causa de uma paisagem bem *específica*, não é?

Max pareceu confuso.

— Do que você está...?

Com o braço ainda sobre os ombros do amigo, Liu o virou para onde estava Carys, que caminhava pela areia na direção deles, e Max tentou não ficar boquiaberto. Os cabelos dela caíam por cima de um ombro em ondas hollywoodianas, os lábios tinham um tom coral, o corpo estava coberto por um vestido tão justo que parecia lhe apertar os ossos e o espartilho a transformava em uma ampulheta. Seu quadril balançava no ritmo da caminhada — e todos os olhos na praia a seguiam. Carys se aproximou, e Max e Liu viram que o vestido ia escurecendo de cima para baixo, exibindo todas as cores do nascer do sol.

Liu soltou uma gargalhada rápida.

— Não é nada disso...

— Ótimo — disse ele para Max. — É melhor não ser. Porque você não pode perder tudo por causa dela, não importa quanto ache que está sendo rebelde e descolado.

Max não encarou os olhos do amigo.

— Sabe como é a vida fora da Europia? — continuou Liu. — Porque eu sei. É terrível. Equipes de ajuda humanitária lutam para entregar água aos refugiados nos Estados Unidos. O Oriente Médio foi aniquilado. O restante do mundo, faz das tripas coração para participar da utopia, Max. Vivemos num lugar espetacular. Não arrisque tudo por causa de uma garota. — Ele tocou o peito do amigo. — Como é que vocês falam em europeu? "Não saia da linha"? É isso que querem, Maximilian, pessoas que não saem da linha. Não dê a ninguém razão para expulsá-lo daqui.

Max ficou em silêncio enquanto Carys parava para cumprimentar alguém na fogueira mais próxima, seu perfil iluminado pelas brasas ardentes.

— Não vou. Não estou fazendo isso.

— Então não há nada com que se preocupar? — perguntou Liu.

Ele concordou com a cabeça.

— Eu ouvi o que você disse, Liu.

— Porque, se tivesse motivo de preocupação, meu conselho seria pare com essa palhaçada. Pare. Agora.

— Entendi, em alto e bom som — murmurou Max.

Carys chegou até eles.

— Feliz aniversário! — declarou ela, simplesmente.

— Você está incrível — respondeu Max.

Porém, ele não fez qualquer menção de tocá-la, e ela cruzou um pé diante do outro, sua postura era um pouco desconfortável.

— Oi, Liu.

— Oi, Gary. Você parece um nascer do sol tibetano.

— Graças a Deus — disse Carys. — Era exatamente isso que eu queria.

Liu soltou uma gargalhada.

— Vou pegar uma bebida para vocês. Acho que Maximilian precisa te dizer algo.

Max sentiu a bile subindo em sua garganta e puxou Carys para perto, de modo que os dois ficaram de frente para o mar.

Ela ficou parada ali por alguns instantes, perguntando-se qual era o problema.

— Não gostou do meu vestido?

— Gostei.

— Achei que fosse gostar. É diferente.

Porém, não era diferente, queria dizer Max. Era exatamente igual. No exato instante em que pensou que deveria ficar quieto, viu-se dizendo:

— Mas não é diferente. Você está vestida como todas as garotas aqui. — Enquanto Carys se afastava ao ouvir o insulto, tão furiosa consigo mesma por seus erros naquela noite quanto com ele por ser tão grosseiro, Max continuou: — É verdade que você é mil vezes mais gostosa do que qualquer uma delas, e é por isso que todos os homens aqui não param de olhar para você.

Carys estava irritada. Você se veste para um homem, e ele adora, mas só até ver que os outros homens também adoram — e aí, de repente, aquilo não é mais permitido? Aquilo não fazia sentido.

— Achei que você fosse gostar. — Ela não tinha mais o que dizer.

— E gostei. Mas não no meu aniversário.

Carys o encarou.

— O quê?

— Está começando! — berrou alguém, e todo mundo na praia gritou de alegria e olhou para o céu sobre o oceano.

— Eu quero relaxar, mas você está vestida desse jeito quando *sabe* que não posso reagir, quando *sabe* que não podemos fazer nada em público. Em vez disso, tenho que ficar vendo esses abutres tentando te dar atenção suficiente para fazer valer a pena você ter se esforçado tanto, e é claro que eu vou sair perdendo, quando não pedi por nada disso.

Carys ficou quieta, e Max encarou a escuridão do mar. Uma onda de ressentimento e raiva a inundou, subindo pelos seus calcanhares e correndo pelas suas pernas. Quando chegou à cabeça, ela explodiu.

— Então você estava todo se querendo para cima de mim no quarto, mas *agora* eu estou vestida de um jeito inadequado?

Liu, que vinha na direção dos dois com bebidas na mão, tomou outro rumo e seguiu para seu grupo de amigos.

Max baixou a voz.

— Estou sempre me querendo para cima de você no quarto. Não importa o que você use ou deixe de usar — disse ele. — Isso já fez alguma diferença?

— Não.

Os fogos de artifício começaram de verdade: uma chuva de meteoros queimava no céu acima do Voivoda, e cada estouro era refletido na água. Na praia, ouviam-se "aaaahs" da plateia, e alguém aumentou a música.

Max respirou fundo, então deu o golpe final.

— Sou sempre eu quem inicia as coisas entre nós.
— As coisas?
— Sexo. Sou sempre eu que preciso fazer você se sentir desejável e desejada. Você nunca começa nada.

Carys suspirou.

— Como foi na primeira noite?
— Foi só uma vez. Agora, sou eu quem sempre precisa conquistá-la e fazê-la se sentir amada. Mas e eu?

Ela o encarou.

— Tudo isso por causa de um vestido?
— Eu passo um tempão fazendo você melhorar sua autoestima, mas quem faz isso por mim?
— Não sei, Max. *Quem* faz isso por você? Você nunca atende quando eu ligo.

Ele girou o pescoço, frustrado.

— Não comece com isso, Cari.
— Foi você quem começou. Você me disse que pareço com todas as garotas com quem já saiu.
— Não, eu não disse isso.

Contra a sua vontade, os olhos dela estavam cheios de lágrimas. Uma abriu caminho por sua maquiagem, uma linha de água manchada com lápis preto.

— Por favor, não chore — disse Max.
— Que noite horrorosa!
— Hoje é meu aniversário. Não chore.

Liu obviamente chamava as pessoas ao redor para dançar, e os dois observaram enquanto ele circulava pelo grupo, animando a festa, fazendo todos seguirem a mesma rotina de sempre, rindo, batendo palmas, aproximando-se da fogueira, os olhos voltados para o céu.

Carys secou a bochecha com um dedo.

— Eu não queria brigar.

O grupo desapareceu atrás das chamas, e Max se virou para ela.

— Vamos embora.

Sem saber o que fazer, Carys disse:

— Mas é seu aniversário.
— Não vou aproveitar a festa. É melhor irmos embora.

— Mas os seus amigos...
— Nem vão perceber.

Enquanto Max seguia pela praia sob a chuva de meteoros que corria pelo céu, virando-se ao chegar à rua para esperar por ela, Carys notou que ele não tinha usado as palavras "é melhor irmos para *casa*".

*

— Acha que eles comemoram chuvas de meteoros no Tibete? — pergunta Max, observando o nascer do sol desenhar uma linha de luz pela superfície da Terra.

— Não sei — responde ela. — Talvez levem a queda de asteroides mais a sério do que na Voivodia. Nós simplesmente fazemos luaus.

— Odeio pensar naquela noite — diz Max, parando de olhar para a Terra ou para o espaço e encarando Carys, os cabelos dela trançados dentro do capacete e afastados do rosto, a pequena margarida levemente bamba sobre uma orelha.

— Eu também.

— Nós dois dissemos coisas terríveis na praia.

— Bem — comenta ela —, *você* disse.

— Você praticamente me acusou de trair você no meu Voivoda.

Carys bufa, embaçando o vidro do capacete.

— Não acusei, não. Não de verdade.

— Você insinuou.

— Mas eu não acreditava nisso.

— Mesmo assim, você disse. — Max fita as próprias botas, depois se volta para ela com um sorriso. — Viu só? Estamos brigando pelo mesmo motivo de novo.

— Você me deixa maluca.

— Você diz coisas nas quais não acredita só porque acha que elas parecem verdadeiras.

— Como assim? — pergunta Carys.

Max faz uma careta.

— Às vezes, no meio de uma briga, você diz coisas que parecem verdade, mas que não são necessariamente verdadeiras *sobre nós*. É como se pensasse que as discussões deveriam funcionar de determinada forma.

— É mesmo? Porque sempre tento dizer exatamente o que sinto no momento.

Ele ri baixinho.

— Sim, você também faz isso.

— Cale a boca.

Max considera como contar a Carys a maior verdade de todas.

— Foi difícil quando terminamos.

Ela segura a mão que ele oferece, prendendo a palma prateada à sua.

— Foi.

— Eu não queria que isso acontecesse. Liu encheu minha cabeça de bobagens...

— Eu sei. Foi um erro terminarmos com um ultimato.

— Sim.

— Nossa situação era esquisita. — Carys se pergunta até onde pode forçar a barra para que ele seja sincero. — E você não queria ter que abandonar a Europia caso as coisas ficassem mais sérias.

— Não. Mas, se eu soubesse...

Dessa vez, é Carys quem afasta o olhar, fitando o flex em seu pulso, os asteroides e a Terra abaixo deles.

— A culpa não foi sua. A gente não tinha como adivinhar o que ia acontecer.

Treze

Em uma manhã gelada de outono, Carys foi arrancada do sono pelo alarme anunciando que estava mais do que um pouco atrasada. Ao correr para pegar o bonde, ela sentiu um forte enjoo, e precisou se apoiar contra a porta do transporte híbrido.

Sua menstruação estava atrasada.

Carys se forçou a seguir em frente, escolhendo concentrar-se no segundo voo até a termosfera. No fundo, ela sabia que aquela sensação não era causada por nenhuma parte de sua anatomia; era um corpo estranho que se fazia notar com uma senhora náusea. No entanto, o dia seguiu como o esperado.

Naquela noite, distraída, fez um exame de sangue em casa. O resultado foi o esperado, aquilo no que ela passara o dia inteiro acreditando, apesar de, em tese, ser impossível: estava grávida.

Porém, achar que está grávida e saber são duas coisas completamente diferentes. Nada pode preparar alguém para a porrada que é saber, de verdade, que existe um bebê. Carys se sentou, com a respiração ofegante, e se perguntou se deveria apertar a barriga como as pessoas fazem nos filmes. Em vez disso, declarou:

— Minha nossa!

— Não entendo. Você não usa um AAA?

O rosto de Liljana aparecia enorme nos Rios de Mural, e, pela primeira vez, Carys se pegou desejando que ainda usassem telas pequenas — como televisões e tablets —, em vez de paredes inteiras. Os olhos escuros de Liljana encaravam carinhosamente o ponto no qual a amiga se encolhera em uma poltrona de vime.

— Uso.

— Eu não sabia que eles falhavam.

— Eles não falham. É um contraceptivo perfeito — disse Carys, desolada. — Eles nunca falham. Isso não devia ter acontecido.

— Minha nossa. Posso perguntar de quem é?

— É meu.

— Quero dizer — insistiu Liljana —, quem é o pai?

Carys suspirou.

— Não quero contar.

Liljana analisou a situação, depois perguntou, calmamente:

— É do Max?

Carys olhou para os Rios de Mural com surpresa.

— Você não é uma boa atriz — disse a amiga. — Eu tinha minhas suspeitas de que vocês ainda estavam juntos.

— Desculpe.

— Bem, a vida é sua.

— Eu sei, mas você é tão fervorosa sobre a Europia quanto ele. — Carys soava pesarosa.

— Não estou feliz com a situação, não estou mesmo. Se a notícia se espalhar... Não. — Liljana fez o sinal da fé. — Não precisamos pensar nisso por enquanto. O que ele disse? — Carys não respondeu. — Você contou a ele? — Ela permaneceu em silêncio. — Imagino que deve ser difícil contar, já que não vai poder continuar com a gravidez.

Carys instantaneamente olhou para cima.

— Não vou poder?

A expressão de Liljana era bondosa.

— Você é tão jovem... Seria a mãe mais nova da Europia.

— Com 25 anos? — Carys soltou uma risada irônica. — Eu não me importo com isso.

— Então qual é o problema?

— Não sei. Não sei como me sinto. Tudo está... estranho.

Ela olhou para a barriga. *Não posso ter você.*

— Tome chá-verde. Dizem que faz bem. — O pulso de Liljana balançava enquanto ela usava o flex, em busca de informações sobre gravidez. — Ou talvez seja camomila. Acho que chá verde tem cafeína. É melhor evitar muita cafeína.

— Tudo bem.
— Você está me deixando arrasada assim. Você está mal?
— Não. — Carys se levantou, estimulada a sentir alguma coisa. — Não sei. — Começou a zanzar pela sala, seguindo os contornos do tapete. — Por um lado, estou furiosa, abismada e horrorizada. Quero dizer, pelo amor de Deus, o contraceptivo deveria ser infalível. Mas também estou um pouco curiosa. É como saber que algo importante aconteceu, mas sem entender exatamente o que é.
— Está considerando levar isso adiante, Cari? — perguntou Liljana.
— Desculpe, não *isso*. Ele? Ou ela?
Anna. Mas Carys ficou quieta.
— Ah, meu Deus, provavelmente é um menino — continuou Liljana. — Estamos sempre falando sobre garotos. Quando foi que tivemos uma conversa sobre o tempo?
— Nunca.
— Precisamos passar um dia conversando apenas sobre trabalho. — Liljana emudeceu.
— O quê? Quer fazer isso agora?
— Na verdade, sim. E o seu trabalho, Cari?
— Ainda não pensei em nada disso, Lil. Estou tentando processar a informação de que *estou grávida*. Nem considerei a ideia de que uma criancinha vai sair de mim e desenvolver sua própria personalidade. E que vai crescer e precisar de amor, afeição, cuidados e dentistas. Acho que minha vida mudaria completamente.
— A Europia te ajudaria. — A voz de Liljana estava baixa. — Não deixariam você passar por isso sozinha.
— Assistência infantil? Quando estou no início da minha carreira, com a chance de participar de uma missão espacial, agora que consegui tirar minha licença? Anos de assistência infantil?
— Entendo o que quer dizer.
— Não quero que o governo descubra. Ainda não — disse Carys. — Não antes de eu tomar uma decisão.
Liljana foi firme.
— Então você pode me cadastrar como seu contato de emergência. Para que não liguem para a AEVE caso algo aconteça.
— Pode deixar.
— O que você vai fazer?

Não posso ter você.
— Acho — disse Carys — que está na hora de ligar para Max.

— Você está bem?
Liljana se inclinou para a frente, o rosto preocupado, o contraste nos Rios de Mural se modificando para mostrar seus traços negros enquanto ela se aproximava e entrava na luz.

Os olhos de Carys estavam um pouco vítreos, seu rosto, pálido. No geral, ela parecia bem doente.

— Um pouco irritada.
— Por quê? O que aconteceu?
— Ele não atendeu. — Carys afundou na poltrona de vime, e Liljana imediatamente se compadeceu. — Aquele babaca não atendeu.
— Talvez esteja sem sinal — disse a amiga. — Ou no trabalho. Ou dormindo. Onde ele está, aliás?

Carys empalideceu.
— No Voivoda 13.
— E a diferença de hora?
— É pouca.
— Carys. Ele deve estar dormindo. Dê um desconto ao cara.
— Você dizendo isso? Que engraçado! — Carys brincou com a palha no braço da poltrona. — Max não é sua pessoa favorita.
— Ah, pare com isso. — Liljana se recostou na cadeira. — Posso não entender o que aconteceu entre vocês, e com certeza estou irritada por você ter insistido nesse namoro, mas Max é um cara legal. Ele ama a Europia. E sabe cozinhar.

Carys ficou em silêncio.
— Cari? — perguntou Liljana. — O que foi?
— Ligar para ele e ser ignorada... Acho que isso me fez perceber que eu queria que Max aparecesse e resolvesse tudo. Mas ele já deve ter seguido em frente. — Ela suspirou. — Acho que estou sozinha.
— Não — sussurrou Liljana, inclinando a cabeça na direção da barriga da amiga —, não está.

E Carys sentiu outra onda de náusea.

Na terça-feira, ela foi a uma consulta confidencial no Serviço Médico.

— Você recebeu um resultado positivo? — A médica foi fria na pergunta, um tablet e uma tela na parede se acendiam enquanto analisavam diagnósticos.

— Sim.

— E você usa um *Asfalí Apó Astochía*?

— O quê?

— Um AAA. Significa "à prova de falhas", em grego.

— Ah. Sim. — Ela se retraiu ao ter de dar detalhes íntimos.

— Ele não deveria falhar.

— Não com esse nome — disse Carys —, mas aqui estamos.

— Você é jovem.

— Sim.

— Saudável.

— Sim.

— Mas jovem.

— Eu sei. Não posso mudar isso.

— Por favor, espere um pouco. — A médica digitou alguns detalhes no tablet, lendo os resultados quando o sistema apitou. Carys estava sentada na cadeira de polipropileno amarelo, enroscando e desenroscando os tornozelos nas pernas. — Pode haver um problema.

Ela encarou a outra mulher.

— Qual?

— Como você é muito jovem, o AAA não deveria ter falhado.

— Sério, você pode parar de repetir isso.

— É importante — disse a médica. — Quanto mais jovem a mulher é, mais forte é o hormônio. E ele pode estar afetando o feto.

— *Pode*?

— Isso mesmo.

— Ah.

Uma pausa.

— Também existe a possibilidade de o feto se tornar fisicamente ligado ao aparelho do AAA.

Carys se recostou na cadeira, atordoada, e ficou ouvindo enquanto a médica dizia que podia ser tarde demais, que o dano talvez já fosse irreversível.

Outra pausa.

— O nível de certos hormônios geralmente dobra a cada 48 horas no primeiro trimestre. Vamos examinar seu sangue todos os dias desta semana para ver se a gravidez está progredindo como deveria, o que ficará evidente se o nível hormonal se elevar.

— E se diminuir?

O computador apitou. Não havia como uma máquina dar tal notícia com qualquer tipo de sensibilidade humana.

— Então a gravidez foi interrompida.

A descoberta de que a escolha já podia estar fora das suas mãos foi profundamente perturbadora. Carys se tornou determinada: não podia ser mãe. Porém, o nível hormonal aumentaria ou diminuiria?

Na quarta-feira, ele aumentou. Ela monitorou seus sentimentos — seria aquilo uma gotinha de alívio? — com uma curiosidade desanimada. Tentou entrar em contato com Max outra vez, mas não conseguiu, o que a deixou com uma curiosidade irritada e flamejante. Onde ele estava?

Na quinta, o teste mostrou que o nível hormonal no sangue aumentara novamente. O bebê estava lutando para sobreviver, pensou ela, e refletiu sobre aquela palavra. Era errado pensar nele como um bebê? Todo mundo parecia chamá-lo de "feto", minimizando o risco de se apegar. Carys não queria se apegar, não quando aquilo podia mudar para sempre a sua vida e arriscar sua chance de participar de uma missão.

Uma missão. Uma chance de ir para o espaço, pilotando naves até o cinturão de asteroides. Uma chance de salvar o mundo, de certa forma. Não podia arriscar isso por algo que poderia nem sobreviver naturalmente. Não havia escolha além de passar a semana fingindo que tudo estava normal, participando de simulações de voo com os colegas antes de fazer seu exame de sangue diário todas as noites. Carys sabia o que queria, e isso fez com que ela nunca se permitisse apoiar as mãos na barriga ou sequer imaginar com quem o bebê se pareceria. Com Max? Balançou a cabeça para afastar esse pensamento, e o gesto acentuou o enjoo. Não sentiria falta desses sintomas.

Na sexta, o nível hormonal aumentou de novo.

Talvez fosse uma garotinha com um gosto musical eclético. Uma garotinha que entenderia frações matemáticas e cuja cor favorita seria roxo. Uma criança de cabelos negros, chamada Anna.

Anna.
Carys viu crianças brincando no parque — crianças pentelhas, gritando —, e sua decisão se fortaleceu: *não podia fazer isso*. Porém, mais tarde naquela noite, com um gato da vizinhança enroscado ao seu lado, seu corpinho aconchegado contra o quadril, ela afundou a mão nos pelos compridos e macios e pensou sobre aquela necessidade humana, sobre como era ser necessário para alguém, especialmente para uma pessoa que tinha o seu sangue. E então sentiu sua decisão se desvanecer.

No sábado, o nível hormonal voltou a aumentar. Ah, meu Deus! Onde Max tinha se enfiado? E isso importava? Várias mulheres foram mães solteiras, especialmente antes da introdução da igualdade absoluta. Ela seria capaz de criar Anna sozinha, com a ajuda dos membros do Voivoda que conhecia e com quem fizera amizade. Sua própria família com certeza ajudaria — especialmente a mãe... Todos se mudariam juntos pelos Voivodas, antes de Anna começar a própria Rotação, independente da família. Isso não parecia tão absurdamente inalcançável...

No domingo, Carys começou a sangrar.

Não acordou no meio da noite com cólicas nem caiu no chão, cercada por uma poça de sangue. O aborto veio de mansinho, leve e quente, de uma forma discreta que minava sua importância. Ficou sentada na privada, entorpecida, observando Anna desaparecer como um lenço de papel na água.

Carys sempre precisara de outras pessoas. Ela crescia com sua energia, desabrochava sob seu amor e se saía melhor sob sua atenção. Era infeliz, então, o fato de que, na única ocasião em que buscara independência absoluta, nunca tinha precisado tanto dos outros. No caminho para o trabalho na manhã de segunda, depois de dizer a Liljana que estava bem e que só tinha sido "um pouquinho de sangue", Carys se dobrou de dor. O bonde estava lotado, as expressões dos passageiros, obscurecidas por casacos e capas envernizados, chapéus e jaquetas à prova d'água para protegê-los da tempestade lá fora. As janelas estavam embaçadas, a chuva acertava a parte externa dos vidros como estiletes. Carys esticou a mão para tocar a pessoa mais próxima, que murmurou um pedido de desculpas ao seu toque e se afastou, absorta na leitura de algo no próprio chip.

Outra pontada a atravessou quando o AAA se moveu dentro dela, preso, e Carys cobriu a boca para controlar o grito. *Sua chance de participar de uma missão.* Muitos dos seus colegas iam para o trabalho por aquele caminho, então precisava ficar quieta. Esticou uma mão até a janela, desembaçando um pequeno círculo, tentando descobrir onde estava. Olhou com indiferença para vitrines de lojas e árvores, e os trilhos se aproximaram tanto dos prédios que quase os tocavam, raspando as portas, e ela soube com certeza que a próxima parada era um pouco depois da antiga casa de Max.

Era um tiro no escuro, mas aquele era um lugar que conhecia e onde podia recompor-se. Carys pressionou o antebraço contra a barriga para lhe dar apoio e abriu caminho para sair do vagão lotado. Abaixou a cabeça para se proteger da chuva forte, puxando o capuz impermeável sobre os cabelos e o rosto. Contou as casas pelas cores das portas: preto, vermelho, preto e amarelo. Seguiu até a casa de Max. A tinta cinza estava descascando, a fachada era grandiosa, porém maltratada, e, com um clique, a porta se abriu um centímetro. Carys se aproximou para olhar: a madeira estava estufada pela umidade, mas a tranca definitivamente se afastara da fechadura, ainda reconhecendo o seu chip.

Ela empurrou com força. A porta inchada se abriu, arranhando o chão, e Carys entrou no corredor.

— Oi? — gritou, insegura.

O lugar estava silencioso e escuro, inundado pelo tipo de frio úmido que indicava que os aquecedores híbridos não eram ligados fazia tempo. A luminária do corredor se fora, mas as molduras ainda enfeitavam as paredes. Aquilo era típico de Max, ele nem as apagara antes de ir embora. Ela gemeu quando outra pontada quente atravessou seu abdômen.

A condensação havia riscado a caixa de vidro interna, que estava diante de Carys, mas o velho corredor estava congelante quando ela o atravessou até a antiga cozinha de Max, com uma ideia se formando em sua mente. Ela puxou a maçaneta do armário sob a escada, mas aquela porta também havia inchado.

— Não. — Ela apertou a maçaneta, determinada — Você *vai* abrir.

Um segundo puxão com toda a força do corpo fez a porta se escancarar, e Carys bateu na parede atrás de si. A casa rangeu em reclamação.

Que sorte: o armário estava cheio de estoque do supermercado, latas e caixas de comida, e — o tesouro que ela buscava — cartelas de analgésico havia muito vencidas. Carys tomou dois comprimidos a seco, depois mais dois. Sentada, encostada na parede, jogada no corredor, contou até 15 minutos se passarem, rezando para o medicamento fazer efeito. Era surreal estar de volta àquele lugar, depois de ele ter ido embora. Após 15 minutos, ainda sentindo dor, tomou mais dois comprimidos.

Silêncio. A dor queimava, e ela pensou em quantos comprimidos precisaria para aguentar. O pensamento a fez sentir-se mais racional. Chamou um paramédico pelo chip e se recostou na parede, mantendo-se acordada contando as vigas e sancas que subiam pela velha escada até o quarto de Max. Pensou em como haviam acordado juntos naquele quarto, ele gritando, chamando-a do andar debaixo para ela ir tomar café...

— Carys?

A voz veio da porta da frente enquanto alguém esmurrava a madeira e a empurrava, arrastando-a pela porta; ela não havia trancado a casa depois de entrar.

— Oi.
— Você pediu ajuda?
— Sim. Obrigada.

O paramédico a ajudou a cruzar os perigosos trilhos do bonde do lado de fora e a subir no veículo híbrido que os aguardava. Carys se recostou na poltrona, olhando para a casa de Max, a luz cinza do céu chuvoso forte demais para suas pupilas, e sentiu que ia desmaiar. Onde ele estava? O paramédico se inclinou em sua direção para prender seu cinto de segurança, momentaneamente bloqueando a luz, e Carys voltou a si. Quando ele perguntou se ela havia tomado remédios, a resposta saiu de forma confusa.

— Tente permanecer acordada — orientou ele, e ela fez o completo oposto.

Carys acordou com o rosto pressionado no canto de uma minúscula sala branca, sentindo uma dor tão aguda que se perguntou por um instante se estava no inferno.

— Ela é tão jovem!

Carys se virou para o dono daquela voz, que recitava o que parecia ser o veredito infernal da Europia, mas todos desapareceram ao som de um berro vindo de uma sala diferente. Ela se encolheu em posição fetal e fechou os olhos com bastante força.

Ao sentir uma figura aparecer na porta, Carys permaneceu onde estava, dolorida e assustada. A dor só piorava. Quando abriu os olhos, a pessoa havia desaparecido, e então, momentos depois, ressurgiu com outra figura em um jaleco branco. Graças aos céus!

O médico a examinou, tomando seu pulso e sentindo a temperatura de sua testa.

— Carys? Consegue me ouvir?

Ela assentiu com a cabeça, os olhos novamente fechados.

— Carys, seu corpo está expelindo o AAA, e ele ficou preso.

Ela fez que sim mais uma vez, abrindo um pouco os olhos.

— Isso está causando as contrações, que são resultado do aborto que você sofreu.

Pelo canto do olho, viu alguém atrás do médico dar um pulo de susto ao ouvir a palavra.

— Certo.

— Precisamos removê-lo agora.

Carys olhou para o médico. Ele começou a arrumar a sala, preparando equipamentos esterilizados, virando-a para que deitasse de costas. Alguém se aproximou com passos hesitantes, mas então gentilmente subiu na cama e apoiou a cabeça dela no seu colo.

Ela se sobressaltou.

— Você está aqui?

— Estou aqui.

Max lhe lançou um sorriso, e ela chamou o médico.

— Doutor... overdose... alucinações...

— Estou *aqui* — reafirmou Max. — Liljana me disse para vir. — Carys foi tomada por outra cólica agonizante e gemeu. Ele passou os braços ao redor dela, criando uma caverna protetora. — Shhh, eu estou aqui.

— Provavelmente não.

— Estou.

— Pronta, Carys?

O médico gesticulou com a cabeça que ia começar, e Max segurou a mão dela, protegendo-a o máximo que podia.

— Coragem.

Ela sentiu o abdômen em chamas, como se alguém estivesse costurando suas entranhas. O rosto se contorceu de dor, interna e externa, fria e quente.

— Ah, meu Deus!

Com um último puxão, o médico se afastou, tendo encerrado o procedimento. Max olhou para cima enquanto o homem depositava o dispositivo intrauterino em uma tigela de papelão cinza, onde foi cercado por uma poça de sangue. Empalideceu e voltou a olhar para Carys, com um sorriso um pouco vacilante.

Catorze

Trinta minutos

— Será que é melhor pararmos de falar para conservar o ar?

Carys está ligando e desligando a luz da lanterna intermitentemente, apontando para o espaço. Ao apertar o botão de ligar com força demais, a lanterna escorrega da sua mão e sai flutuando, suspensa na escuridão, afastando-se para cima e para longe. Ela tenta alcançá-la, esticando o cabo que a prende a Max, e ele bufa ao ser puxado, os dedos de Carys roçam na extremidade da lanterna e escorregam, tirando-a do seu alcance.

— Droga!

Max tenta pegar a lanterna, mas fracassa, e os dois acabam se esbarrando.

— Desculpe.

Eles observam a lanterna se afastar, a luz brilha quando a frente gira para encará-los e seus olhos refletem o facho. Porém, o brilho desaparece no momento em que o foco se volta para o espaço, e a luz morre ao alcançar o vácuo.

Max dá de ombros.

— O que você estava dizendo?

— Queria saber se é melhor pararmos de falar ou não. Para economizar ar.

— Não — responde ele. — É claro que não. Pelo amor de Deus, não podemos ficar em silêncio.

— *Pelo amor de Deus?* Resolveu se tornar religioso agora? — pergunta Carys.

— Precisamos de toda ajuda possível, Cari.
— Não temos quem nos ajude, Max. A AEVE...
— Não estou falando deles.
— Então de quem?
— Se Deus existir...
— Você não acredita nessas coisas, Max. Não você, nunca. Quando se trata da Europia, você está do outro lado, não sentado nas casas de fé, rezando para o Todo-Poderoso.
— Não estamos na Europia.
Isso é óbvio, pensa ela, mas fica quieta.
— Tudo que sei — diz Max — é que, aqui fora, precisamos manter a mente aberta. Aqui no espaço. Acho que devemos tentar... ter fé.
— Sério?
Ele afirma com a cabeça.
— Preciso saber que não estamos sozinhos.
— Mas você odeia essas coisas religiosas.
— Não odeio. Só não entendo. — Max se mexe, pensando em como explicar. — Desde pequeno, aprendi que religião divide as pessoas, faz os outros ou sentirem medo de você ou o odiarem. Eu achava loucura ver gente acreditando numa história de um jeito tão fervoroso, achando que era uma abominação se outra seita aceitasse uma versão que fosse ligeiramente diferente da sua. Tantas guerras começaram por causa disso...
— Eu sei. Fé é uma coisa esquisita para as pessoas que não acreditam.
— Mas religião é diferente de fé. Ter ou não ter fé... Isso é um conceito simples na Europia. E, se seguíssemos ter fé, estaríamos rezando agora.
— Achei que precisávamos ficar conversando — comenta ela, exasperada. — Foi o que você acabou de dizer.
— Sim. Não acho que devemos começar a rezar agora.
Enquanto giram em um movimento perpétuo pela poeira opaca das estrelas e das pedras, nuvens se formam sobre o Oceano Índico abaixo deles, e um cirro se estica sobre o azul. Carys suspira.
— Sei. Então o que você acha que devemos fazer para demonstrar essa fé?
— Conversar — responde Max — pelo tempo que nos resta. Conversar até o fim. Sobre todas as coisas boas que aconteceram.
— E sobre as coisas ruins? Ou as tristes? — Ela hesita. — E sobre quando você foi embora?

— Eu voltei.

Carys fica quieta, e muitos segundos se passam.

— Precisávamos dela? — pergunta Max.

— Da fé?

— Da lanterna.

Ele aponta para o objeto que ainda se afasta dos dois, girando na queda livre da microgravidade.

Carys ri.

— Ah. Não. Na verdade, não.

— Seria bom começarmos a ter um pouco de sorte. — Max suspira.

— Já está questionando sua nova fé?

— Não, mas já está na hora de uma intervenção — diz ele, fitando o medidor de ar dela. Quando olha para o seu, sente uma onda de náusea. — Ou de um milagre.

— Max — começa Carys, hesitante —, você acredita que... Quer dizer, mais cedo, quando estávamos olhando as estrelas cadentes, você mencionou Anna. — Ele a encara e espera. — Acredita que ela possa estar aqui?

— Sim.

— Então você acredita que Anna teria algum tipo de existência residual? — Max pensa no assunto, mas Carys continua: — Você sempre teve tanta certeza de que a religião é feita em nome dos outros, mas aqui...

— Não existem céu e inferno, Cari. O fato de estarmos aqui prova isso.

— Mas, no fim das contas, você disse...

Ele faz que sim com a cabeça.

— Entendo o que você quer dizer.

— Isso significa que acredita em vida após a morte?

— Certa vez, eu li — diz ele, com cuidado — que a vida após a morte é o que deixamos para os outros.

Carys pensa nisso, girando de costas para a Terra para observar o campo de asteroides e as estrelas, com seus pontos de luz formando uma vasta teia que se estica até se perder de vista.

— Anna não sobreviveu — diz ela, finalmente. — Não teve a chance de deixar nada para trás. Nem mesmo um corpo. Provavelmente, nem mesmo um cérebro.

A voz dele soa gentil.

— Nós dois, aqui, estamos falando sobre ela. Na sua breve existência, Anna mudou completamente o nosso futuro. O que ela deixou para trás ficou dentro de nós.

*

Max preparara um bolo de cenoura especialmente para a ocasião, mas, quando tocou a campainha do apartamento com vista para a praia, sabia que o gesto era fraco. Quando a porta se abriu, sua voz se tornou formal e, seus movimentos, desajeitados. Carys estava sentada na poltrona de vime, o assento alto virado de costas para a sala imóvel, encarando o mar através da janela com sacada.

— Oi.

— Olá. — Ela não se virou para cumprimentá-lo.

— Eu trouxe bolo — comentou ele, sabendo que aquilo era a coisa errada a dizer. — Você está bem?

Carys virou a cabeça para ele.

— Você voltou.

— Sim.

— Está no meu Voivoda.

Max pensou no que e em como dizer.

— Fiquei feliz por Liljana ter me ligado. Eu iria querer saber.

— *Eu* tentei ligar para você — rebateu ela, a voz irritada.

— Desculpe. Senti sua falta.

— Sente-se. — Foi tudo que Carys disse.

Max se deu ao trabalho de servir dois pedaços de bolo e acomodou-se cautelosamente no sofá, na escuridão da sala. Carys virou a poltrona de costas para o mar e pegou um dos pratos.

— Quero deixar algo claro — disse ela, dando uma mordida no bolo cremoso. — Imagino que você tenha ficado tão surpreso quanto eu quando descobri que estava grávida.

— Sim — respondeu Max com cuidado.

— E eu não queria o bebê, não de verdade. Só estou um pouco traumatizada pelo que aconteceu.

— Posso imaginar. Você está...?

— Então, estou triste, mas é uma tristeza estranha.

Max se inclinou para a frente.

— Como assim?

— Existem motivos científicos por trás dessa tristeza: os níveis hormonais mudam, meu corpo está voltando ao normal. Mas tem outra coisa. Perdi algo que achava que não queria, se isso faz algum sentido.

Ele mediu as palavras, desesperado para não dizer a coisa errada.

— Tenho certeza de que você vai ter outra chance, Cari. No momento certo.

— Talvez. Um dia. — Ela apoiou o prato na perna. — Quando lhe dizem que você não pode ter determinada coisa, faz parte da natureza humana começar a desejá-la.

*

— É por isso que não entendo essa coisa de ter fé — diz Max, tentando, desesperadamente, encontrar uma forma de aliviar uma coceira dentro do traje espacial, mas fracassando. — Você passa tanto tempo esperando e rezando. Torcendo por um milagre.

— As pessoas que acreditam são muito pacientes.

— É bem tedioso. Não acho que seria capaz de passar o resto da minha vida assim, à espera de uma confirmação.

— Você está falando dos próximos 25 minutos ou menos?

Max fecha os olhos.

— Provavelmente.

— Virou agnóstico agora? — diz Carys, incrédula.

— Acho que sim.

— Sua vida religiosa não durou muito.

— Não estou dizendo que acredito especificamente em alguma coisa ou não. — Max puxa a manga do traje, tentando dobrar o pulso lá dentro, inclinando-o para conseguir acertar a pele um pouquinho acima dele. O tecido se estica ao ser puxado, fino e adaptável, em vez das antigas versões rígidas das roupas de astronauta. Quando não consegue alcançar o ponto que o incomoda, Max tenta coçá-lo através da roupa. — Apenas preciso de provas, mas não quero passar o resto da minha vida esperando por uma. Acho que nunca tive muita paciência.

— Aliviando a coceira, ele respira fundo, satisfeito. — À exceção de quando visitava você todos os dias, tentando convencê-la a voltar para mim. Fui bastante paciente nessa época.

— Humm — diz Carys.

*

Os dois estavam sentados na mesma sala, na mesma poltrona de vime e no mesmo sofá, com o leve rugido do oceano audível através da cobertura grossa da janela.

— Pensei no assunto — disse Carys — e não quero você de volta.

— O quê?

— Nós não vamos reatar.

— Por quê?

— Não quero ter que aturar você fugindo sempre que as coisas ficam difíceis.

— Eu não vou fazer isso — respondeu Max, indignado.

Carys levantou uma sobrancelha.

— As coisas ficaram difíceis, e você fugiu. Ao primeiro sinal de problema.

— Mas voltei assim que soube que *você* estava com problemas. Isso não conta?

Ela mexeu o café na caneca, apoiando o queixo na porcelana quente para sentir o cheiro dos grãos costa-riquenhos, e o vapor subiu para cobrir seu rosto como uma máscara.

— Não. Sinto muito. Foi um belo gesto, assim como o bolo de cenoura, mas não.

Aquela merda de bolo de cenoura.

— Então o que contaria?

— Nós vemos o mundo de formas muito diferentes, Max — argumentou Carys. — Talvez até de formas conflitantes. Quando você terminou comigo, disse que "talvez fosse melhor assim". Ficou aliviado.

Ele assentiu com a cabeça, lentamente.

— Você ainda acha que somos jovens demais. Ainda acha que relacionamentos só funcionam quando se é mais velho.

Max assentiu novamente.

— Acha que as pessoas se tornam pais melhores quando têm mais idade.

Ele hesitou, mas assentiu pela terceira vez.

— Você acredita de verdade — concluiu Carys — no Individualismo. — E fez uma careta.

— Foi assim que eu fui criado, Cari — respondeu ele, desesperado. — Cresci acreditando nessas coisas.

— Eu, não. Sei como me sinto em relação a você, e estava pronta para deixar isso bem claro para o resto do mundo. Mas você não consegue nem mesmo contar aos seus pais sobre mim.

— Eles não entenderiam.

— Tudo bem — disse ela, objetiva. — Bem, *eu* não entendo. E, no seu aniversário, você deixou sua posição bem clara.

Max estava desolado.

— Mas... Eu não quero ficar sem você. Quero ficar *com* você.

Sua expressão era tão triste que Carys evitou ser mesquinha e dizer que ele deveria ter pensado nisso antes, mas se manteve firme.

— Não, Max. De toda forma, que tipo de mulher eu seria se deixasse você voltar logo de cara, logo depois de ter me dado um pé na bunda?

— Uma mulher feliz? — respondeu ele, esperançoso, mas Carys negou com a cabeça, pesarosa.

— Pare com isso. Não quero estar em um namoro a distância que, além de ir contra os seus princípios, nos deixa arrasados.

— Espere aí. Você perguntou que tipo de mulher seria se me deixasse voltar logo *de cara*. Isso quer dizer que talvez me deixe voltar depois de um tempo?

— Eu disse isso? Não foi o que eu quis...

— Está brincando comigo? Quer fazer eu me sentir culpado? Porque, pode acreditar, eu me sinto culpado, Carys. Voltar aqui e ver você sofrendo...

— Não estou brincando — sussurrou ela. — Mas não acredito que você vá se rebelar contra os seus princípios, não a longo prazo, só para ficar comigo.

— O que tenho que fazer para você acreditar em mim?

Ela pensou no assunto.

— Não sei. Alguma coisa grandiosa.

*

— Não consigo mais ver a lanterna — diz Carys. — Ela sumiu.

— Provavelmente entrou no caminho de um micrometeoroide e foi destruída.

— Estou com nojo da quantidade de lixo que tem por aqui.

— Isso sem mencionar a porcaria do campo de asteroides. Lembra como as pessoas entraram em pânico quando ele apareceu?

— Lembro. Olhe para lá — diz ela, e Max se vira na direção apontada.

— Saturno. — Ele parece surpreso.

— A olho nu.

— A gente deveria ter passado os trinta anos seguintes sem conseguir vê-lo — comenta ele, triste.

— Os anéis de Saturno. *Foque os anéis.*

Max abre um sorriso pequeno e arrependido.

— Então quer usar nossos últimos vinte minutos para conversar? — pergunta ela.

Ele se volta para Carys.

— Sim. Tentamos tudo que podíamos. Agora é só esperar um milagre.

— E você acha que não devemos nos desesperar e desistir.

— Exatamente.

— Você sabe que seria mais rápido e menos doloroso — diz Carys — se tirássemos os capacetes agora. Pararíamos de respirar e acabaríamos com isso, por escolha própria.

Max a encara, horrorizado.

— Não fale assim. Você está se parecendo comigo.

— Mas é verdade.

— Pare com isso. Vamos lá. *Você* não fala assim. Use seu ar de um jeito mais útil, com palavras mais positivas.

Ela o fita, esperançosa.

— Então vamos conversar.

— Não há nada melhor do que passar os últimos minutos da sua vida — diz Max — conversando com a pessoa mais sensacional que você já conheceu.

Quinze

Alguma coisa grandiosa.
    Max pensara bastante naquilo, sabendo que "flores" ou "miniférias" não seriam suficientes.
    Alguma coisa grandiosa.
    Ele havia voltado para o Voivoda 13 depois de prometer que encontraria um jeito de fazê-la acreditar nele e que voltaria para provar isso. Na despedida, queria tê-la beijado, mas, em vez disso, acabou apertando desajeitadamente o ombro dela, enquanto ela ficou ali sentada na poltrona, encarando o mar cinza, ainda sofrendo com a perda do bebê. Carys deu um tapinha na sua mão, certa de que agora não restavam dúvidas: não teria volta para eles.
    Alguma coisa grandiosa.
    Max pensava nisso enquanto ele e sua equipe trabalhavam para gerar alimentos de matérias orgânicas e não orgânicas, removendo os condritos que caíam na Terra durante as chuvas de meteoros. Pensava nos erros que havia cometido com Carys enquanto trabalhava com geólogos, aprendendo mais sobre asteroides do que teria achado possível que um gerente de supermercado poderia aprender.
    Toda noite, voltava para casa e encarava os Rios de Mural, em branco e vazios, uma vez que Carys se recusava a atender suas ligações e conectar suas salas. Ele voltou a ajudar pessoas com suas perguntas culinárias no MenteColetiva, o que o fazia se sentir melhor, as interações distantes da vida real, mas, ainda assim, uma conexão humana. Esses eram os melhores momentos que Max tinha no apartamento cavernoso e congelante que recebera da Voivodia e que ele se recusara

a decorar, já que cada fotografia era como uma punhalada em suas memórias.

    Alguma coisa grandiosa.

Carys evitou pensar nele enquanto se esforçava para sair do esconderijo com vista para o mar e voltava para a vida urbana, jogando-se no trabalho na sede local da AEVE. Sentiu uma pontada familiar quando, ao pedir legumes ao servidor e ele dar erro, deu uma olhada à sua volta para rir com alguém da situação e descobriu que ninguém achara graça. Sentiu uma ainda maior ao passar diante da entrada secreta do observatório, com a grade de flores-de-lis perigosamente enferrujada e caindo aos pedaços, a sebe grande demais e cobrindo o portão.

    Certa noite, uma mensagem de Max apitou, e, num momento de fraqueza, ela cedeu, como a grade enferrujada de ferro fundido.

    Oi.

    Ciao.

    Ça va?

    ¿Qué tal?

    Bene, grazie, flexou ela em resposta, e começou a sorrir enquanto a situação familiar se desenrolava, o som dos *pings* se alternando entre os dois como nos velhos tempos. *Et tois?*

    Não me faça testar seus conhecimentos germânicos, flexou ele.

    Ou minha nova proficiência em grego.

    Como você está?

    Carys fez uma pausa, digitando lenta e deliberadamente, de modo que Max pudesse ver que ela estava escrevendo. As palavras tinham peso, e ela escolheu uma fonte um pouco diferente, que pulsou roxa no mural de letras azuis antes de se dissolver.

    Sinto sua falta.

    Finalmente!, respondeu ele. *Por que demorou tanto?*

    Tempo.

    Bem, já era tempo.

    Por quê?

    Porque estou prestes a fazer uma coisa grandiosa.

Eles se encontraram no terminal aéreo, a comichão da incerteza deixando ambos envergonhados enquanto, ao redor deles, amigos e parentes se cumprimentavam com afeição. Max foi beijá-la quando Carys foi abraçá-lo, então ele acabou roçando os lábios nos seus cabelos. Ela se afastou e o fitou.

— Quer tentar de novo?

— Sim.

Max colocou a mala no chão e deu uma volta ao redor do pilar mais próximo, voltando para ela com os braços abertos. Gentilmente, ele a abraçou, a mão na parte de trás do seu pescoço, e os dois se beijaram.

— Assim foi melhor.

— Bem mais natural — concordou ele. — Esse pessoal aqui do lado deve achar que somos profissionais nisso.

E Carys notou, surpresa, que ele não se afastou.

— Nós somos. Já temos muita experiência. Por que estamos aqui? — perguntou ela, confusa, embora muito feliz.

— Porque você é a única pessoa que consigo imaginar me aturando — respondeu Max. Ele olhou ao redor. Os dois estavam no terminal aéreo entre seus Voivodas, um território neutro. Não havia restaurantes ou lojas ali por perto, e o lugar realmente era o fim do mundo. Ele apontou para as Partidas. — Por ali.

— E aonde vamos agora?

— Para o Voivoda 2. — Embarcaram na nave, as entradas de vidro se fechando sobre um jato expresso bem menor do que o que tomaram para a viagem até a Austrália, uma vez que aquele viajaria uma distância muito menor. Max esticou o cinto de segurança de Carys ao redor dela e o prendeu. — Chegou a hora de você conhecer meus pais.

Era uma bela vizinhança na cidade principal do Voivoda 2, com avenidas ladeadas por antigos edifícios de tijolos aparentes e árvores com raízes irrompendo pelos pavimentos. Os bairros residenciais eram bem-cuidados e mais conservados do que nas cidades do interior — paredes e fachadas inteiras eram mantidas no original, geralmente sem suportes modernos. Eles atravessaram vários acres de terrenos descampados ao norte da cidade antes de chegarem ali, e Carys olhara ao redor, impressionada, admirando as lagoas naturais.

— Faz tempo que seus pais estão aqui? — perguntou ela, enquanto atravessavam a vila da era georgiana com janelas entrecortadas originais, no alto de uma colina, e Max lhe lançou um olhar.

— Eles continuam em Rotação.

— É claro — respondeu Carys, desanimada. — Então faz menos de três anos. É uma boa vizinhança.

— Meu irmão mais novo tem problemas respiratórios, então meus pais têm uma licença especial para viver nos Voivodas menos poluídos, para ele conseguir respirar melhor.

— Não seria melhor morarem fora das cidades?

Max olhou ao redor, para a vila verde e bonita.

— Morar nesta cidade é um meio-termo. E eles estão perto do hospital.

Quando viraram à esquerda, Carys ajeitou a mochila nas costas, descendo a colina. Bem lá embaixo se localizava o cubo branco e brilhante, que era o hospital do distrito; parecia moderno e limpo ao lado dos velhos tijolos vermelhos e amarelos. Um pouco antes do cubo, Max entrou em um jardim arrumado, esperando que ela o alcançasse antes de bater à porta.

— Pronta? — perguntou ele.

— É tarde demais para dizer que não.

Uma miniatura de Max abriu a reluzente porta vermelha e, antes de Carys conseguir assimilar as semelhanças, Max agarrou o garoto em um abraço apertado.

— Mac!

— Sou eu. — O irmão mais velho riu e então acrescentou: — Como você cresceu! Quantos anos você tem agora?

— Sete. — O garotinho estava radiante, seu sorriso era desdentado, e Max o pegou pelas pernas, balançando-o no ar. Ele se contorcia de alegria. — Quantos anos *você* tem?

— Sou quatro vezes mais velho... Você perdeu alguns dentes, cara.

— Diego me derrubou da espaçonave.

— Da espaçonave?

— O brinquedo no parquinho da escola.

— No parquinho da escola? — Max estava tendo dificuldade para entender a conversa.

— Diego me derrubou da espaçonave no parquinho da escola, e meus dentes de baixo caíram.

— Sei. — Max colocou o irmão de pé, e ele o encarou, curioso. — Esta é a minha melhor amiga, Carys. Carys, esse é o meu melhor irmão, Kent.

— Oi, Kent — respondeu ela solenemente, e Kent olhou para o irmão, confuso.

— Uma menina?

— Uma menina — repetiu Max.

Kent saiu correndo e entrou na casa, gritando:

— Mãe, pai, Mac está na porta. Mãe? Pai? Mac está aqui. Adivinhem só? Ele trouxe uma *menina*.

Carys entrou na casa atrás dos garotos, já que Max conseguira agarrar o pequeno novamente, jogando-o por cima de um ombro.

— Por que ele está tão surpreso? — sussurrou ela.

— Com sete anos, os garotos estão começando a perceber que meninas são "diferentes" — sussurrou Max de volta. — A ideia de você ser minha melhor amiga é *surreal*. — E colocou Kent no chão, ainda sorrindo, quando um homem se aproximou com o braço estendido. — Oi, pai. — Os dois apoiaram uma mão no ombro do outro, em uma versão formal do cumprimento tradicional, e Max apontou para Carys.

— Carys, este é o meu pai.

Ela notou que havia sido apresentada ao pai dele e que o contrário não ocorrera, mas não criou caso.

— É um prazer conhecer o senhor.

— Por favor, pode me chamar de Pranay. — O homem levantou o braço para cumprimentá-la, o tipo de homem cuja intelectualidade fazia parecer distraído ou antipático. — Carys... É um nome de origem galesa?

— Sim, exatamente.

— E o que você faz da vida?

Ela sorriu ao ver que ele era direto.

— Sou pilota.

— Muito bem — respondeu Pranay. — Trabalha para o setor comercial? Militar? De caridade?

— Para a Agência Espacial.

— *Muito* bem. — Sua aprovação fez com que parecesse um pouco menos rígido. — Isso realmente é muito bom. Trabalho com logística, alimentando a Voivodia. Sou responsável pelos restaurantes e os supermercados da Rotação.

— Nossa! Todos eles?

— De muitas das cadeias de restaurante, sim. E dos supermercados menores também.

— Uau! Acho que eu e Max nos conhecemos em um deles.

— No Voivoda 6? Acredito que Maximilian tenha transformado aquela filial num lugar elegantemente retrô.

Carys afirmou com a cabeça, tentando entender por que um homem responsável por todos os restaurantes da Rotação não podia empregar seu filho aspirante a chef em um deles. Kent rodeava as pernas do pai, exibindo-se do jeito que as crianças fazem antes de desmoronarem de falso tédio quando o foco sai delas.

— Você pilota aviões? — perguntou Kent.

De perto, Carys notou que ele tinha uma presilha transparente de oxigênio presa ao nariz, ajudando-o a respirar.

— No geral, espaçonaves — respondeu ela.

— Maneiro.

Max se esticou e bagunçou o cabelo do irmão, e Kent saiu correndo, com sua energia mais uma vez inflamada pela atenção.

— Venham — convidou Pranay, levando-os até a cozinha. A casa era reforçada pelos costumeiros elementos de vidro e aço da Europia. — Vamos dar uma xícara de chá para a pilota.

— Eu deveria ter imaginado que meu pai gostaria disso — sussurrou Max, apoiando uma mão nas costas de Carys para guiá-la até os fundos da casa modesta. — Ele só admira trabalho duro e sucesso, e é só isso *mesmo*.

Na cozinha, uma mulher minúscula estava sentada à mesa, tricotando.

— Olá, tia Priya — cumprimentou Max.

Ela olhou para cima, encarando o sobrinho com uma felicidade confusa.

— Maximilian. Que prazer!

Eles se acomodaram à mesa, e o pai de Max, um homem grande e corpulento, foi para a bancada da cozinha, mergulhando saquinhos de chá e servindo leite com toda a formalidade da tradição.

— Açúcar? — perguntou ele, e Carys negou com a cabeça. — Ótimo — respondeu. — Gostar de doces é sinal de fraqueza.

Ela suspirou, aliviada por aparentemente haver passado em algum tipo de teste implícito, e aceitou a xícara com um agradecimento.

— Quer chá, filho?

Max detestava ser chamado de *filho*. Seu pai sempre o fazia se sentir pequeno. Ele recusou a oferta.

— Você não mudou nada. Estou vendo que ainda não tem estômago para bebidas quentes.

Max se perguntou por que uma crítica tão boba o fazia se sentir como um fracassado, e deu de ombros.

— Aceito água, se tiver. Onde está a professora?

— Alina já vai descer. — Pranay se sentou à mesa. Seu corpo sobrecarregou a cadeira de madeira e a fez ranger. — Então.

— Então — repetiu Max, bebericando a água.

— O que traz vocês aqui?

— Eu queria apresentar Carys — respondeu ele, o olhar ainda no copo de água. — Queria que vocês dois conhecessem Carys.

O pai de Max ficou em silêncio, mas Carys viu seu pulso se mover enquanto ele enviava uma mensagem pelo flex.

Um segundo depois, todos ouviram uma porta se abrindo no andar de cima. Uma mulher formidável, com cabelos grisalhos presos em um elegante coque, entrou na cozinha e pôs uma mão formalmente sobre o ombro de Max, seguindo para a bancada logo em seguida.

— Café. — Notando Carys, ela continuou: — Perdão. Estou trabalhando no turno da noite no momento, e precisei descansar um pouco lá em cima. — Kent deu um encontrão em Alina ao pular dos armários da cozinha, e, enquanto a mãe o equilibrava, Carys observou novamente quanto ele se parecia com o irmão. — Seu pai me disse para descer.

Max pegou o copo da mesa.

— Eu queria que vocês dois conhecessem Carys.

Os pais trocaram um olhar.

— Ela é pilota — acrescentou Pranay.

— Ela pilota espaçonaves — disse Kent ao mesmo tempo, a voz cheia de admiração.

— Ah — respondeu a mãe. — Olá, Carys! Vejo que foi aprovada por todos os meus garotos.

— Eu... — Carys hesitou, e Max encarou a mesa com um sorriso. A situação era incrivelmente desconfortável.

— Há quanto tempo vocês trabalham juntos? — Pranay deu um gole no chá.

— Desde a minha Rotação no V6 — disse Max, deliberadamente —, e também estamos namorando desde essa época.

A cozinha foi tomada pelo silêncio.

— Namorando?

Kent escapuliu da cozinha e ligou o sistema de mídia na pequena sala de estar, criando uma explosão de som.

— Vocês são muito jovens — disse a mãe, cautelosa.

— Não tão jovens assim. — Max pegou a mão de Carys. — Somos velhos o suficiente para termos certeza.

— Para terem certeza de quê?

— Tentei ficar sem ela, e não deu certo. — Max se recostou na cadeira, e apenas um pequeno tremor demonstrava quanto estava nervoso. — Então vamos continuar juntos.

O pai permaneceu em silêncio, bebendo o chá. A mãe brincou com a pulseira de prata no pulso, observando tia Priya tricotar, as agulhas se batendo, ressaltando a tensão.

— Vamos para a sala? Lá é mais confortável.

— Claro — respondeu Max, ainda segurando a mão de Carys. — O que vocês preferirem.

A mãe guiou o grupo até a sala, rapidamente negociando com Kent, que desligou o jogo e subiu como um raio pela escada, com duas novas moedas chacoalhando no bolso. O pai saiu da cozinha sem dizer uma palavra, e, depois que Carys afastou a cadeira da mesa, Max a empurrou para a sala, abrindo um sorriso afável enquanto eles se sentavam juntos em um sofá fofo.

— Que confortável — disse Max, pulando um pouco no assento de penas. — Gostei do sofá novo.

A mãe se dignou a sorrir para o filho, mas respirou fundo e se virou para Carys.

— Vocês se conheceram no Voivoda 6?

Carys assentiu com a cabeça.

— E você continua lá? — perguntou ela. — Max se mudou.

Mais uma vez, Carys fez que sim.

— Estou no Segundo Ciclo.

— Por que cogitariam a ideia de ficar juntos antes de poderem seguir a Rotação como uma família? — Alina olhou de Carys para Max. — Vocês só podem se candidatar daqui a uma década. É bastante tempo.

— É, sim — disse Carys, baixinho —, mas queremos tentar.

— Vocês não podem fazer isso. É contra as regras.

Alguma coisa grandiosa.

— Carys ainda não sabe disto — disse Max —, mas, na verdade, estamos a caminho do Voivoda central. Vou solicitar a revogação da Regra dos Casais.

A sala explodiu em choque, e Carys se recostou no sofá, surpresa. A revelação de Max havia sido uma porrada: até segundos atrás, ela achava que levá-la ali e se rebelar contra a família era o gesto, a coisa grandiosa. Jamais imaginaria que ele faria algo assim, que dirá questionar a Voivodia — isso seria impensável.

O pai de Max, que se mantivera em silêncio durante toda a conversa, parecia apoplético.

— Pai?

Ao ser chamado, o homem explodiu:

— Por que você precisa desafiar tudo? — O filho tentou responder, mas Pranay interrompeu: — O que lhe dá esse direito? O que o faz pensar que sabe o que é melhor? Por que ir contra as regras que foram criadas para protegê-lo?

— Mas, pai... — Max levantou uma mão — As regras podem ser mudadas se um número suficiente de pessoas concordar. Tenho que deixar minha posição clara. O sistema funciona porque...

Pranay se levantou, seu corpo colossal se agigantando sobre o jovem casal no sofá.

— Só porque algo não é do jeito que você quer não significa que esteja errado, Max. Pessoas muito mais experientes que você criaram essas regras. Pare de agir como criança.

— Pai, é...

— Seu idiota. — A voz de Pranay se tornou grave. — Milhares de pessoas morreram para que você pudesse ter a vida maravilhosa que tem.

— *Maravilhosa*? Essa gente era da primeira geração. Vocês são da segunda. Você não acha que a vida pode ser diferente para mim, para a minha geração? Acredita mesmo que o mundo ainda é igual ao que era durante a sua juventude?

— Não ouse chamar seus avós de "essa gente". — Pranay levou a mão à testa. — Sua avó, uma mulher muito estimada, mudou para sempre as dinâmicas sociais. Seu tio-avô morreu na guerra. Sua tia-avó, minha tia, sofreu danos permanentes, teve problemas mentais, porque foi ajudar os doentes num hospital na costa da Flórida. As bombas eram jogadas por drones, nem se davam ao trabalho de usar pessoas de verdade. Ninguém era corajoso o suficiente para agir em seu próprio nome...

Max ficou em silêncio, como sempre fazia quando o pai discorria sobre os parentes.

— Desculpe. Não estou questionando o sistema inteiro, pai. Não estou questionando a Voivodia.

Pranay ergueu os braços, exasperado.

Chocada, Carys encarou o chão.

Max se levantou.

— Você sempre me ensinou que ser um indivíduo era importante — disse ele, enquanto se opunha ao homem que o criara. — Você me disse que eu devia fazer tudo em meu próprio nome. Isso não inclui obedecer ao sistema? Eu não deveria avaliar as regras e decidir quais delas funcionam para mim? As pessoas que fazem tudo o que lhes é ordenado sem pestanejar... Imagino que não sejam felizes.

— É claro que são. Vivemos num mundo perfeito, e, por algum motivo, isso não é suficiente para você. — As palavras de Pranay eram tão fortes que Max deu um passo para trás.

— Eu sou...

— Se não gosta das regras, deveria ir embora. — O pai o empurrou em direção à porta. — Deveria ir embora da Europia.

— Isso não é justo. Acredito em tudo que estamos fazendo. Acredito em tudo, menos... — Ele juntou as mãos. — Na Regra dos Casais.

Pranay abriu a porta principal, gesticulando para Max sair.

— Você não entende.

— Mãe...

— Não, Maximilian — disse ela.

— Eu amo Carys, mãe.

Carys corou ao som das palavras que raramente ouvia, mas Alina não se deixou interromper.

— Isso vai passar. O desejo sexual sempre passa e, então, você vai poder seguir em frente, como todo mundo faz. Quando estiver com a vida estabelecida, poderá encontrar alguém com quem realmente queira ficar para sempre. Pode ter filhos inteligentes, saudáveis. Mas, se não for forte e não pensar direito nas consequências do que está fazendo, não vai poder retroceder. Não é possível consertar os erros da juventude. Você deveria ouvir seus pais pelo menos em relação a isso. Realmente você vai ignorar nosso conselho?

— Vocês não estão me ouvindo...

— Sinto muito, Max, mas você não vai encontrar apoio aqui. A menos que faça a coisa certa. — Ela o fitou com expectativa.

Depois de uma pausa, o filho fez que não com a cabeça, e Alina se posicionou junto ao marido na varanda, gesticulando para o casal mais jovem ir embora. Quando Max e Carys chegaram à rua, ela empurrou a porta da frente até a tranca se fechar com um clique definitivo.

*

Carys tocou o ombro de Max quando ele sentou no meio-fio, claramente surpreso com quanto a visita fora ruim. Expulso da casa da família, derrotado...

Realmente ele seguiria adiante com aquilo? Max se perguntou se devia bater à porta e recomeçar a discussão ou se seria melhor abandonar a batalha por enquanto.

Ele observou a escuridão da noite caindo sobre o cubo branco do hospital, a luz desaparecendo rapidamente. O pôr do sol. A tia apareceu sozinha em uma janela, o semblante sério, e ele foi na sua direção. Priya silenciosamente levou um dedo aos lábios, então espalmou uma mão no vidro.

Max levantou a própria mão e a apoiou contra a dela, o gesto do pulso da tia acionou o chip na sala ao fundo. Fotos que ele nunca vira antes preencheram as molduras na parede, e Max as analisou, confuso, observando moldura por moldura, imagem por imagem. Sua tia e o irmão — o pai de Max — parecendo felizes, mas cansados, segurando as estrelas da Europia, um mar de bandeiras azuis e douradas atrás deles. O avô os acompanhava em uma das fotografias, os três radiantes em frente a um letreiro vermelho no qual se lia a inscrição "Supermercados Fox". A tia e um homem que Max nunca vira antes, sentados em um caminhão híbrido cheio de legumes recém-colhidos. A tia em um dos primeiros Jogos Voivodas, uma imagem que capturava um momento feliz no qual ela torcia na plateia, o mesmo homem ao seu lado.

As fotos se dissolveram, e uma imagem final da tia Priya apareceu, a tristeza tão aparente em seu rosto quanto uma mancha na tela. Ela deu de ombros e baixou a mão.

— Eu não entendo...

Ela gesticulou para as paredes atrás de si, sem se virar, e sua voz era um sussurro através do vidro.

— Obedecer às regras está no nosso sangue, mas isso nem sempre nos traz felicidade.

Dezesseis

Quinze minutos

Carys estremece.
— Estou com frio.
A temperatura sofre grande variação no espaço, e o traje espacial deles é programado para detectá-las e continuamente ajustar o aquecimento.
Max olha para o seu termômetro.
— Aumente o termostato. Ele deveria ter feito isso automaticamente, mas foi uma queda grande de temperatura. Ajuste logo.
— Tudo bem. Pronto. E você?
— O meu se ajustou sozinho — responde ele.
— Ahn. — Carys olha para o próprio termômetro, batendo na tela, ,como se isso fosse fazer alguma diferença. — Espero que meu traje não comece a dar problemas, só para piorar.
Max faz uma careta, pensando em seu experimento fracassado com o oxigênio expelido do cilindro dela.
— Espero que não seja minha culpa.
— Tenho certeza de que não é. Só estou com azar. — Carys estremece de novo. — Continuo com frio.
— Agora que o termostato está certo, você vai se aquecer. E logo voltaremos para a linha do sol.
— Era de se esperar que, depois de ter um traje espacial feito especialmente para mim — ela aponta para seu nome, bordado abaixo da insígnia da AEVE —, eu finalmente deixaria de sentir frio.

Max esfrega as mãos nos braços dela, tentando aquecê-la, indo dos pulsos aos ombros de Carys e então voltando, apesar de os trajes com isolamento térmico tornarem esse gesto inútil.

— Você é friorenta. Não se lembra do treinamento? Você tremia de frio.

Ele não menciona quanto se sentia apavorado ao observá-la treinando nas piscinas da AEVE, revivendo o incidente nos Jogos Voivodas sempre que ela passava um segundo a mais do que o necessário debaixo da água.

— Quando eu passava horas submersa, usando uma roupa de mergulho? — Carys gesticula ao redor. — Na verdade, aquele era o ambiente perfeito para praticar estar no espaço. Quem diria!

— Você deve ter algum problema de circulação. — Ele volta ao assunto. — Suas mãos e seus pés estão sempre gelados.

Carys sorri e ignora a provocação.

— O campo de asteroides provavelmente está interferindo no medidor de temperatura, já que as pedras ficam me colocando na sombra o tempo todo. — Os dois olham ao redor, para os fragmentados asteroides cinza, alguns abruptamente esmigalhados e rachados nos pontos de colisão. — Isso sem mencionar a poeira interplanetária que está entupindo o meu sistema.

— O meu também — murmura ele, verificando o termostato mais uma vez. — Quanto tempo ainda nos resta?

— Treze minutos — responde ela, tentando conter o temor em sua voz. — Algumas pessoas acham que é o número do azar.

— Não sei se azar tem muito a ver com qualquer coisa — reflete Max, enquanto um micrometeoroide passa por eles, indo na direção da Terra. — A menos que você acredite que as nossas escolhas fizeram nossa própria sorte...

*

Os pais de Max não mudaram de ideia. Apesar das ligações, mensagens e visitas do filho, o pai se recusava a abrir a porta. A mãe desapareceu no trabalho. Desesperado para ver Kent uma última vez antes de ir embora, Max bolou um plano para conseguir passar algum tempo com o garotinho.

— Kent passa metade da vida no hospital — contou ele a Carys quando os dois estavam no restaurante da Rotação local. — Minha mãe está tentando descobrir uma cura. Ela se sente culpada porque, por causa de seu trabalho, tiveram que se mudar para a Macedônia e a doença dele piorou. A poluição de lá quase o matou. Fica no Voivoda 19 — acrescentou Max, explicando.

— Por isso que ele ainda não começou a Rotação?

— Exatamente. Meus pais dizem que ele vai se mudar quando melhorar, depois que crescer um pouco mais — explicou Max. Sua voz se tornou melancólica. — Com a idade de Kent, eu já morava sozinho.

Ele chegou ao cubo branco no fim do horário de visitação, esgueirando-se pela porta e passando pelos retardatários que iam embora, virando à esquerda, na sala dos funcionários, enquanto os guardas dobravam o corredor e desapareciam. Por um instante, considerou pegar um jaleco, como um intruso legítimo faria, e se passar por um médico que avaliava os prontuários dos pacientes, mas se lembrou de como um pedaço estéril de algodão branco seria inútil quando precisasse passar pelas leituras e check-ins dos chips biométricos dos funcionários. Max passou os olhos pelo MenteColetiva da unidade, procurando perguntas direcionadas à mãe, rezando para que suas respostas fossem marcadas com sua localização. Não encontrou nada.

Ao ouvir um grupo se aproximando pelo corredor, ele se virou para os armários, inclinando-se na direção de um como se estivesse prestes a fazer a leitura do seu chip. Cinco enfermeiras entraram, exaustas por terem acabado de sair dos seus plantões, mas, ainda assim, animadas. Quando a última passou pela porta, falando pelos cotovelos, Max se virou de costas para o grupo, esgueirando-se no último instante para a saída e passando para o outro lado. O lado oposto da entrada da sala dos funcionários abrigava um quadro branco antiquado, coberto de anotações feitas em marcador preto, linhas trêmulas formando uma tabela feita à mão. Ele observou as informações e encontrou o que queria: o nome (e o cargo) da mãe e uma lista de pacientes em pesquisas clínicas ativas. Quando outros médicos apareceram, Max partiu em disparada para o elevador, analisando o mapa do hospital, e seguiu até o último andar.

O lugar estava silencioso, e Max relaxou um pouco enquanto passava pelos corredores que levavam a alas e quartos privados, com imagens coloridas sendo exibidas nos Rios de Mural. Um ursinho pulava pela parede ao lado dele. Ao chegar ao quarto de Kent, o ursinho se jogou em volta do batente. Max o afastou e abriu a porta.

— E aí, cara?

O garoto sonolento abriu os olhos e sorriu.

— Oi, Mac.

— Como você está se sentindo?

— Em ganho uma moeda para cada noite que fico aqui — respondeu ele.

— Que bom negócio! Quanto ganhou pelo dente aí da frente?

— Chocolate.

— Você tem talento para negócios. — Max entrou no quarto e se sentou em uma poltrona ao lado do irmão. — Queria vir visitar você antes de ir embora.

Kent ficou sério.

— Com a menina?

— Com a menina — concordou Max.

— A mamãe e o papai andam gritando muito.

Max mordeu o lábio.

— Sinto muito.

— Queria que a gente pudesse passar mais tempo juntos.

— Eu também. Estou trabalhando para a Agência Espacial.

— Só você me abraça.

— Vou voltar para visitar você mais vezes. Prometo.

O coração de Max estava apertado, e ele afastou os cabelos macios da testa do garotinho, que lutava contra o sono e provavelmente contra uma dose forte de remédios. Max se inclinou para a frente e se apoiou na cama, ainda acariciando os cabelos de Kent, enquanto o irmão voltava a cair no sono.

— Como você entrou aqui? — Max ficou alerta quando a mãe se avultou sobre a cama, irritada. — Mais desrespeito pelas regras — disse ela. — O que está fazendo aqui?

— Vim visitar Kent — respondeu ele, ajeitando-se na cadeira e encarando Alina.

Ela espalmou a mão para abrir a projeção do prontuário do garoto ao pé da cama.

— Ele já sofreu o suficiente. Não precisa saber dos seus planos.

— Talvez devesse.

— Não.

— A decisão não é sua.

— Não quero que ele seja manchado por sua sujeira — rosnou ela, e Max olhou para baixo, sentindo-se repreendido. — Seu irmão vai se tornar um pária da sociedade quando descobrirem o que você fez.

Sentindo-se mais confiante, Max declarou:

— Você deveria abraçá-lo mais.

Ela desligou a projeção.

— Obrigada, Maximilian. Não preciso receber conselhos de alguém como você.

Max se retraiu.

— Por quê? Porque sou jovem? Esse é o tipo de intolerância que vai destruir a Voivodia.

— Não, é *você* quem vai destruir a Voivodia.

Ele acariciou os cabelos do irmãozinho do meio da cabeça até a testa, sem acordá-lo, e manteve a voz baixa ao dizer:

— Vivemos numa democracia social, professora. Talvez encontremos pessoas que concordem com a nossa opinião, e não com a sua.

Alina estreitou os olhos.

— Duvido muito disso. A Europia foi aprimorada por um governo central *experiente*, formado por especialistas que criaram regras baseadas no que funciona melhor para *a maioria* do povo.

Max se inclinou para a frente.

— Mas e se você estiver errada, e as coisas precisarem de um "aprimoramento" ainda maior? Não devemos impor regras antiquadas a todo mundo. A Europia funciona porque as pessoas *escolheram* seguir as leis. Nós avaliamos diferentes estilos de vida e optamos por este. Não acha que esse é o verdadeiro significado de *utopia*? A Europia seria um lugar muito amargurado se cidadãos como eu perdessem a curiosidade e parassem de questionar por que temos certas regras. É melhor morrer do que perder a curiosidade.

Alina riu.

— Mas quanto descaso ao considerar chavões quase filosóficos sobre morte e escolha! Logo, logo, você não terá escolha. Quanto tempo acha que vai levar para começar a fazer as coisas em nome dela, e não no seu próprio nome? *Em nome de quem*, Max?

Ele pegou o corpo adormecido de Kent e o apertou em um abraço, beijando seu rosto e inspirando o cheiro de talco.

— É melhor eu ir.

— Sim, é melhor. Podemos ter outra conversa sobre o assunto depois que você voltar a si. Espero que isso aconteça antes de ser dispensado pelos Representantes da Grande Assembleia Central por pequena subversão.

Max lançou um último olhar para o irmão e então passou direto pela mãe, sem dizer mais nada.

A estação estava lotada de passageiros, e os Rios de Mural deslizavam com informações contínuas sobre chegadas e partidas. Max procurava por Carys, preocupado, quando duas mãos geladas surgiram diante do seu rosto e cobriram seus olhos.

— Ou estou prestes a ser roubado por uma criança — disse Max —, ou esses pulsos magricelas são de uma garota que conheci no passado. — Ele se virou para encarar seu atacante. — Ela morreu. Foi assassinada a sangue frio durante uma tentativa frustrada de roubo numa estação. Uma tragédia.

— Que coisa horrível! — Carys se esticou e lhe deu um beijo na bochecha. — Hoje em dia, todo mundo está indo para a vida do crime. Crianças, mulheres deslumbrantes... — Ela jogou os cabelos para trás — Todo mundo.

— É mesmo, mulheres deslumbrantes? — Ele pegou as malas dos dois. — É melhor irmos, vamos acabar perdendo nosso trem.

— Conseguiu ver Kent?

— Sim.

— E correu tudo bem?

— Sim.

Carys achava que as respostas monossilábicas indicavam algo diferente, mas não insistiu.

— Ei — disse ele. — Nós conseguíamos fazer piadas, não é?

— Sim. — Carys virou para encará-lo. — Mas, se você for ficar chamando atenção para essas coisas sempre que acontecerem, nunca vamos conseguir seguir em frente.

— Como assim?

— É melhor não ficarmos analisando cada interação que temos para ver se ainda damos certo, se ainda nos amamos, se vamos conseguir nos recuperar do término. Se fizermos isso, vamos matar o que temos. Vamos morrer. — Max ficou quieto. — Então vamos voltar a fazer piadas, deixar o clima leve, e vamos fazer essa coisinha insignificante que pode mudar a vida de todo mundo da nossa idade.

— Entendi — respondeu ele, pegando as malas. — Esse é o momento ideal para um clima leve.

Seguiram para a plataforma, e o ruído rítmico dos motores despejava uma nuvem de oxigênio nos vagões e sobre os passageiros, criando a atmosfera de um trem a vapor do século XIX se preparando para deixar um povoado rural. A cidade ali era o completo oposto: o sol se pondo brilhava atrás da parede de vidro da estação, o azul-claro acima brigava com o fogo do céu a oeste.

O trem estava cheio, e Carys e Max ocuparam os lugares marcados, acomodando-se nas poltronas cinza-claro e colocando os cintos de segurança.

— Pronto? — perguntou ela, e Max imaginou que não estivesse se referindo a viagem.

— Pronto. — E então: — Você tem certeza?

— É claro. — Carys se ajeitou enquanto o trem partia, sentindo um frio na barriga enquanto o híbrido acelerava e a força g a empurrava contra o assento. Logo a cidade desapareceu, e retalhos irregulares de campos preencheram as janelas: marrons, verdes e o amarelo impressionante da colza. — Odeio essa cor.

Max riu.

— Que coisa engraçada de se odiar!

— Também odeio esse nome. — Ela observou os campos passarem. — Espero que, um dia, a utopia consiga resolver todos os nossos problemas.

— Qualquer sociedade sempre vai ter problemas, não importa quão bem ela funcione.

Ficaram quietos por um instante enquanto o trem passava por baixo do Canal. Então, Carys perguntou:

— Max? Por que você fez o que fez?

— Fiz o quê? Isto?

Ela assentiu com a cabeça.

— Teria sido suficiente simplesmente contar à minha família sobre nós? — quis saber ele.

— Sim — respondeu Carys. — Teria sido suficiente.

Ele fez que não com a cabeça.

— Teria sido suficiente *por enquanto*.

Os dois ficaram em silêncio novamente, observando a paisagem se transformar nos verdes vívidos dos campos do continente.

— Você acha que estamos sendo egoístas? — perguntou ela.

— Por quê?

— Por pedirmos para mudarem as regras só com base no que sentimos.

Max pensou no assunto.

— Se nos sentimos assim, então é bem provável que outros também se sintam, ou se sentiriam caso tivessem a oportunidade.

— Mesmo que, agora, todo mundo só queira dormir com os outros sem compromisso? Como você costumava fazer?

— Ei. — Ele passou as mãos pelos cabelos. — Que golpe baixo!

— Desculpe. Mas você é a nossa cobaia principal.

— Acho que precisamos dar a todo mundo a oportunidade de se sentir como nós.

Não demorou muito até o trem híbrido chegar ao Voivoda central, e Carys observou os arredores com certo assombro.

— Eles têm um aqueduto igual ao meu — disse ela —, só que este não é velho e caindo aos pedaços. Bem no meio da cidade.

— Ele leva energia aos prédios centrais. São todos autossuficientes.

— Uau! — As paredes modernas de uma represa se agigantavam sobre suas cabeças, os arcos do aqueduto se assemelhavam a um sistema de defesa, os reservatórios externos, a um fosso medieval. — Que incrível!

Os dois seguiram por praças cercadas por cafeterias arrumadas e laboratórios linguísticos, as bandeiras digitais tremulantes lembrando a Carys dos Jogos Voivodas.

— Vamos simplesmente aparecer lá? — perguntou ela.

— Não — respondeu Max, guiando-a pelos trilhos dos bondes. — Eu agendei um horário.

— Com quem?

Ele parou.

— Com os representantes, Cari. Vamos apresentar nosso caso na Grande Assembleia Central.

— Sério? Achei que a gente ia ter uma reunião numa salinha.

— Eles estão interessados no que temos a dizer.

Discretamente, ela ajeitou os cabelos, notando que Max estava mais bem-arrumado do que o normal com a camisa azul-claro.

— Então é melhor não nos atrasarmos.

De um lado da maior praça, estava um prédio branco imponente, de tamanho colossal, a fachada com dez elegantes colunas brancas que sustentavam um grande pórtico. Toda a estrutura era revestida por vidro reforçado, o contrário da arquitetura comum da Voivodia, coberta e protegida para a posteridade. Incrustado no pórtico triangular, que datava da União Europeia do ano 2000, estava o lema oficial da Europia: *Unidos na diversidade.* Juntos, seguiram para o enorme hall de entrada. Os passos de cada pessoa — e havia centenas delas — ecoavam no mármore.

— Olhe. — Ele apontou para um dos cantos. — Leitores de chip.

— Isso não é nenhuma surpresa. Eles devem ser maníacos por segurança.

— Depois dos Estados Unidos...

— Pois é.

A acústica soava em seus ouvidos enquanto seguiam para a recepção e se registravam, exibindo os pulsos para leitores de chip e flexes fixos para verificar suas identidades. Quando o de Carys ficou verde, o saudador soou e a catraca abriu.

— Bem-vindo ao País das Maravilhas — disse Carys, passando pelo elaborado detector de metais.

— Ahn?

— Você *nunca* lê?

Max fez uma careta.

— Eu gosto das histórias nas telas.

Ela começou a rir.

— Então eu sempre que faço referência a um livro, você só finge entender?

— Sim. — Ele entrou atrás dela, e o portão se iluminou enquanto analisava seu corpo inteiro. — Pode zombar de mim quanto quiser, garotinha, mas é você quem fica assistindo a desenhos animados quando estou tentando compartilhar nossas salas de estar pelos Rios de Mural.

— Eles são muito relaxantes — sussurrou Carys, enquanto o elevador chacoalhava e estalava em um som ensurdecedor. Lá estava ele de novo, o lema da utopia, o texto azul pulsando em três lados.

— *"Unidos na diversidade"* — murmurou Max. — Vamos lá. Daremos um pouco de diversidade para eles debaterem.

Max pegou a mão dela quando as portas se abriram, e um atendente surgiu para cumprimentá-los.

— Vocês devem ser Maximilian e Carys.

Os dois assentiram com a cabeça, e o atendente gesticulou para que o seguissem. Eles obedeceram, observando como os passos do homem eram silenciosos ao tocarem o carpete azul-marinho. O grupo entrou em um grande vestíbulo circular alinhado com cornijas elaboradas. O teto era pintado como o céu e se curvava a cada 15 metros até chegar a portas duplas entalhadas, que ambos presumiram esconder a Grande Assembleia Geral. O atendente parou diante de duas cadeiras de madeira de igreja antiquadas.

— Podem aguardar aqui.

— Obrigada. — Carys se sentou, e Max a imitou.

Ela o chutou e apontou com o pé para as portas, acima das quais havia a pintura de um querubim pelado e agachado, segurando uma flauta. Os dois prenderam o riso.

Depois de cerca de quinze minutos, Max se inclinou na direção do atendente e falou baixinho, mas, mesmo assim, sua voz ecoou pela câmara redonda:

— O que eles estão discutindo antes de nós?

— A segurança das equipes de ajuda humanitária nos antigos Estados Unidos.

— Certo — disse Max, admirado.

— Meu Deus — sussurrou Carys, assustada —, isso realmente coloca as coisas em perspectiva. O que viemos fazer aqui?

Ele pegou a mão dela, mas continuou a falar com o atendente.

— Podemos entrar e ouvir?

— Imagino que sim. Vou perguntar. — O homem fez uma reverência e se afastou. Carys e Max trocaram olhares diante de tanta formalidade. Ele voltou e acenou para os dois. — Podem entrar. Sua sessão vai começar em alguns minutos.

— Obrigado. — Max se perguntou se ele também precisava se despedir com uma reverência.

Entraram na sala e ficaram boquiabertos. O vestíbulo não era nada perto do tamanho da Grande Assembleia Geral. Do ponto em que estavam, ao lado da entrada dos fundos, podiam ver que o salão era cercado por fileiras circulares desde o topo, um misto de távola redonda futurística com um teatro antigo majestoso. Grupos de enormes sacadas azuis e brancas estavam espalhados um em cima do outro até o teto adornado por estrelas azuis, formando um anel enorme que preenchia toda a circunferência do espaço.

Devia haver pelo menos dois mil representantes ali, sentados nas sacadas, separados por Voivodas, e Carys aprendera na escola que a maioria deles era especialista em sua área de atuação. Ela arfou de surpresa quando viu que cada sacada se movia para a frente quando era a vez de seus Voivodas falarem. Ela olhou para as que estavam próximas do teto e ficou tonta — eram altas demais.

No meio do salão, em uma plataforma redonda, estavam os oradores, observando e moderando as sacadas com atenção. A Assembleia votava qual seria o melhor método de ação para as equipes de ajuda humanitária.

— Os representantes do Voivoda 12 concordam que devemos mobilizar as equipes para se concentrarem nas pessoas em piores condições no que sobrou do Sul. Precisamos levar os sobreviventes para a costa e estabelecer campos com comida e água, mas é necessário oferecer mais segurança.

Carys olhou para Max e, subitamente, indicou os visores e as telas ao redor do salão, sabendo que não apenas aqueles Representantes tomavam as decisões, mas também que dezenas de milhares de pessoas nos Voivodas estavam conectadas, e que também eram capazes de votar e fazer comentários. A democracia funcionava em uma escala nunca vista antes. Ela não tinha dúvida de que os pais de Max assistiriam à sessão daquele dia.

— Os representantes do Voivoda 7 gostariam de mencionar que as crianças sobreviventes da Geórgia são as que mais correm risco. — O salão irrompeu em barulho. — Além de mais segurança, é preciso enviar mais suprimentos para Savannah, especialmente roupas, remédios e vacinas infantis, e devemos revisar a situação em uma semana.

Cada sacada se acendeu numa luz verde, e o orador voivoda parecia satisfeito.

— Moção aprovada.

— Que legal! — sussurrou Max, e Carys assentiu com a cabeça.

— Você nunca veio aqui com a escola? — perguntou ela.

— Eu estava com caxumba — respondeu ele, pesaroso.

— Suas bolas incharam?

— Agora não é a melhor hora para esta conversa — chiou ele, e o atendente que os acompanhava franziu a testa.

O representante do Voivoda 7 pediu para falar novamente.

— Eu também gostaria de sugerir — pigarreou o homem — um programa de educação para crianças refugiadas sobre o campo de asteroides. Elas devem estar apavoradas.

A Assembleia se encheu com sons de debate antes de algumas sacadas se tornarem vermelhas.

— Não contamos com a maioria. — O orador soava bondoso. — Vamos retomar o assunto depois que as medidas básicas para sobrevivência forem tomadas.

O atendente indicou a Max e Carys que eles deviam descer as escadas até o centro do salão.

— Vamos? — Max começou a andar, mas, ao olhar para trás, viu que Carys continuava no mesmo lugar, e sentiu que ela estava assustada. — Coragem. Não vão nos condenar à morte.

Os dois andaram pelas fileiras, e os membros nas bancadas os encaravam com óbvia curiosidade. O salão reverberou quando o orador anunciou:

— A seguir, temos dois jovens cidadãos que desejam conversar conosco sobre a Regra dos Casais.

O som se tornou mais agitado e, quando finalmente chegaram ao centro, Max e Carys estavam com os olhos arregalados. Ela estendeu o punho, e ele o segurou. O pequeno gesto silenciou o salão. Max olhou para o orador, que assentiu com a cabeça.

— Olá! Meu nome é Max. Atualmente, moro no Voivoda 13 e trabalho para a AEVE. — Ele fez uma pausa. — Esta é Carys. Ela mora no Voivoda 6 e também trabalha para a AEVE. — Alguns sussurros circularam na sala, e algumas bancadas mudaram de altura. — Como é o caso da maioria das histórias de amor modernas, nós nos conhecemos on-line. Faz um tempo que estamos juntos e, apesar de ainda termos vinte e poucos anos, queremos que vocês revejam as regras e as orientações recomendadas para a Rotação de casais.

O barulho na sala aumentou e diminuiu no decorrer da história do casal. Uma tela exibia o nado quase fatal de Carys nos Jogos Voivodas, Max nervoso ao seu lado. Ela fez uma careta, achando aquilo piegas demais, e ele ficou com uma expressão arrependida.

— Era uma boa propaganda — sussurrou ele.

A representante de um Voivoda no qual nenhum dos dois tinha morado se inclinou para a frente.

— Em nome de quem você atua?

— Não de Deus, não do rei ou do país — respondeu Max, enquanto Carys apertava sua mão.

— Em nome de quem?

— No meu próprio. E, suponho — adicionou ele —, no dela.

A representante abriu um sorriso irônico.

— E acham que esse sentimento é duradouro, que vai resistir a todas as dificuldades de um relacionamento? — Ela entrelaçou as mãos e apoiou a cabeça sobre os dedos. — Vocês não sabem se não vão acabar mudando de ideia. Esse é o problema. Não sabem se serão capazes de apoiar um ao outro nos momentos difíceis.

— Com todo respeito — Carys deu um passo à frente —, já enfrentamos momentos difíceis. Perdemos um bebê, e passamos por isso juntos.

A representante levantou as sobrancelhas, mas demonstrou compaixão.

— Estavam planejando ter um filho? Essa é a próxima regra que querem mudar?

— Não. Não acho que as orientações sobre maternidade e paternidade devam ser revistas — respondeu Carys. — Mas imagino que o poder da *escolha* deveria ser fundamental numa utopia do povo.

A representante voltou a se inclinar para a frente.

— Acha que banimos o amor, que "excomungamos" aqueles que se tornam pais na juventude? Não fazemos isso. Não argumente contra fatos que não existem. — Ela gesticulou para o salão ao redor. — Todos os cidadãos da Europia são livres para amar quem eles quiserem. A única coisa que pedimos é que vivam sozinhos, em Rotação, até se estabelecerem.

Carys falou novamente, com a voz muito baixa:

— E se estivermos estabelecidos? E se estivermos prontos?

— No âmbito profissional ou emocional?

— Nos dois — rebateu ela. — Estamos prontos. Por que *nos estabelecermos* faz diferença?

— Porque isso significa que cada um está dando seu melhor e tudo de si, sem distrações. Significa sucesso para os indivíduos e uma sociedade melhor para todos nós. A Regra dos Casais não é algo completamente aleatório — disse a representante, apoiando-se em uma mão. — Muitos estudos psicológicos foram feitos acerca da influência dos primeiros relacionamentos fracassados na mente humana. Uma taxa de sucesso muito maior é vista quando os adultos estão estabelecidos de todas as formas. Na idade, na carreira, na visão de vida. Tudo isso traz muitos benefícios.

— Nós estamos estabelecidos — repetiu Carys.

— Você realmente é cheia de opiniões — disse a representante. — Conhecem alguém que esteja na mesma situação, que se sinta da mesma forma?

Carys olhou para Max, e ele tentou explicar.

— Não exatamente, mas conheço muitas pessoas com a mesma idade que estão indo na direção oposta. Elas não se dão ao trabalho de formar conexões de verdade. — Max fez uma pausa. — Estou sendo um pouco ousado ao dizer isso, mas acho que faria bem se houvesse alguns membros mais jovens nesta Assembleia. A realidade dos europeus de terceira geração é bem diferente. Não sei se vocês passam muito tempo lá fora ou se socializam com pessoas de vinte e poucos anos, mas a vida está se tornando um pouco desalmada. Todos acham que vocês, nesta sala, *não permitem* que a gente fique com alguém que ama, então os relacionamentos que formamos são vazios, e isso se dá, em grande parte, por causa dessas restrições.

Uma das sacadas se moveu para a frente.

— Não queremos isso. Devemos solicitar um estudo para ver como as pessoas estão se sentindo em toda a Voivodia.

— Simples assim, só por causa das afirmações de uma criança? — O comentário veio de uma das sacadas mais altas.

— O garoto tem razão. É isso que tenho visto no Voivoda 9 — disse um representante à esquerda.

— Faz anos que as pessoas se comportam assim, desde que inventaram a internet — gritou uma voz, e o salão riu.

— Eles dois não são os primeiros a virem aqui e pedirem algo desse tipo — disse outra.

Max olhou instantaneamente para Carys, que, chocada, encarou-o de volta.

— Tudo que fazemos é em benefício da Voivodia — disse o orador. — A sociedade dá mais valor a um governo competente do que a ideologias. Não queremos que as pessoas se voltem contra toda a estrutura da nossa democracia porque uma das nossas regras se tornou obsoleta. Devemos solicitar o estudo.

As bancadas ficaram verdes, e o orador assentiu com a cabeça.

— Moção aprovada.

Max apertou a mão de Carys, aliviado.

A representante com os dedos entrelaçados ainda não tinha se recostado na cadeira, e voltou a tomar a palavra.

— E esses dois? O que farão enquanto estudamos seus colegas? — Ela abriu um sorriso bondoso.

A Assembleia explodiu em sons.

— Os dois trabalham para a AEVE — disse a mesma voz que chamara Max de "criança".

— A três mil quilômetros de distância um do outro — lembrou Max ao salão.

— Isso nos leva a uma pergunta — começou um orador de expressão rígida. — Vocês vieram aqui para solicitar uma exceção à regra para si próprios ou em busca de um bem maior?

Carys mordeu o lábio enquanto Max declarava:

— Viemos por todo mundo. — Sua voz estremeceu, deixando bem claro seu nervosismo.

— Talvez... — A representante que lhes lançara um sorriso bondoso olhou para o salão ao redor. — Possamos usá-los como um teste. Todo estudo sociológico precisa de um grupo-controle. O nosso pode ficar fora da Voivodia.

Max e Carys se encararam, nervosos.

— Vocês não podem nos mandar embora — disse ele, em pânico.

— Não é o que estamos pedindo.

Não, não, não: qualquer coisa, menos aquilo. Qualquer coisa menos serem expulsos da Europia. Ele queria liberdade e, para ser sincero, uma vitória contra os pais e suas crenças arcaicas, e não ser banido.

— Nos Estados Unidos? — perguntou um dos representantes, e Max empalideceu.

A representante do Voivoda 23 não hesitou ao se dirigir à Assembleia.

— Todos nos preocupamos com o impacto do cinturão de asteroides no nosso desenvolvimento. Nosso desenvolvimento humano — corrigiu ela, antes que alguém a interrompesse — é mais importante que a Europia e todos nós. Já debatemos o que fazer a esse respeito muitas vezes nesta Assembleia. Mais vezes do que sou capaz de contar. Estamos presos — disse ela, olhando pelo salão, prestando atenção especial às telas. — Não podemos sair da Terra para missões de exploração ou para buscar novos planetas e disseminar a mensagem utópica. Não podemos nem mesmo sair da Terra apenas para observá-la. A Estação Espacial está abandonada. As missões lunares foram encerradas. Tudo que tentávamos descobrir sobre o universo está suspenso. Nossos melhores pensadores sempre afirmaram que nosso futuro está lá em cima. O desenvolvimento humano depende disso. Acho que todos concordamos que é preciso encontrar uma forma de ultrapassar o cinturão de asteroides.

A Assembleia foi preenchida pelo silêncio enquanto o olhar da Representante pousava em Max e Carys.

— Quando este caso nos foi apresentado — continuou ela —, recebemos a informação de que a garota recentemente tirou sua licença e está apta a participar de missões da AEVE. O garoto trabalha com minerais e meteoroides, mas de um jeito diferente. O momento seria... propício.

O representante irritado da sacada superior falou:

— Isso seria extremamente irregular.

— Precisamos conversar com a AEVE — disse a mulher, de maneira tranquilizadora. — Tenho certeza de que considerariam a ideia. A Agência já participou de estudos antropológicos para determinar se casais estabelecidos formam equipes melhores, uma unidade mais eficiente.

— Sim, mas eram casais *mais velhos*.

— Deveríamos dar uma chance a eles. Somos uma meritocracia, afinal de contas, e esses jovens provavelmente são os candidatos mais adequados.

— Com licença — disse Max. — No espaço?

A mulher assentiu com a cabeça.

— Precisamos encontrar uma forma de atravessar o cinturão de asteroides. Talvez você seja capaz de fazer isso. — Ela olhou para Carys e então se voltou para Max. — E você pode continuar com seus estudos na aeronave.

— No espaço — repetiu ele.

— No espaço, sim. O grupo-controle perfeito, numa placa de Petri completamente estéril, se preferir ver as coisas por esse ponto de vista.

— Não estaremos numa placa de Petri — respondeu Max. — Estaremos num vácuo mortal.

O orador o encarou.

— A melhor condição para um teste de laboratório.

— Mas nada cresce no vácuo.

— Só o amor. — A representante se inclinou para a frente. — O amor ama o desconhecido. Longe da pressão da sociedade e dos seus colegas, vocês poderão concentra-se no seu relacionamento, e nós seremos capazes de avaliar com certeza se os laços criados na sua idade realmente são dignos de uma reestruturação do sistema. Porque queremos ter certeza de que todos tenham a chance de ser felizes.

As sacadas se tornaram verdes novamente, e o restante da discussão passou despercebido pelos dois. Moções foram aprovadas, com as sacadas se tornando um borrão de movimentos aos olhos confusos de Max e Carys, que tentavam absorver tudo, mas só conseguiram assimilar as estrelas douradas no teto da Assembleia antes de serem convidados a se sentar novamente ou retornar à praça.

Enquanto os dois saíam de lá, Carys se virou para Max, transbordando de felicidade.

— Nem acredito! Vamos para o espaço.

Ele encarou a namorada cheia de animação, mas tudo que conseguia sentir era um grande receio.

— Pelo visto, sim — disse.

Dezessete

Dez minutos

Vistas da Terra, as estrelas piscam incandescentes, "brilhando" conforme a luz se curva e refrata através das muitas camadas de atmosfera. Porém, no espaço, elas são imóveis, pontos estáticos, cercando Max e Carys e se estendendo até perder de vista. Uma penugem de poeira e partículas de pedras os rodeia mais de perto, assim como os meteoroides cinzentos maiores, girando suavemente enquanto a gravidade os puxa na direção da Terra.

— É maravilhoso ver as cores dos planetas com seus próprios olhos — diz Carys, focando-se na extrema esquerda, onde conseguem ver o azul de Vênus. — A maioria das pessoas não sabe que as primeiras imagens da superfície de Marte foram transmitidas à Terra em preto e branco e coloridas de vermelho pela NASA.

— Que engraçado!

— E Saturno parecia estar em escala de cinza quando o vimos pelo telescópio.

— É verdade.

— Max? Você está quase monossilábico.

Ele se remexe dentro do traje espacial.

— É mesmo? Desculpe. Estava pensando em como chegamos aqui. — Os dois ficam em silêncio por um instante, refletindo sobre tudo que os levara a ficarem juntos, e sobre tudo que os mantivera juntos. — Você se lembra do que aquela representante disse na Grande Assembleia Geral sobre casais formarem as melhores equipes?

— Foi um estudo — diz Carys. — Acho que nunca foi testado na prática.
— Será que conseguimos provar que ele está correto?
— Não nos matamos aqui em cima — diz ela. — E ainda não esganei você por nos ter metido nesta furada sem um propulsor.
— Mas você disse que, depois de passar por momentos difíceis, é difícil para um casal fazer brincadeiras.
— Eu disse? — Ela pensa por um instante. — Não foi isso que eu quis dizer. E não tivemos nenhuma dificuldade em fazer piadas hoje. Chamam isso de humor negro, não é?

Max concorda com a cabeça, girando, pois seu corpo continua se movendo em uma queda perpétua, dando cambalhotas harmoniosas em câmera lenta.

— Achei que daríamos sorte em algum momento — diz ele. — Achei que as coisas ficariam mais fáceis, que daria tudo certo... mas tudo foi bastante difícil.

Carys pisca diante da profundidade do pensamento, e se inclina para a frente para consolar Max.

— Acho que a luta faz parte da natureza humana, mesmo num mundo perfeito. Os homens das cavernas lutavam para encontrar comida e abrigo. Mais recentemente, a raça humana lutava em guerras. E quanto a nós? Ficamos deprimidos quando fazemos um comentário idiota no MenteColetiva. Já temos o suficiente, então não há nada pelo que lutar. Isso nos torna infelizes.

— Estamos lutando pelos últimos... — Ele verifica o medidor no seu tanque de oxigênio e a hora em seu chip. — Oitenta minutos. Então, podemos afirmar com toda certeza que ter algo pelo que lutar é bem cansativo. Queria que estivéssemos em casa.

Pronto, ele tinha dito a verdade. Pela primeira vez depois das consequências que causara ao levá-los para a Grande Assembleia Geral, o que, por sua vez, os obrigara a passar meses treinando na AEVE, passando por simulações poderosas e viagens acima da estratosfera em gravidade reduzida, além de um curso intensivo sobre meteorologia avançada e métodos de sobrevivência; depois de tudo isso, ele finalmente conseguia admitir a verdade.

— Eu também.

Carys olha para a Terra, depois para o medidor de ar de Max.

Ele observa sua linha de visão.

— Acha que vai doer?

— O quê?

— Ficar sem ar.

Sim. Porém, ela não fala isso.

— Dizem que não dói. É como cair no sono.

Carys sabe muito bem que se afogar é o contrário disso, que dói como se alguém tirasse seus pulmões do seu corpo pelo nariz, todo seu sistema respiratório é puxado — não, ele puxa a si mesmo —, arfando e implorando por oxigênio. No entanto, ela não fala nada disso.

— Provavelmente vamos só perder a consciência — completa Carys.

— Ótimo.

Outro micrometeoroide passa chiando por eles, estourando sem som ao seu lado, seu fim parecendo um propício ponto de exclamação. Carys estica os dedos prateados, acidentalmente ativando o flex.

— Opa!

Com a proximidade acionada, algumas letras aleatórias surgem nos capacetes dela e de Max, dissolvendo-se em pontos de interrogação quando o dicionário não consegue formar palavras. Ele ri de surpresa, diante daquela bobagem.

Ela desliga o flex, e o texto desaparece da tela de Max.

— Sabe, tentei escrever cartas para você — diz Carys — quando estávamos em Voivodas diferentes, mas isso não deu muito certo.

— Não. Desculpe. Acho que mensagens muito elaboradas não têm mais espaço agora que usamos os Rios de Mural.

— É verdade. Só achei que seria divertido ter um amigo por correspondência.

— Já fui chamado de muitas coisas nesta vida — diz Max —, mas "amigo por correspondência" nunca foi uma delas.

— Nunca teve um enquanto estava na escola? Eu fui designada a um amigo por correspondência de um Voivoda bem distante.

A expressão de Max se torna cuidadosa.

— Deve ter sido porque você entrou no sistema da Rotação um pouco atrasada.

— Ah. Que esquisito! A maioria das minhas experiências deve ser diferente das suas e de todo mundo. Nunca pensei a esse respeito antes.

— Essa é uma das coisas que a torna especial.

Ela franze a testa.

— Especial no bom sentido?

— Especialmente doida. — Com a energia dos dois por um fio, a conversa ocorre com um quarto do seu entusiasmo normal, e o comentário provocativo soa indolente e letárgico. — Carys, o que você faria se conseguisse voltar para casa depois disso?

— Daria palestras sobre os perigos do campo de asteroides. E você?

— Não, estou falando sério.

— Sério? — pergunta ela. — Não acho que vamos voltar para casa. Temos nove minutos de ar.

— Mas, se voltássemos...

Carys engole em seco.

— Estou com sede. E você? Usamos um dos recipientes de água, mas ainda resta o outro. Tenho certeza de que temos tempo para dividi-lo.

*

Os dois deitaram na areia em um clima diferente, no que parecia uma vida diferente. Impedidos de treinar por uma semana por causa da intensa atividade meteórica, terminaram de preparar seus cômodos pessoais na nova nave — a *Laertes* — e seguiram para a praia a nordeste.

— Por que parou de usar seu sobrenome? — perguntou Carys, com os olhos fechados e o sol sarapintando e dançando sobre suas pálpebras.

— Ahn?

— Percebi isso nos manuais de voo depois da viagem da semana passada.

Recentemente, os dois haviam terminado os treinamentos de simulação e passaram a usar naves espaciais de verdade, e Carys tinha voado acima da camada de ozônio pela primeira vez. Ela ficara nervosa ao observar Max, com o cinto o prendendo ao assento conforme a nave era erguida do chão para sua decolagem vertical e a pulsação dos motores soava alta em seus ouvidos.

— É engraçado você ter notado isso, mas não haver percebido a minha cara de medo.

— Rá! — exclamou ela. — Você pareceu bem controlado.

Os inúmeros campos verdes ao redor deles se tornaram cada vez menores à medida que subiam cada vez mais, e Max gemera quando Carys virara a nave e acelerara para a escuridão, deixando a luz para trás. Ele vira a Terra lá embaixo começando a se transformar em um globo, e murmurara:

— O que fizemos?

Mas então se voltou para Carys, que guiava a nave com confiança pela estratosfera, e mordeu o lábio, orgulhoso, apesar do terror.

— Parei de usar meu sobrenome... para me distanciar da minha família — disse ele baixinho, na praia. — Além do mais, todo mundo agora só me conhece como Max. Max, o Rebelde.

— Você pode se reinventar como um super-herói — sugeriu Carys.

— E adicionar esse título ao de *chef* e *astronauta*.

— Ou espião. — Ele fez uma careta boba. — Meu nome é Fox, Max Fox.

— Max Fox. Com dois *x*s. Aí ficaria bem diferente.

— Eu ganharia mais pontos num jogo de *Scrabble*. — Ele se virou para encará-la. — Por que a pergunta?

— Fiquei pensando... talvez eu pudesse passar a usar Fox também.

— Sério? As pessoas não fazem mais isso.

Ela se levantou com o cotovelo, apoiando a cabeça na mão.

— Acho que seria uma boa ideia.

— "Carys Fox". Fica bonito. Acha que teria algum problema?

— Da parte de quem? Não vivemos num estado de polícia. Já podíamos ter sido expulsos, mas não fomos.

Max olhou para o mar.

— Eles nos deram uma alternativa, Cari, mas, até as regras serem oficialmente modificadas, acho melhor não fazermos nada para irritá-los.

Ao longo da orla, algumas pessoas brincavam no oceano ou se esticavam ao sol. Casais mais velhos passeavam pela calçada com os braços cruzados, verificando os ocupantes dos seus carrinhos de bebê, como pinguins paparicando a cria.

— Vamos embora da Voivodia — disse Carys. — E ainda poderemos nos ver e continuar juntos. Não era o que queríamos?

— Acha que tudo vai ser fácil assim no espaço?

— Foi muito traumatizante voar comigo pela primeira vez, não foi?

— Não — respondeu ele. — Foi uma decolagem e uma aterrissagem dignas dos manuais. Sério, Cari, foi perfeito. É só que... Você não está nem um pouco assustada?

— Qualquer coisa vai ser mais fácil do que a Rotação.

Ela se inclinou para lhe dar um beijo no rosto — um beijo leve, gentil —, mas então, no último minuto, derrubou um balde de água na cabeça dele. Max gritou e a levantou da areia, correu até o aparelho de flutuação mais próximo que boiava no mar e a jogou lá dentro. Água voou para todos os lados, e as bolsas de ar balançaram e se encheram, jogando Carys no ar.

— Eu disse *Rotação*, seu idiota — reclamou ela, arfando —, e não *flutuação*.

— Se conseguirmos suportar a missão no espaço — disse Max —, ficaremos bem. — Ele olhou para baixo, onde Carys juntava areia para jogá-la de volta como vingança. — Ficaremos bem.

*

Carys fecha os olhos outra vez, sentindo a força do Sol contra suas pálpebras frágeis, mas o vidro do capacete a protege, as protegem.

— Ele não é de vidro, é? — diz ela, batendo no material transparente.

— É de acrílico.

— Deve ser de um monte de coisas.

— Quanto ar ainda temos?

Max verifica.

— Cerca de oito minutos.

— Não é muito.

Ele não conta que ainda tem 12, apesar de ela ter 8 — ainda não. Vai dar um jeito de tudo acabar ao mesmo tempo.

— Acho que acabou então. Ou quase.

Não. Ele não vai deixar que isso aconteça. Tem que haver uma saída.

— Você se lembra daquele dia na praia? — pergunta ela. — Durante o treinamento? Você passou o dia brincando com jogos no chip e queimou as solas dos pés.

O dia em que Carys pedira para usar seu sobrenome.

— Eu deveria ter deixado.

— O quê?

— Eu deveria ter deixado você mudar de nome. Desculpe.

Ela dá de ombros, pelo menos o máximo que pode no espaço.

— Não tem problema. Você não queria, eu entendi.

— Não foi isso! É só que... você estava insistindo para eu me rebelar ainda mais.

— *Eu?* — A voz dela soava incrédula. — Você fez quase tudo por conta própria.

— Eu me rebelei o máximo que podia, Carys. Éramos jovens demais para nos sentir daquele jeito.

Ela fica em silêncio.

— E, mesmo assim, aconteceu.

— Sim, mas não deu muito certo, não é? Quero dizer... — Ele gesticula ao redor, para o grande nada. — Estamos aqui.

Max segura o pulso dela, olhando novamente para o medidor.

— Não consigo acreditar que vamos morrer — diz ela, baixinho.

— Deveríamos fazer isso.

— Fazer o quê?

— Nós deveríamos ter o mesmo nome.

Carys parece surpresa.

— Sério?

— Com certeza.

— Se formos resgatados, seremos o casal Fox na Terra...

— Ninguém virá nos salvar, Cari. — A voz dele falha. — Não vamos ser resgatados, e o tempo está acabando. Devemos ter o mesmo nome agora, antes que seja tarde demais.

— Ah, merda! — Ela começa a chorar. — Lá se vai a minha pose de corajosa. — Os dois caem juntos em um silêncio horrorizado. Presos um ao outro pelo cabo, Max ainda segura o pulso de Carys. — Queria que pudéssemos nos tocar — diz ela.

O desespero abre caminho pelas rugas do sorriso no rosto de Max.

— Queria poder abraçá-la.

Ele estica a mão para tocá-la, mas só consegue encostar no vidro. Então começa a puxar a luva do traje espacial.

— O que você está fazendo? — pergunta ela.

— Quero sentir você, de verdade.

— Mas não pode! Não quebre o vácuo, Max! Você vai morrer!

— Só temos mais alguns minutos, Cari. — Ele tem nove. — É melhor irmos logo, juntos. Assim, pelo menos, a escolha é nossa. Escolhemos a morte.

— Não!

Mas é tarde demais: Max arranca a luva, e ela sai como um gesso. Os dois encaram a mão, horrorizados, esperando que ela murche, inche ou fique azul — mas nada acontece. Em vez disso, o traje sela no pulso, e ele calmamente mexe os dedos descobertos contra as partículas do espaço.

Os dois se olham, surpresos.

— Acho que não sabemos tudo que pensamos saber — observa Carys.

— Outro mito espacial.

Max entrelaça os dedos com a mão enluvada dela, e Carys continua a fitar a pele dele.

— Como é a sensação? Quente? Frio?

— Nenhum dos dois. — Ele vira a palma para cima e acena para ela. — A tecnologia evoluiu bastante. Tenho tomado aqueles remédios. Além disso, estamos na sombra, atrás da *Laertes*. E não tem como a gravidade ser completamente nula aqui. Vamos. Ainda não morri.

— Mas você vai tostar na luz do sol direta.

— Isso não deve acontecer nos próximos minutos. Vamos, Carys — implora ele. — Escolha fazer isso comigo.

Ela faz que sim com a cabeça, então lentamente segura a roupa prateada que enjaula sua mão e a puxa. A expectativa é a de ouvir o tecido rasgar, o som de algo arrebentando, enquanto sente o pano se fragmentar sob seu toque, mas, tirando o sistema de áudio, só existe o silêncio. Carys guarda a luva rasgada no bolso e estica a mão desnuda para Max, que, em vez de segurá-la, rapidamente amarra um fio solto no quarto dedo dela.

— O que é isso? — pergunta Carys.

— Agora que temos o mesmo nome, devemos pertencer à mesma família.

— Que exótico! — Ela ri, mas fica emocionada.

— Sempre gostei de gestos grandiosos — diz ele. — Deveria ter feito isso séculos atrás. — Os dois unem as mãos sem luvas e gentilmente encostam os capacetes um no outro. — Em outros tempos, eu teria lhe dado um anel de diamantes.

— Meu Deus! Imagine só ter tanto poder assim em um dedo. Será que eles não sabiam?

— Eles achavam que era um alótropo do carbono que brilhava.

— Se eu quisesse algo que brilhasse, não poderia ter ido parar em um lugar melhor. — Carys aponta para as estrelas ao redor. — Estamos cercados por brilho.

— Estamos numa merda de campo de asteroides. Cercados por brilho, água congelada, amônia e dióxido de carbono. Olhe ali, existem outros indo na direção da Terra.

Por um instante, os dois observam os asteroides, que ganham velocidade para queimar pela atmosfera e iluminar o céu noturno.

— Lá embaixo, eles parecem estrelas cadentes, não é? — comenta Carys. — Aqui em cima, não passam de pedras pegando fogo.

— Aquela é uma estrela cadente. — Max aponta para a escuridão. — Quer fazer um pedido?

Carys fica em silêncio.

— Não é o pior jeito de morrer, fazendo um pedido para uma estrela cadente. Cari?

Ela continua em silêncio, observando a trajetória da estrela, que se move lentamente pelo campo.

— Carys.

Ela conta baixinho, ainda observando.

— A estrela acabou de se desviar daquela pedra enorme. Como conseguiu fazer isso? Ela deveria ter batido.

— Talvez tenha sido puxada para baixo pela Terra?

— Acho que não. — Os dois encaram a luz. — Ela está seguindo a curvatura da Terra.

— Gravidade?

— Não. Olhe só. Aquilo com certeza é um plano orbital...

— Isso significa...?

— Que ela está em órbita elíptica — grita Carys. — É um satélite! Max, aquilo é um satélite!

Dezoito

Seis minutos

A luz segue lentamente na direção deles, um fantasma de esperança.

— Não estamos ficando doidos, estamos? — pergunta Max. — Não é uma miragem?

— Como podemos chegar lá? — Carys se remexe com vitalidade renovada, esticando os braços e chutando, tentando de tudo para fazer o corpo se mover na direção da luz, em vez de cair pela escuridão. — Será que vai passar aqui perto?

— Podemos estar tendo alucinações — diz Max. — Por causa da falta de ar.

— Como podemos calcular a trajetória dele? Parece que está vindo para cá...

— Nosso oxigênio deve ter sido programado para ser liberado aos poucos no final. Estamos respirando ar rarefeito.

Ela se estica e lhe dá um tapa.

— Max, sai dessa! — Ele desliza para longe antes de a tensão do cabo trazê-lo de volta. — Isto está acontecendo. Isto é real. Precisamos tomar uma atitude antes que seja tarde demais.

— Já é tarde demais, Cari. Não temos tempo...

— Max Fox. — Ela o olha nos olhos, firme e cheia de convicção. — Esta é a nossa última chance.

Ele engole em seco, o ar desce arranhando e lhe dá a resposta desejada.

— Tudo bem.

— Podemos fazer isso.

— Tudo bem — repete ele.

— Aquele asteroide imenso aqui embaixo, à esquerda. Acha que ele tem uma massa razoável?

— Ele é maior do que você — responde Max, e Carys lhe lança um olhar irritado. — Parece ser bem pesado. — Corrige.

— Viu como ele está completamente estático? Ele deve ter, sei lá, uns cem metros de comprimento? Tem tanta poeira voando por aqui, mas essa pedra enorme está parada. Por quê?

— Não acredito que estamos falando sobre poeira interplanetária justamente agora.

— Fique quieto, está bem? Meu conhecimento de física pode até ser limitado, mas estou tentando determinar se aquele asteroide está em um ponto de Lagrange.

— E o que isso significa mesmo?

— São os cinco pontos em que a gravidade não exerce força. Não temos tempo para isso — diz Carys. — Vamos torcer para estar em Lagrange. Caso contrário, vamos continuar caindo, e o satélite vai passar bem acima das nossas cabeças.

— Então vamos descobrir. Estamos chegando em cinco, quatro, três, dois...

Instintivamente, eles dobram as pernas, como bailarinos aterrissando no palco, e, ao se nivelarem com o asteroide pedregoso, pela primeira vez em quase noventa minutos, eles param de cair.

— Não acredito. — Max parece incrédulo. — Essa tal de física, né? Sempre funciona.

— Tirando a época em que pensavam que a Terra era plana — responde Carys, distraída, analisando o céu. Ela agarra a mão desnuda dele. — Acha que o satélite está tripulado?

Max aperta a mão dela de volta.

— Quem sabe? Tente se comunicar. Mande uma mensagem por flex. As agências tripulam naves com animais desde a Laika, em 1957. Não custa nada tentar bater papo com um cachorro-astronauta.

— É mais provável que seja um esqueleto-astronauta.

Ela ajusta a tela no lugar, presa entre as juntas dos dedos, e começa a digitar uma mensagem.

Socorro, aqui é Carys Fox, da Laertes, *solicitando assistência imediata. Você consegue ler esta mensagem?*

Ela espera.

Repito: aqui é Carys Fox, da Laertes, *solicitando assistência imediata. Você consegue ler esta mensagem? Câmbio.*

— Ninguém responde — diz ela a Max.

— Continue tentando.

Por favor, nos ajude. Se não fizer isso, vamos morrer aqui.

O sistema de áudio dela estala com um *ping* ressoante.

`Olá, Carys. Aqui é Osric.`

— Osric! — grita ela, enquanto o texto azul preenche a lateral do vidro do capacete.

`Estou me comunicando diretamente com o computador do satélite para lhe transmitir esta mensagem, Carys.`

Sentimos sua falta, Osric. O satélite está tripulado?

`Sinto informar que não, Carys. É um de nossos drones.`

— Droga. — Ela se vira para Max. — Não tem ninguém a bordo. É um dos drones.

— Ele pode transportar alguém? Osric pode enviá-lo até aqui?

Osric, você pode enviar o satélite até nós?

`Ele estará aí em seis minutos.`

— Cari? — chama Max. — O que está acontecendo? Não consigo mais ver a conversa. Acho que você desligou o sistema.

— O satélite vai chegar em seis minutos.

— Seis?

Max hesita. Seis minutos: o tempo necessário para cozinhar um ovo com gema mole perfeito; a duração média do sexo entre a maioria dos casais; o tempo total que levaram para dizimar Nova York.

Carys também hesita.

— Quanto tempo ainda resta? Não temos seis minutos, não é? — Ela desmorona, derrotada. — Não temos ar suficiente. Ah, meu Deus.

— Espere...

— Podemos prender a respiração? Isso é possível? Acho que estaremos desmaiados quando ele chegar, e não vai ter ninguém para abrir a escotilha...

— Eu tenho ar suficiente.

Carys se retrai.

— O quê?

— O tempo exato. Eu tenho seis minutos, você tem dois — explica Max. — Cari, sinto muito, quando estávamos tentando voltar, quando usamos seu cilindro para fazer o propulsor improvisado...

— Eu estava lendo o seu medidor, não o meu. O seu estava bem na minha frente. — Ela encara o nada, inexpressiva. — Mas o meu estava na minha lateral. Meu Deus. — Carys tenta segurar o choro. — Pelo menos você vai sobreviver.

— Não seja boba. Podemos dividir o ar — diz Max. — Cada um vai ter uns quatro minutos, e podemos prender a respiração por dois. Então conseguiremos abrir a escotilha e voltar para a *Laertes*. Vai dar tudo certo.

— Vai?

— Claro. — Max aperta a mão dela de novo. — Vamos aprontar as coisas. — Ele vai para as costas de Carys, finge ajeitar o cilindro dela, ajustando alças e cabos. — Pronto. — Com muita delicadeza, levanta o próprio cilindro, ainda preso ao seu traje espacial, e o coloca em Carys. Ela não percebe: o peso extra não faz diferença no espaço. — Não vai demorar muito.

— Nem consigo acreditar que vamos ficar bem. — Ela vira a cabeça para trás, sorrindo. Abaixo dos dois, o mundo gira, uma nuvem grande se forma sobre a África. — Tudo vai dar certo. Vamos voltar para casa.

Max fica onde está. Ela estica a mão desnuda por cima do ombro, e ele a segura, provavelmente pela última vez.

— Escute, Carys. Você vai precisar trocar os tubos quando seu ar acabar. Afrouxei o seu antes; você só precisa trocar e prender o tubo no outro cilindro, está bem? Gire-o até senti-lo travar. — Max ainda segura a mão dela. — Entendeu?

— Por que eu...

— Você não consegue prender a respiração por muito tempo, Cari. Não se lembra dos Jogos?

As imagens passam pela mente de Max: Carys deitada ao lado da piscina turquesa, seu corpo retorcido de um modo nada natural, sua pele pálida e gelada enquanto os médicos se esforçavam para reanimá-la.

— Você nunca conseguiu prender a respiração por muito tempo.

— Mas...

Nunca havia ocorrido a Max que seria possível se afogar no espaço. Depois da última vez, tinha jurado que a protegeria.

— Carys. Não posso arriscar que você não sobreviva. Troque o tubo.

Max solta a mão dela e começa a desfazer o nó do cabo.

— Não, por favor, Max...

— Desculpe. É o único jeito.

— Pare com isso, eu não posso...

— Não, sou *eu* que não posso. Você não entende?

Os dois voam livres, e Max leva a mão ao capacete. O suprimento de ar de Carys está perigosamente baixo, e ela começa a ficar tonta ao respirar dióxido de carbono.

— Por favor...

Max solta seu tubo de ar, segurando-o no lugar enquanto olha para ela pela última vez.

— Você não entende? Salvei você quando nos conhecemos. — Ele abre um sorriso vacilante. — E a estou salvando agora.

Com um terrível gesto final, ele solta o tubo e empurra Carys o mais forte possível na direção do satélite que se aproxima. Enquanto ela gira para longe na escuridão, vê Max pronunciar:

— Eu amo você.

— Não! Max!

Parte três

Dezenove

— Carys, consegue me ouvir?
— Você não precisa falar sobre o que aconteceu, Carys. — Uma voz feminina carinhosa hesita. — Não precisa falar sobre... — Ela se interrompe e fala baixinho com um médico insistente. — Max.

Ela olha para a parede. Uma falha na pintura, uma gota creme, prendeu sua atenção — ou, para ser mais preciso, não se perdeu em seu olhar vazio — pelos últimos 28 minutos.
Agora, o tempo só é medido em minutos.

Ah, se ela conseguisse enfiar a unha ali embaixo. Se conseguisse arranhar de verdade ao redor e abaixo da gota e arrancá-la dali. Talvez a mancha se tornasse um buraco negro. Uma nebulosa creme.
Eles insistiam que não era necessário falar sobre o que havia acontecido, então ela não falava, o que era o completo oposto do que queriam. As pessoas que dizem que você não precisa falar sobre algo geralmente estão loucas para lhe arrancar alguma informação.

No dia seguinte, ela sobe pelas paredes e vai até o buraco negro, desaparecendo por algumas horas. Por trás da gota creme, Carys observa os médicos e as enfermeiras que vêm olhar para o corpo que dorme na cama.
— Há quanto tempo ela está dormindo?
— Umas três horas. Ela apagou com a morfina.
Osric?

Carys acorda no meio da noite da mesma forma que faz toda alvorada: gritando enquanto o corpo canino esquelético se joga contra ela na gravidade zero.

— Laika!

Com o coração em disparada, acende o abajur, mas o vira-lata desaparece, dissipando-se quando as partículas de luz tocam seus ossos.

— Carys, você não acha que hoje deveria tentar...

— Por favor, não diga que preciso pentear meus cabelos. — Ela não levanta a cabeça da cama, nem tenta se virar na direção da voz da mãe. Todas as vozes são iguais ali. Todas iguais no sentido de que todas estão ali, mas nenhuma pertence a ele. — Eu sei. Não consigo.

Ela está deitada de lado, de costas para a porta, no escuro.

— Acho que pelo menos devemos trocar os lençóis. Faz dias que você está deitada neles. — Carys não responde. — Por favor?

— Eu gosto deles assim. — A cama tem um cheiro terroso. Salgado, humano; aromas reconfortantes, como suor e pânico.

Gwen se afasta do batente, brincando com o chip da sala, e os Rios de Mural ganham vida com imagens de uma viagem à praia preenchendo todas as telas ao redor do quarto.

— Pronto. Não está melhor assim?

Um clima diferente, no que parecia ter sido uma vida diferente. Carys se lembra de sentir o ar quente no rosto, do calor do corpo dele ao seu lado na areia. Não olha para cima, e cobre a cabeça com a coberta.

— Por favor, mãe. Hoje, não.

— Vou ficar um tempo com você, Cari — diz a mãe dela. — Só até você se recuperar.

Até ela se recuperar? Como alguém se recupera de algo tão cataclísmico? Carys apenas concorda com a cabeça.

— Achei que seria bom você ter companhia.

Obrigada a sair da cama e a enfrentar a luz do sol, Carys ignora a oferta de companhia e sai vagando pelo Voivoda 6, andando pela cidadezinha litorânea e observando as ondas, evitando multidões.

A infâmia é a pior inimiga do sofrimento, e Carys a afasta como uma mão indesejada que lhe segura pelo ombro, uma camada de compaixão e uma sinfonia de sussurros dos quais ela não gosta, nem deseja. A notoriedade a irrita, atravessando sua letargia intocável. Ela sabe que as pessoas a encaram com reverência, querendo perguntar o que aconteceu e como está se sentindo, mas Carys segue pelas ruas do Voivoda com os olhos arregalados e os cabelos despenteados, vestindo o velho suéter de tricô de Max sem parar ou fazer contato visual. A letargia a mantém anestesiada. Isso significa que não precisa sofrer. A raiva a desperta, o que é um problema.

Ela visita o canil do Voivoda, à procura do rosto que assombra seus sonhos. Encontra-o nas feições de um terrier sarnento e, sem animação, pergunta o que precisa fazer para adotá-lo.

— Você não pode levá-lo hoje — diz a administradora. — Precisa passar algumas semanas vindo visitá-lo para se acostumar com ele e, então, teremos que verificar sua casa para nos certificarmos de que ela é adequada a um cachorro.

Carys não diz nada, encarando os olhos do cachorro — um tom de verde triste —, tentando avaliar a alma do animalzinho.

— Você vai chamá-lo de Chocolate? — pergunta a mulher, bondosa.
— Como?
— O nome dele. Aqui, nós o chamamos de Chocolate, mas você pode mudar. Recomendamos que use algo parecido, para evitar confusão.
— Laika. — Carys o acaricia, e o cachorro treme sob seu toque, com o coração acelerado enquanto se encolhe de medo. — Ele se chama Laika.
— Você vai fazer bem ao pequeno Laika, tenho certeza. Ele passou por momentos difíceis.
— Eu também — diz Carys, mas a administradora pensa ter ouvido errado.
— Ótimo! — Ela desliga a tela e olha para Carys. — Ah, minha nossa, você não é... É? Pobrezinha.

Ela visita Laika todos os dias, levando petiscos para o terrier esquelético. No início, ele fica desconfiado, mas criaturas sofridas sempre conseguem sentir irmãos de alma, e Carys lentamente consegue convencê-lo a se aproximar. O cachorrinho não tem por que temer uma mulher que entra engatinhando na sala e se deita ao seu lado. Depois de duas semanas, ele já sai correndo da casinha para vê-la, e os dois ficam sentados no jardim do canil, satisfeitos, até o horário de visitas acabar.

— Ele já está pronto para ir para casa — diz a administradora, e Carys assente com a cabeça. — Vocês dois parecem almas gêmeas.

Almas gêmeas. A ideia a parte ao meio, e Carys novamente se recolhe à ausência de palavras.

— Você precisa voltar à vida, Carys. Não pode excluir todo mundo.

Ela se instalou mais uma vez na poltrona de vime diante do mar. Laika roncava em seu colo, mas as pessoas não conseguem deixá-la em *paz*. Não conseguem deixá-la quieta.

— Eu deixei a Laika se aproximar.

Sua voz perdeu qualquer sinal de entonação. Estava monótona, como o oceano na maré baixa.

— Laika é um cachorro. — Sua mãe, Gwen, tenta mudar de tática. — Você não pode deixar a vida passar como se fosse a de outra pessoa.

Se Carys tivesse forças, explicaria que tudo aconteceu com outra pessoa; aconteceu com Max, transformando-a numa expectadora da própria vida.

— O memorial é amanhã.

Ela encara uma boia flutuando pelo mar, suavemente. Nunca viu a água tão imóvel.

— Carys? Você deveria ir.

— Eu vou.

— Vai mesmo? A professora Alina perguntou.

Leva um instante até ela reconhecer o nome e, então, se retrai. A mãe dele. No dia seguinte, terá de encarar todas as pessoas que o amavam e parecer insignificante em comparação a elas.

— Estarei lá.

Sentindo a mudança dentro da dona, Laika se desenrosca e a lambe no nariz, acalmando Carys com a distração. Ele continua minúsculo, mas está engordando a cada dia que passa.

Amanhã: 24 horas. Mil quatrocentos e quarenta minutos — 16 vezes mais tempo do que tiveram juntos no final.

— Você não pode entrar com esse vira-lata aqui. — O recepcionista é insistente, mas Carys não se deixa abalar, passando direto pelo homem com Laika agarrado ao peito, suas pernas cada vez maiores se espalhando para fora dos seus braços. — Por favor, senhorita, isto é... — Ele se interrompe quando ela se volta para encará-lo, tirando os óculos escuros. — Você pode sentar na segunda fileira — termina, em um tom desanimado.

Carys concorda com a cabeça, sem notar a forma como o homem olha feio para suas roupas. Ela colocou o velho suéter de tricô de Max sobre o único vestido preto que tem, os cabelos estão presos em um coque alto e caído. Laika mastiga uma das mangas esfarrapadas.

— Carys. — O pai de Max a cumprimenta no meio do corredor. — Não sabíamos se você conseguiria vir.

Ele não diz mais nada, simplesmente coloca a mão no ombro dela em um cumprimento formal, e Carys entende a importância desse gesto, mesmo que seja apenas por respeito à sua patente.

— Obrigada, Pranay.

Ela não sabe exatamente por que está agradecendo, mas está ciente de que o uso do primeiro nome dele os coloca no mesmo patamar. Senta-se, deixando o cachorro em seu colo, e fica em silêncio. A família de Max organizou o evento com toda pompa e circunstância, e ela pensa calmamente em como ele teria odiado tudo aquilo.

Uma música começa a tocar, um tipo de que ele teria achado graça, e a mãe e Kent entram, a professora usando um belo véu negro. Carys revira os olhos para o tom dramático. Eles acertaram em cheio na estética da tristeza, mas não aparentam sofrer de nenhuma forma.

Kent para na fileira dela.

— Uau, que cachorro maneiro!

— Obrigada.

— Posso sentar com você?

— Claro.

A professora Alina o puxa para longe.

— Venha, Kent, você tem que sentar na frente, com a família.

As palavras ardem direto em Carys; ela se retrai, enquanto suas entranhas queimam com a ofensa e encara a fina linha de algodão presa ao seu dedo. *Família*. A mãe dele inclina a cabeça em sua direção, e Carys, cautelosa, devolve o gesto. Enquanto Kent olha para trás, encarando Laika com anseio, ela cuidadosamente desliza pelo banco até estar sentada atrás do garotinho, e o cachorro o cutuca com a pata. Ele sorri, e ela sorri de volta. Não consegue parar de pensar em quanto o menino se parece com Max.

Alguém senta ao seu lado no banco, e Carys abre um meio-sorriso ao ver que é Liu, encarando-a com curiosidade.

— Você veio. — É tudo o que ela diz.

Liu acaricia o focinho de Laika.

— Ele é seu terapeuta?

— Como é?

— É comum arrumar um cachorro. — A expressão dele é bondosa.

— Ah. — Sentindo que teria dito mais do que isso em outra fase da sua vida, ela resolve fazer um esforço e acrescenta: — Nem percebi que era tão clichê.

Liu pega sua mão e aperta, e, nesse gesto, Carys vê a profundidade do seu sofrimento, o vazio em seus olhos e na sua boca, causado pela perda do amigo.

— Desculpe — murmura ela. — Sinto muito.

— Pelo quê? A culpa não foi sua.

— Eu deveria ter salvado Max...

O pai de Max olha por cima do ombro, e Liu discretamente sinaliza para que ela se cale.

— Não vamos assumir a culpa enquanto a família careta está ouvindo.

Liu lhe entrega um lenço, mas os olhos dela estão secos, assim como estiveram desde que voltou à Terra.

— Ele me salvou, sacrificou a si mesmo — sussurra Carys, e finalmente se sente bem por poder conversar com alguém que conhecia o mesmo Max que ela.

— É claro que fez isso. Você esperaria alguma atitude diferente? — Liu enrosca os dedos de Carys ao redor de uma das pernas de Laika, e ela a agarra, acariciando os pelos até a pata, sentindo-se melhor. — Bem, vamos lá.

Os dois ficam em silêncio quando Pranay sinaliza que é o momento de começar a cerimônia, e Carys o escuta, com curiosidade, recitando histórias da infância de Max que ela nunca ouviu antes. Seu tom é monótono, mas não sem emoção, e ela sente que, de toda a família, talvez aquilo esteja sendo pior para ele, apesar de todos serem tão contidos que é impossível ter certeza.

— Nosso filho precisava saber como tudo funcionava — diz Pranay.

— Ele estava sempre questionando os motivos, tateando as coisas em busca de compreensão. Eu me lembro de levá-lo à praia quando era bem pequeno. "Por que não posso andar de bicicleta do lado cercado pela grade, papai?", perguntava sem parar. Só depois de uma longa e detalhada explicação, meu filho resolveu me obedecer e não andar com a bicicleta de rodinhas pela quarentena do Atlântico norte.

Carys sorri dessa visão mais jovem de Max, o primeiro momento da cerimônia em que consegue identificá-lo. O pai fecha as anotações com um gesto rápido.

— A última vez que vimos Max não foi boa, e eu queria que as coisas tivessem sido diferentes. — Carys se endireita na cadeira, subitamente curiosa. — Mas não foram, e nós precisamos viver com isso. Ele fez sua escolha. Max gostaria que seguíssemos com nossas vidas, sem nos ressentirmos dele por qualquer coisa que possa ter acontecido.

Ela se recosta de novo, derrotada, enquanto Pranay volta a se sentar. Aquele era o momento em que o pai deveria assumir que poderia ter agido de maneira diferente com o filho. Ao não aceitar nenhuma parcela da culpa e não demonstrar nenhum arrependimento, a família mantinha sua fachada imaculada, e Carys começa a se sentir enjoada.

A estimada doutora se levanta e começa a ruminar a vida do filho, as palavras impassíveis. Sua apresentação é perfeita, a professora claramente está acostumada a falar em público, e Carys a odeia por isso.

— A Voivodia perdeu um cidadão importante, e eu gostaria de agradecer aos membros da AEVE por virem homenageá-lo hoje. — Carys olha para cima. Boa parte da equipe de apoio e administração que conheceram durante o treinamento ocupa as fileiras dos fundos. — Max era um rapaz talentoso, um especialista em seu campo. Ele encontrou seu lugar na Europia e foi premiado com uma oportunidade maravilhosa.

Carys observa incrédula enquanto a mulher segue falando, falando, falando, discorrendo sobre um garoto que ela sente jamais ter conhecido.

Kent se une à professora para falar sobre "o meu Mac", embora sua memória infantil seja dolorosamente curta. Ele se enrola com as palavras, fungando um pouco, antes de se interromper.

— Mac me disse uma vez que a menina era sua melhor amiga.

A plateia, que ouvia com a cabeça inclinada para baixo, olha para cima, e uma Carys chocada sorri enquanto a mãe de Max enrijece. Carys levanta a pata de Laika e a acena fracamente para Kent, que acena de volta. As pessoas encaram a garota desarrumada na segunda fileira.

— Mac me disse que nada é mais importante do que seu melhor amigo — diz o garotinho, agora maior do que quando Carys o conheceu. — E ele era o meu.

A plateia murmura em resposta, com o coração apertado, e a professora lança um olhar duro na direção de Carys.

— Ele cutucou um ninho de marimbondos com essa — murmura Liu, olhando bem para Carys pela primeira vez, notando como seu rosto está murcho, como seus traços parecem maiores. — Quando foi a última vez que você comeu direito? — Ela dá de ombros. — Venha. Vamos procurar algo para comer.

— E sair no meio da cerimônia?

— É o que ele iria querer. Você vê Max em qualquer parte disso?

— Não.

Apenas no rosto do seu irmãozinho lá na frente.

— Ele não está aqui, Carys. Não há nada dele aqui. — Ela hesita. — Já está acabando, de qualquer jeito. Vamos fazer nosso próprio memorial. Algo que seja digno dele.

Carys espera um segundo antes de deslizar para fora do banco e seguir para a saída nos fundos, com a cabeça baixa e Laika nos braços. Enquanto sai, um homem quase na última fileira levanta uma mão, tentando chamar a sua atenção, mas ela não quer dar atenção agora, não quer dar atenção nunca.

Não agora que ele se foi.

Vinte

O charme de Liu consegue uma mesa no restaurante da Rotação, mesmo que estejam acompanhados do cachorro. Ele dá um jeito de convencer uma garçonete a trazer uma tigela com restos de comida e a coloca no chão, onde Laika devora tudo, faminto.

— Não se esqueça de alimentá-lo — diz ele, gentil, e Carys se irrita.

— Eu sei cuidar do meu próprio cachorro.

— Na minha opinião, você não parece estar cuidando nem de si própria, querida. Mesmo que você não sinta fome, o cachorro ainda precisa comer.

Ela observa Laika lambendo a água, desesperadamente sedento, e é inundada pela culpa.

— Ah, meu Deus! Não consigo cuidar de ninguém. Eu mato tudo que amo.

— Shhh — faz Liu, segurando os pulsos dela e colocando um cardápio nas suas mãos.

— Estou sufocando ele.

— Laika foi abandonado. Ele ama você e precisa da sua companhia.

— Não posso... — Carys encara o cardápio sem ler.

— Sabe de uma coisa? — começa Liu. — É bem difícil ser racional e lidar com sentimentos profundos quando se está com fome. Vamos lá, peça alguma coisa.

Carys obedece e pede um prato de espaguete, passando o braço no leitor de chip, precisando afastar a manga do velho suéter de Max para exibir o punho.

— Ela também vai querer pão de alho. — Carys começa a protestar, mas Liu ignora sua objeção com um gesto despreocupado. — Carboidratos ajudam. Isso é um fato científico. Agora — diz ele —, me conte sua lembrança favorita de Max. A história que melhor define aquele cara fantástico.

Ela olha para cima, surpresa.

— Achou que eu ia deixar você ficar se remoendo? — Liu nega com a cabeça. — O que aconteceu lá em cima não pode ser mudado. Precisamos seguir em frente honrando a memória dele, e não nos matando de culpa e tristeza pelo que poderia ter sido.

— Para você, é fácil pensar assim — sussurra Carys.

— Não é o que ele gostaria que você fizesse. Max ia querer que você deixasse o que aconteceu para trás. E que, em algum momento, bebesse até cair. — Ela faz uma careta, mas compreende. — Então, sua lembrança favorita.

— Achei que você não aprovasse — diz ela.

— Seu namoro? Não aprovo. Ou melhor, não aprovava. Mas, por outro lado, faz pouco tempo que fugi de uma cultura opressiva, então eu sei como é nadar contra a corrente.

Carys fecha os olhos.

— Fale sobre a sua lembrança favorita de Max.

— Não sei — responde ela, pensando em Max pela primeira vez depois do ocorrido, sua mente percorrendo as bordas do foco de luz que ele era, evitando entrar completamente no brilho onde aquelas emoções talvez tivessem de ser enfrentadas. — Havia tantas coisas boas nele. Tantas histórias.

— Eu vou contar a minha. Vai ser uma versão resumida dos fatos. — Liu serve água nos copos e ajusta os talheres e os condimentos. — Quando nos conhecemos, ele me ajudou com umas dúvidas de culinária, como você já deve saber. Um cara tão bonito... que desperdício! Eu voltava ao mercado todos os dias, mas ele não se deixou seduzir. Eu o convenci a me ensinar a cozinhar. Eu, o cliente número um dos RRs. — Liu levanta seu copo em um brinde. — Max concordou em me dar uma aula na sua cozinha, já que eu não tinha uma. Depois disso, comecei a aparecer na sua casa na maioria das noites, e ele me deixava entrar. Ficávamos assistindo a filmes, em um silêncio amigável.

— Essa é a sua melhor lembrança de Max? — pergunta Carys, confusa, já que Liu termina a história nesse ponto.

— Sim. — Ele empurra um copo na direção dela. — Porque Max era exatamente assim. Ele não buscou minha amizade, só deixou as coisas acontecerem. Eu queria aquilo, então ele deixou meus sentimentos abrirem o caminho.

Carys pensa em como sua experiência havia sido o completo oposto da de Liu. Era verdade que Max também não fora atrás dela, deixando que o quase acaso os unisse novamente. Porém, ele quisera entrar em contato. E, diante dos representantes... Será que a primeira vez que Max ativamente escolhera seu próprio caminho fora com ela?

— Acho que aconteceu a mesma coisa comigo — diz Carys, pensando o contrário.

— Que bobagem — zomba Liu, partindo o recém-servido pão de alho com os dedos e lhe oferecendo metade. — Ele era diferente com você, e por isso o relacionamento de vocês era verdadeiro.

Ela fica surpresa.

— Obrigada.

— Coma e depois me conte a sua lembrança.

Carys mordisca a borda do pão amanteigado, sentindo a ardência do alho atingir suas papilas gustativas negligenciadas.

— Não sei mesmo.

— Puta merda, Carys, me conte uma história legal sobre Max.

— Tudo bem. — Ela limpa a boca com um guardanapo. — Quando estávamos na *Laertes*, nossa nave, às vezes tínhamos que matar o tempo. Max se ocupava com a estufa e o centro de geologia, mas alguns processos e experimentos demoravam para mostrar resultado. Um dia, ele resolveu descobrir de onde vinha o nome "Laertes", então foi pesquisar no computador. E ficou tão, *tão* animado quando descobriu que não apenas "Laertes" tinha sido tirado de *Hamlet*, como também o nome do computador da nave, "Osric". Ele achou que tinha descoberto uma piada interna da AEVE e ficou muito feliz.

"Quando vi, ele já tinha conseguido o roteiro da peça, e começou a projetar o texto pela nave inteira. Ficava insistindo para eu ler também, dizendo que precisávamos 'nos aprimorar' enquanto estávamos sozinhos ali. Por um tempo, achei que ele queria descobrir se havia algum outro nome inspirado por Shakespeare. O homem que nunca lia decidiu que precisávamos encenar uma das peças mais conhecidas do mundo. Era uma doideira.

"Max começou a decorar os monólogos de Hamlet sempre que tinha tempo livre. Chegou a ponto de eu acordar ouvindo 'Ser ou não ser' e ir dormir com ele praticando sua reação ao ver um fantasma."

Carys sorri enquanto conta a história, e continua:

— No nosso último dia, eu estava pilotando a nave manualmente quando ele me deu uma margarida da estufa. Eu queria me concentrar, mas Max chegou mais perto e prendeu a flor na minha orelha. Ele lia a cena entre Hamlet e Ophelia, me implorava para botar a nave no piloto automático e ler também... — Carys hesita, lembrando. — Mas eu pensei ter visto... Pensei que via...

Liu pega sua mão, gentilmente incentivando-a a continuar.

— Os alarmes foram acionados. O casco da *Laertes* foi arrebentado por um meteoroide, e o oxigênio começou a sair da cabine de comando em jatos. Pegamos nossos trajes espaciais e corremos para a eclusa de ar. A ideia era consertar o vazamento...

Ainda segurando a mão de Carys, Liu usa a mão livre para colocar um pedaço de pão de alho no prato dela.

— Havia micrometeoroides por todos os lados. Estávamos tentando chegar ao ponto do vazamento quando um deles nos acertou... — Ela se esforça para continuar. — Nunca descobri o que Hamlet disse para Ophelia. Max estava vestindo uma camiseta vermelha com um ET do *Space Invaders* na frente, toda amassada, como se tivesse acabado de sair da cama, os cabelos estavam bagunçados, e ele estava tão empolgado recitando *Hamlet*...

— Nunca imaginei que Max pudesse gostar tanto de teatro — comenta Liu, gentilmente. — Deve ser verdade o que dizem: o espaço realmente muda as pessoas.

Carys olha para Laika, nomeado em homenagem a um mito espacial tão potente, e não consegue se obrigar a responder. *O espaço realmente muda as pessoas.* Ela não ousa pensar em si mesma sob essa perspectiva.

— Então, o que você vai fazer da vida agora? — pergunta ele quando os pratos principais chegam.

Ela dá de ombros.

— A AEVE vai me dar uma pensão vitalícia depois do que nós... depois do que eu passei.

— Mas você vai se cansar disso. Não pode ficar sem fazer nada.

— Minha Rotação está chegando — responde ela. — Vou descobrir para onde vou e o que tem para fazer lá, imagino.

— Carys, você precisa assumir as rédeas da sua vida — diz Liu, com firmeza. — Precisa trabalhar.

— É mesmo?

— Você é uma das pessoas mais focadas que conheço. Chega a ser irritante. Precisa voltar ao trabalho.

— Vou fazer isso, com o tempo.

— Quero que me mande relatórios sobre o seu progresso.

Ela o encara com surpresa. Nunca imaginou que Liu fosse querer manter contato.

— Sério?

— Sim. Você vai escrever para mim, e eu vou escrever de volta. Posso ser seu amigo por correspondência... Carys, o que foi que eu disse? O que houve de errado? Carys?

Liu não esperava que aquela simples afirmação o fizesse ter de levantar a amiga do prato de espaguete e secar seu mar de lágrimas.

Os dois se encontram mais algumas vezes antes de Carys se mudar, geralmente quando ela leva Laika para passear. Em uma de suas últimas saídas antes da Rotação, Liu finalmente a faz rir.

— Você também vai se mudar logo? — pergunta ela.

— Sim. V17. — Ele faz uma careta. — Não é um dos lugares mais divertidos. Mas, ainda assim, é melhor do que onde eu vivia. Não sobrou nada nem ninguém no Reino Central que me interesse.

— Que triste!

Carys assobia para chamar Laika, que late enlouquecido embaixo de um arbusto de limoeiro.

— E você? Onde fica o seu lar?

— "Lar" e o lugar onde moram nossas famílias são coisas completamente diferentes — diz Carys. — Meus pais vivem no Voivoda 14. Meu irmão está nos antigos Estados Unidos, e minha irmã está aproveitando a praia. E meu lar — responde ela — fica nas montanhas, onde passei metade da vida.

— Então Gary do País de Gales tem um lar. Você é mesmo especial. Sua família a ajudou com tudo que aconteceu?

— Sim — responde ela, baixinho. — Minha mãe veio morar comigo. Imagino que ela não achasse que fosse ter que me dar comida na boca nem pentear meus cabelos.

— O retorno à vida de bebê. O sonho de toda mãe — diz Liu. — Eu não me preocuparia com isso. Você está bem melhor. Aquele look esquelético não era muito a sua cara.

— Passei dias sem tirar aquele suéter — conta Carys. — Achei que parecer abatida e vazia combinava comigo.

— Não combinava.

Ela o analisa com mais atenção.

— Liu, você passou... delineador?

Ele joga a cabeça para trás.

— Talvez.

— Só para sair comigo? — Carys parece confusa, um pouco preocupada.

— Não. Apesar de você ser maravilhosa, nunca foi meu tipo. Nem no auge da sua era do nascer do sol tibetano. Na verdade, eu vou sair mais tarde. — Ele ajeita os cabelos. — Quer ir? — convida, sabendo que ela vai recusar.

— Sim.

— Como é?

— Quero ir também. Por favor.

— Meu Deus!

— Ah, muito obrigada. Agora eu sei que o convite não era sério.

Carys pega a guia de Laika e a prende na coleira enquanto ele late sem parar, puxando-a para fazer amizade com um cachorro que cheira o chão ali perto. Ela o puxa de volta, acariciando seus pelos.

— Era sério. Só estou surpreso. — Carys fica quieta, então ele acrescenta: — É claro que você tem que ir.

— Posso pegar seu delineador emprestado?

— Pode.

— Você vai me maquiar, fazer um penteado e tal?

— Talvez.

Carys sorri.

— Parece divertido. Aonde vamos?

Liu hesita, mas apenas por um milissegundo.

— Na Dormer.

— Tudo bem. Vai ser bom sair, criar novas memórias. Pode me pegar às oito?

— Oito — zomba ele. — Sua velha. Vou sair às onze. Você pode aparecer lá em casa para se arrumar às dez. Leve vinho.

Faz apenas meia hora que estão na boate e Carys se dá conta de que cometeu um erro terrível. O lugar é inegavelmente marcado pela sombra de Max. Foi ali que ela conheceu Liu, na noite em que viu Max mas ele não a viu. *E, agora, o homem em pessoa, o maior astronauta vivo que ainda respira e não morreu...* Por que se dá importância a tudo depois da morte de alguém, até mesmo a uma cantada idiota?

Ela se senta em um dos esfarrapados sofás Chesterfield, olhando ao redor. O segurança deixa hordas de garotas animadas e caras marrentos e indiferentes entrarem; ela vê meninas menores de idade não serem barradas e comemorarem. O grupo que Liu reuniu é dolorosamente modernoso, e todo mundo se esforça bastante para ser legal e incluí-la na conversa. Porém, Carys carrega a marca da tristeza de uma forasteira e, apesar de tentar se enturmar, as pessoas gradualmente se afastam. Ela encara o bar onde ouviu Liu anunciar a entrada de Max pela primeira vez. *Um cara tão de outro mundo que vai fazer você ver estrelas...* Alguns integrantes do grupo vão até lá e esperam suas bebidas no altar reaproveitado, e Carys se pergunta por que a Europia é tão obcecada pelo fetiche de estruturas antigas e formas originais. Talvez a fixação americana por prédios novos tenha levado a Europa a seguir o caminho contrário e idolatrar tudo que é velho. Talvez houvesse alguma rebeldia em se sentar dentro de uma ruína, com o interior de vidro moderno lhe dando nova vida, sem mascarar a estrutura original, porém celebrando sua história. O único crime estético, se muito, era o fato de tudo ser deliberado demais.

O grupo no bar ri e volta para os sofás, carregando velhas pinças de madeira que prendem conta-gotas. Quando uma garota com óculos enormes lhe entrega um, Carys aceita e, depois de hesitar por um instante, pinga o líquido viscoso em seu olho. Depois de alguns segundos, o grupo começa a rir, enquanto os efeitos tomam conta dos seus corpos, e Carys nota que todo mundo na boate está feliz, perguntando-se como havia ignorado esse detalhe até agora.

— É melhor você usar isso do que beber — grita Liu no ouvido dela, abraçando-a, e Carys devolve o abraço.

— Pra que serve?

— Ele anima seu sistema nervoso por um tempo — berra o amigo. — É completamente seguro. E agora — diz ele — é hora de *dançar*.

Liu pega a mão dela, e Carys o segue. Instantes depois, eles estão girando, girando, voando pelas escadas de vidro na direção da pista de dança, e uma risada explode do peito dela, como se arrancada das suas costelas. Liu grita, fazendo todo mundo olhar para ele antes de se jogar na pista de joelhos, deslizando pelos cubos do chão, que se acendem abaixo do seu corpo como um piano sendo tocado. A multidão grita, e Liu joga as mãos para o alto, triunfante, girando nos joelhos de volta para onde veio. Ele recebe o restante do grupo, que segue animado na sua direção. Todos começam a dançar, e Carys observa o chão abaixo dos seus pés, hipnotizada enquanto vira de um lado para o outro, pisando em cubos de cores diferentes.

Outra garota — Maisie? Marcy? — oferece mais um conta-gotas, e Carys docilmente joga a cabeça para trás, permitindo que ela lhe dê outro pingo no olho. Depois de piscar, o líquido borra seu rímel, criando uma linha por sua bochecha, como a maquiagem de um mímico. Com seu colant preto e o corpo esguio e em forma, Carys parece ameaçadora na escuridão.

Seu coração começa a acelerar quando a segunda dose da substância começa a agir em seu sistema nervoso, e ela dança furiosamente, injetando tanta força em seus membros que o grupo ao redor se afasta, rindo.

— Um cara tão de outro mundo que vai fazer você ver estrelas — entoa ela, uma vez após a outra, e se move, e esmurra, e empurra, e dança, até se dar conta de que está tropeçando, tropeçando, cada passo errado sendo iluminado pelo piso de vidro sob seus pés.

Carys olha ao redor, em busca de um rosto familiar, mas Liu está ocupado, dançando com um belo homem hispânico do outro lado da pista, e ela está caindo, e seu coração corre o risco de rasgar seu peito quando vê um rosto... um rosto...

— O quê? — Maisie ou Marcy está inclinada na direção de Carys.

— Você viu aquele rosto?

— Rosto?

— Aquele homem?

— Que homem?

— Ali. — Carys aponta, mas seu braço treme, e Maisie ou Marcy se estica para equilibrá-la. — Ele estava me olhando.

— Deve ser porque você é linda — diz a garota, puxando Carys de volta para a pista de dança, mas ela se solta.

— Não. Não era...

— Você é linda — repete a garota.

— Não... Aquele homem...

Perdendo o interesse, Maisie ou Marcy lhe dá as costas e se junta à garota de óculos enormes. Carys se arrasta até as escadas, procurando pelo dono do rosto que lhe lançou um olhar tão especulativo que ela se sentiu envergonhada pelo estado em que se encontrava. Mas ele desapareceu.

Vinte e um

Carys segue a Rotação para o Voivoda 18 sem o estardalhaço que fez nas últimas transferências: nada de choro nem de abraçar os amigos, primos de segundo grau ou vizinhos, prometendo manter contato, voltar para visitas e tudo mais. Dessa vez, faz suas malas e embarca no jato expresso para o ponto mais ao norte da Europia, com Laika protegido do frio em seu novo casaco forrado com lã.

Ela salta do transporte híbrido e respira o ar frio, e cada inalação forma placas de gelo em seus pulmões e na sua garganta. Droga, como faz frio! Talvez seja útil aprender alguns palavrões locais. Carys se muda para o novo apartamento, um espaço branco cavernoso dentro das ruínas de uma antiga fábrica, com molduras de chip do chão ao teto, que, pela primeira vez, ela não enche de fotos. Sua poltrona de vime foi despachada na mudança para o norte e, ao ser entregue, foi posicionada diante da lareira, no meio da sala de estar.

Toda manhã, Carys leva Laika para passear e, à noite, alimenta-o com ovos mexidos e um pouco de molho de carne. Quando ele termina de comer, deita ao seu lado, diante da lareira. O cachorro está bem maior, sua cintura magra se torna mais e mais redonda depois do jantar. Ela já desistiu de cozinhar para si mesma, dando-se por satisfeita com a comida dos restaurantes da Rotação — especialmente os que entregam em casa.

Pela primeira vez, Carys se mudou sem aprender o idioma local. Chegou ali completamente ignorante, e percebe, arrependendo-se, que é melhor marcar algumas aulas. Com certo atraso, diverte-se com as semelhanças entre as línguas escandinavas, descobrindo que seria fácil aprender todas as três, e depois, talvez, os outros idiomas do norte germânico também. Ela se lembra do pôster no laboratório linguístico do Voivoda anterior: "O aprendizado de cinco idiomas permite que você converse com 78% da população da Terra". Carys passa horas no laboratório, seu único santuário de verdade além do apartamento. Como a maioria desses espaços em toda a Voivodia, o lugar serve um café torrado demais, que qualquer um seria capaz de fazer em casa se não fosse pelo leite aerado. Leite aerado, decide Carys, é o segredo da obsessão nacional por café, o combustível viciante que energiza a sociedade. Todos os dias, ela dá um monte de moedas para uma pessoa aerar seu leite. Enquanto espera, nota com desagrado que os copos de papel precisam que um pedaço extra de papelão seja posicionado no centro, e casualmente sugere o uso de um copo que já venha reforçado no MenteColetiva. Alguns meses depois, fica feliz ao notar que a ideia foi aceita e começou a ser usada no Voivoda.

Em um fim de tarde, ao sair mais cedo do laboratório, Carys vê um homem do outro lado da rua e para, surpresa. Tem certeza de que ele estava sentado perto da porta no memorial de Max, tentando chamar sua atenção quando isso era impossível, e reflete que aquele pode ter sido o mesmo rosto que viu enquanto cambaleava pela Dormer, com os traços iluminados pelos cubos coloridos da pista de dança. Porém, agora percebe que não o conhece. Desapontada, compreende que, no fundo, queria que ele fosse... Bem. Deixa pra lá.

O homem se aproxima, hesitante, e Carys fica tensa como reflexo por ter sido reconhecida sem querer. Achava que, a essa altura, isso já teria acabado. Ele para, obviamente refletindo sobre o que está fazendo, e então volta a andar na sua direção. O homem é magro e alto, como uma árvore balançando ao vento. Abre a boca para falar, e sua voz é mais direta do que ela teria esperado de alguém tão... pitoresco.

— Com licença. Você é Carys Fox?

Ela se assusta com o uso do sobrenome.

— Como é que...?

— É você, não é?

— Ninguém me chama assim. — Agora, ela está desconfiada. — Como você sabe?

— Desculpe, não quis ofender. Queria chamá-la pelo seu último nome declarado. — O homem afasta os cabelos claros do rosto. — Eu trabalho para a AEVE.

— É claro, desculpe. — Carys estende uma mão. — Você deve ser umas das muitas pessoas a quem eu devo minha vida.

Ele sorri.

— Não, por favor...

— Ou talvez alguém com quem eu deveria ter uma conversa séria sobre protocolos de segurança.

— Na verdade, eu queria chamá-la... — Ela está prestes a interrompê-lo de novo, então ele se apressa a concluir a frase. — Pelo último nome que você usou comigo.

Ela fica em silêncio por um instante.

— Nós nos conhecemos?

— Não exatamente. Podemos tomar um café?

— Sinto muito, estou... — Ela gesticula na direção de casa, como que oferecendo uma desculpa.

— Carys, meu nome é Richard. Ric. Eu cuidava dos sistemas de comunicação da *Laertes* para você... e para Max.

Ela pisca ao ouvir o último nome.

— Sistemas de comunicação?

— Eu me comunicava com vocês usando minha identificação de trabalho, Carys. "Osric".

— Como é?

— Meu nome é... Eu sou Osric, Carys.

— Você está bem? — O rosto preocupado de Ric se avulta sobre o dela, e ele segura seu braço, dando-lhe apoio. — Não queria deixá-la em choque.

Carys pisca, o impacto do que acabou de descobrir mais uma vez percorre seu corpo.

— Osric? O computador?

— Quase mudei de ideia e só lhe disse que meu nome era Ric, mais nada — comenta ele, falando mais para si mesmo do que para ela. — Devia ter lhe contado aos poucos.

— Osric?

— Vou ajudá-la.

Ric dá um passo na direção de Carys, que permanece no mesmo lugar. Ele solta seu braço.

— Sério, que merda é essa? — Ela o encara, furiosamente surpresa, e ele devolve um olhar cheio de remorso. — Você não é um computador.

— Não.

— Você não é inteligência artificial.

Ric olha ao redor.

— Podemos conversar em algum outro lugar? — A luz está desaparecendo, a escuridão aumenta rapidamente, e, com ela, as estalactites geladas do vento do Voivoda surgem. Algumas pessoas andam rápido, com as cabeças baixas, buscando o calor das suas casas, e as ruas se tornam cada vez mais desertas à medida que a noite cai. — No laboratório?

Carys faz que sim com a cabeça.

— Tudo bem. — Enquanto os dois fazem o caminho de volta para o laboratório linguístico, ela adiciona: — Mas eu estou confusa.

— Sinto muito, Carys.

— Ah — diz ela, ouvido a cadência familiar —, agora reconheci você. — Carys se senta em uma velha poltrona de couro, recusando a oferta de Ric de lhe pagar um café com um gesto. — Por que os laboratórios sempre são cafeterias?

— A Voivodia estabeleceu, anos atrás, que freelancers trabalhando em nuvem se sentem mais à vontade em cafeterias — diz Ric, e ela revira os olhos.

Ele vai até o balcão, pede um café e uma bebida gelada e volta com a favorita de Carys, que encara o copo com curiosidade.

— Como você sabia disso?

Ele dá de ombros.

— Na nave, eu tinha acesso a várias informações, as coisas que você gostava e não gostava, alergias e preferências.

Carys fica vermelha, e então se irrita.

— Você ouvia tudo?

— Não — responde Ric, rápido. — Não funcionava assim. Por favor, me deixe explicar.

De repente, ela se sente muito desconfiada daquele desconhecido falando sobre seus gostos e preferências.

— É melhor você começar pelo início, porque eu sinto como se tivesse levado um soco na cara. E, por *início*, quero dizer a parte em que Osric não é nem tem inteligência artificial.

Ric toma um gole demorado em sua bebida e aconchega a caneca entre as mãos, olhando para ela.

— Não tenho permissão para falar sobre essas coisas — diz ele. — A AEVE é extremamente sigilosa, mas eu queria conhecer você... queria que soubesse que não está sozinha, que existe alguém que entende a sua experiência, em primeira mão. Sinto tanto, tanto, pelo que aconteceu lá em cima, Carys.

— Obrigada. A AEVE é sigilosa?

— Espero que o fato de eu não estar mais me escondendo não a deixe desconfortável. Quer mesmo saber de tudo?

— Sim.

— Ótimo — diz ele, ajeitando-se na cadeira. — Eu não queria simplesmente despejar um monte de informações em você. — Carys suspira, e Ric se apressa em explicar. — Tenho certeza de que você sabe que a corrida espacial sempre foi definida por quem é o primeiro a fazer qualquer coisa. Quem consegue lançar um foguete no espaço, um homem na Lua, um *rover* em Marte. Estrategicamente falando, a primeira nação a fazer essas coisas vence. Você concorda?

Carys afirma com a cabeça.

— Durante a destruição mútua dos Estados Unidos e do Oriente Médio, ficou bem claro que todas as nações queriam encontrar uma forma de automatizar a guerra. A luta com drones estava se tornando comum. A inteligência artificial com certeza seria o próximo passo da evolução. Em vez de acionarmos a detonação remota de uma bomba carregada por um drone, uma máquina decidiria explodi-la em nosso lugar, e nós, humanos, seríamos completamente absolvidos das ações de guerra. E tem mais: o primeiro país a demonstrar o uso prático de inteligência artificial mostraria sua força a todos os outros.

— Como aconteceu com a bomba atômica — diz Carys, lentamente.

— Isso. O uso da bomba atômica provou uma superioridade tecnológica assustadora, mas também deixou claro que os países estavam dispostos a usá-la. Não havia mais volta.

Ela se inclina para a frente.

— Então, a inteligência artificial...

— Quando a União Europeia se fechou para se proteger do desastre que estava acontecendo nos outros continentes, tomou a decisão importante de não ser a agressora.

— Você está falando da eleição de Kent.

Carys se força a ignorar o nome do irmão mais novo de Max e se concentrar no homem a quem os pais dele homenagearam: o político que defendera a paz e não a guerra.

— Exatamente — responde Ric, obviamente satisfeito. — Não cederíamos às pressões dos Estados Unidos nem os atacaríamos. Simplesmente defendemos nossas fronteiras. Foi uma escolha importante.

Ele para de falar para dar um gole no café, e Carys bebe seu suco escuro de maçã, apreciando o gosto.

— Você anda me seguindo? — pergunta ela, brincando com o canudo do copo.

— Sim, mas não de um jeito psicótico. Só queria explicar tudo e, se for possível, ajudar. Mas é difícil encontrar você.

— Eu não saio muito de casa.

— Dá para entender. Mas suspeitei que, por causa das suas habilidades linguísticas avançadas, você acabaria frequentando o laboratório do seu Voivoda novo.

— *Isso* é psicótico — diz ela.

— É? Desculpe. Achei que fosse lógico.

— Ah. — Carys suspira. — Você é *mesmo* Osric. Conte mais sobre a inteligência artificial.

Ele assente.

— Os continentes em guerra confundiram nossa posição pacífica com fraqueza. Nas batalhas modernas, o ataque era a única forma de defesa digna de admiração. Eles começaram a ficar de olho em nossos territórios, e nós precisávamos tomar uma atitude. Porém, a maior parte da União Europeia era contrária à nossa participação na guerra, e sabíamos que nunca conseguiríamos coordenar uma ofensiva com vários países separados. Então, em vez disso... revelamos uma vantagem tecnológica de um jeito simples, inofensivo.

— A corrida espacial? — pergunta Carys.

— Sim. Introduzimos a inteligência artificial em nossas missões da época sem muito estardalhaço além de coberturas estratégicas da mídia. Os cosmonautas que orbitavam o planeta começaram a se comunicar com suas naves por flex, e as máquinas administravam sistemas de comunicação e funcionais básicos.

Carys se recosta na cadeira, e Ric a encara.

— Mas era mentira — diz ela.

— Precisava ser. E deu certo. Nossos atacantes em potencial foram procurar alvos mais fracos e, no fim da guerra mundial, a Europa se tornou Europia, e os primeiros passos para a criação da Voivodia começaram a ser dados.

— Como pode ser mentira quando a maior parte da Voivodia funciona em código aberto? Como alguém consegue fingir ter inteligência artificial?

— Os dados são restritos. Não podíamos simplesmente entregá-los para a concorrência. Tudo que oferece vantagem estratégica à Europia é protegido.

— Mas, se "temos inteligência artificial" desde a fundação da Voivodia — diz Carys, pensando no assunto —, passamos esse tempo todo sem conseguirmos criá-la de verdade?

— Fazer o quê? É uma tecnologia bem complicada.

Ela o encara, esperando para ouvir mais.

— É só isso?

— Era para ser uma piada.

— Um Osric piadista. Que diferente! — Ric sorri, mas a expressão de Carys é séria. — eu continuo irritada.

— Eu sei. Desculpe.

As mãos dele estão cruzadas no colo, e seus cabelos claros, penteados para um dos lados — apesar de uma mecha na frente estar se rebelando e apontando na direção errada. Ela observa as pernas compridas que vestem jeans, a camisa cuidadosamente abotoada, a barba brilhando com fios louros. Richard "Osric" Ric não é feio, mas seria mais apropriado descrevê-lo como *arrumadinho* ou *sério*.

— Então me diga — pede ela —, por que *nós*, pelo menos, não sabíamos? Por que deixaram que nossas vidas dependessem de algo tão falho?

— Talvez por causa da publicidade? Não sei. Não podiam arriscar que pessoas tão observadas deixassem escapar a verdade. Acho que chamam isso de negação plausível. Ninguém pode confirmar ou negar o que não sabe.

Ele seca as mãos em um guardanapo.

Arrumadinho, decide Carys.

— Então, você se despencou até o V18 para me contar que estava lá enquanto nós morríamos.

Ric se retrai.

— Eu tentei ajudar vocês, Carys. Tentei mesmo.

— Ah, é?

Ela tenta se lembrar, no campo de asteroides, de quando eles estavam saindo de alcance. `Não perca tempo. O que você precisa perguntar?`

— Se tivesse qualquer coisa que eu pudesse fazer para ajudar, eu teria feito. Se tivesse qualquer coisa que pudesse ser dita para salvá-los... Mas vocês foram brilhantes. Tentaram tudo que era remotamente possível, mesmo quando impraticável. — Os dois ficam sentados em silêncio por um instante, ambos relembrando a ambição de criar oxigênio negro. — Foi uma pena nada ter dado certo.

— Eu sei bem disso.

Carys encara a mesa, observando os desagradáveis restos de suco de maçã grudados na lateral do seu copo.

— Tentei de tudo quando vocês saíram de alcance. Na verdade... — A voz dele se interrompe, e ela olha para cima.

— O quê?

— Tentei de tudo — termina Ric, e ela volta a olhar para baixo.

Do outro lado da cafeteria, um atendente começa a limpar as máquinas antes de fechar, e o som do vapor passando pelos bocais preenche a sala com um som desconfortavelmente alto e com o cheiro de leite fervendo.

— Preciso ir — diz Carys, pegando a bolsa. — Tenho que cuidar do meu cachorro.

— Certo — responde ele, desconfortável. — O que estava com você no memorial?

— Laika. Eu o adotei de um abrigo — conta ela. — Vai ficar por aqui por muito tempo?

— Vou. Posso trabalhar de qualquer lugar.

Carys se surpreende.

— Imaginei que você ficasse trancado em um bunker.

— Não, é um trabalho bem flexível. Sempre tenho uma nave principal e cuido dos sistemas de comunicação de três ou quatro missões.

— E se todo mundo fizer perguntas ao mesmo tempo?

— Você as seleciona para alguém da equipe técnica responder. O atraso é imperceptível.

— Por que está me contando essas coisas?

— Você merece saber — diz Ric.

— E eu era sua principal...? — pergunta ela, e ele afirma com a cabeça. — Já falei com outros Osrics?

— Não — responde Ric, sorrindo. — Você não era muito exigente, eu sempre dava conta das suas perguntas. Max era mais falante, especialmente à noite.

— Ah, é?

— Conversávamos bastante. Passei a pensar nele como um amigo.

— Eu não sabia disso. — Ela pega o restante das suas coisas. — Vamos nos ver de novo?

— Isso depende de você — responde Ric.

— Como assim? — Carys para de recolher seus pertences.

— A Europia não me obriga a me mudar, já que, em tese, eu não existo.

— Você não precisa se mudar porque trabalha para a AEVE? — Carys está chocada. — Isso, *sim*, é uma ironia.

Ric dá de ombros, solidário.

— Como as coisas teriam sido diferentes se eu tivesse sido contratada para outra seção do programa espacial...

E teriam sido diferentes para Max também, pensa ela, mas não diz nada. Se eles não tivessem de se mudar, não haveria um relacionamento a longa distância em Voivodas afastados, não haveria o pedido para mudar as regras...

— Eu acharia ótimo se pudéssemos conversar de novo — diz Ric —, se você tiver um tempo livre. Queria saber sua opinião sobre uma coisa.

Carys olha para a porta, incerta. Aquele homem a conhece, mas, ao mesmo tempo, não sabe nada sobre ela.

— Carys. — Sua voz é gentil. — Não lhe faria bem ter um amigo?

Um instante se passa, depois mais alguns, e ela o encara novamente.

— Sim, acho que faria. — Carys aperta a mão dele. — Richard. Ric. Foi bem surpreendente conhecer você.

— Foi um prazer conhecer você também, Carys Fox.

Enquanto saem, Ric segura a porta aberta para ela, deixando-a fechar silenciosamente atrás dos dois.

Vinte e dois

Carys e Ric estão sentados nas pedras escuras que dão para uma enseada transparente delimitada por geleiras, enquanto Laika persegue um corvo sem muita animação, do jeito que cachorros muitas vezes fazem, sabendo que nunca vão pegar sua presa, mas serão recompensados (por seus donos) pelo esforço.

— Então — começa Carys —, "Osric". Não foi uma homenagem a *Hamlet*, pelo visto.

— Sim e não — responde Ric. — Sim, esse é o nome de um personagem da peça, assim como o da nave, mas também é "OS Ric". Deve ter sido coincidência. — E se ajeita na pedra. — O mundo estava acostumado a associar a sigla "OS" a "Sistema Operacional", então parecia algo apropriado nomear formas de inteligência artificial dessa maneira.

Carys começa a rir.

— Se eu fosse especialista em sistemas de comunicação, o computador da minha nave se chamaria Oscar?

— Sim. E o nome da sua nave provavelmente seria uma referência a Oscar Wilde ou coisa parecida. — Ele joga uma pedra no fiorde, e Laika vai atrás, correndo até a água antes de dar uma freada brusca na margem. O pobre cachorro tem medo de tudo. — Desculpe, Laika — diz Ric, baixinho.

— Você não deveria provocá-lo.

Faz duas semanas que os dois fazem passeios diários por ali; Carys já desistiu de perguntar a Ric quando ele retornará ao seu posto na AEVE ou ao Voivoda central. Ele não parece ter um lugar para voltar nem vontade de fazer isso e, na verdade, ela gosta da companhia. Ric é curiosamente tranquilo para uma pessoa tão arrumadinha e séria.

Quando os dois se conheceram, Carys associara essas características a uma personalidade sem graça, mas, para sua surpresa, ele é cheio de opiniões quando discutem sobre ideologias e a Voivodia, ainda que *educado* demais ao expô-las.

— Carys, eu queria conversar com você sobre uma ideia que tive. — Ela ergue as sobrancelhas, mas permanece em silêncio, então ele continua, hesitante: — Sinto muito por tocar neste assunto, mas... Você é a única pilota a ter atravessado o campo de asteroides.

Ela fica quieta.

— Eu sei que isso é verdade. Você sabe que isso é verdade. Em outras circunstâncias, você teria orgulho dessa conquista, a Voivodia a veria como uma heroína. Talvez o mundo todo a visse assim. Mas, no caos do que aconteceu e das consequências, ninguém ficou sabendo.

Ela permanece em silêncio.

— E você não contou a ninguém. Entendo os motivos. Mas, com a *Laertes* completamente perdida, você é a única pessoa que sabe o que fazer. Sua experiência direta é inestimável. Na verdade, é vital. Eu sei que não quer pensar em nada daquilo — diz ele —, mas, se eu ajudá-la...

— Ah — responde ela, em um tom desanimado.

— Eu faria de tudo para não precisar lhe pedir isto.

— Mas eu sou a única pessoa capaz de nos tirar deste planeta.

— Praticamente a única, na verdade — diz Ric. — Sim.

Os dois olham para a água.

— Não seria suficiente se eu transcrevesse parte do diário de bordo, lembrasse as manobras ou qualquer coisa assim? — pergunta Carys.

— Os diários de bordo da AEVE são apenas uma lista imensa de parâmetros. Você é a única pessoa na Terra que *sabe* o que fez — diz ele, compadecido, e ela suspira. — Pense no assunto. Vou ajudar de todas as formas que puder.

A mãe de Carys, a visita que sempre volta, une-se a eles em seus passeios com Laika pelo fiorde, protegidos do frio em casacos de pluma e botas forradas de pelo. Em um dia sombrio de inverno, tão cinzento quanto as pedras ao redor da enseada, Gwen e Ric discutem as novas medidas da Voivodia para os antigos Estados Unidos. Carys permanece em silêncio, ciente de que o menor desvio na conversa pode levá-los a assuntos mais delicados.

— Com todo respeito, Gwen...

— Você deveria saber, Richard, que pessoas que começam uma frase usando "com todo respeito" raramente são respeitosas.

Ele fica vermelho.

— Desculpe.

— Comece de novo. — Levemente encantada, a mãe de Carys vive lhe dando ordens assim, e Ric permite.

— Gwen — diz ele. — Você não concorda que a Europia, a China e a África têm a responsabilidade de ajudar as nações afetadas pela guerra?

— Sim — concorda ela —, se *ajudar* fosse nosso único objetivo. Mas não se pode confiar nos propósitos de qualquer nação que se acha superior àquela sobre a qual está se impondo.

— Nós temos mais condições de ajudar do que qualquer um. É um gesto humanitário. — Ric joga uma vareta para Laika, e o cachorro sai correndo pelas pedras desniveladas que cercam as geleiras, o som das suas patas batendo contra o chão. — Talvez sua opinião esteja ligada ao fato de você ter criado sua família fora da utopia...

— Não me venha com essa, sr. Imperialismo. Muito obrigada, mas eu não preciso fazer parte de um clube para ser capaz de analisar o mérito dele.

— Foi um golpe baixo — diz Ric, levantando uma mão como pedido de desculpas, enquanto Laika volta com seu prêmio. — Desculpe.

— Independentemente do estilo de vida da minha família, meu filho está lá agora, *ajudando*.

— É claro — concorda Ric. — Quem sabe somos nós três que estamos um pouco fora do sistema, tão afastados de tudo?

Gwen funga.

— Se todas as revogações forem aprovadas, talvez o sistema não dure muito.

— Revogações? — pergunta Carys, falando pela primeira vez. — Que revogações?

Gwen e Ric se entreolham.

— Alguns residentes estão questionando uma regra ou outra. Nada muito grave — responde a mãe, calma.

— Nada muito grave — repete Ric.

Ele encontra o olhar de Carys e pisca, e o gesto é tão sutil que a faz sorrir. Ela se abaixa para acariciar os pelos de Laika, pegando a vareta da sua boca.

— Você parece mais feliz. — A mãe de Carys está lavando a louça, remexendo panelas e pratos em uma bacia de água com sabão.

— Mais feliz? — pergunta Carys, com a voz um pouco desanimada.

— Menos emocionalmente destruída. — Gwen coloca dois pratos de sobremesa no escorredor. — Um pouco mais contente.

— Contente.

A mãe para o que está fazendo e a encara.

— Vai passar o dia inteiro repetindo o que digo?

— Digo.

Gwen abre um sorriso indulgente.

— Tudo bem.

— Tudo bem. — Carys sai do transe, rindo dessa vez. — Desculpe. Agora foi sem querer. Eu não estava pensando.

Gwen se acomoda em uma das cadeiras da cozinha, empurrando uma xícara de chá com limão diante da filha.

— Mas, falando sério, você parece feliz. Eu acho ótimo. Você precisa seguir com a sua vida.

— Enquanto há vida — reflete Carys —, há esperança.

— Bem, sim. Voltou a trabalhar?

Carys parece relutante em admitir isso, mas confirma com a cabeça.

— Mais ou menos. Eles me pediram.

— Através de Ric? O que ele quer que você faça?

E esse era o problema. Um programa baseado em sua experiência inédita no campo de asteroides, quando ela sabe que não está pronta para isso. Bloquear aquele momento estava se tornando a maneira mais fácil de conseguir seguir em frente.

— Eu preciso escrever um programa de treinamento, desenhar mapas.

Gwen assente com a cabeça.

— Você acha que, algum dia, vai voltar lá em cima?

— Lá em cima... no espaço? Acho que não.

— Pelo menos você pode ajudar daqui. — Gwen limpa a mesa com um pano de prato e sorri para a filha. — É isso que importa. Aparentemente, todos nós temos que fazer a nossa parte.

Os dias se tornam mais frios, bem mais frios do que imaginaram ser possível. Na tarde mais gelada até o momento, em que o céu escurece às duas horas, Ric está explorando as formações rochosas com Laika quando Carys, tendo ficado para trás, diz baixinho:

— Vou ajudar. Vou escrever a simulação de voo para o campo de asteroides.

Ric se vira para ela, acariciando e puxando os pelos embolados de Laika.

— Que ótimo!

— Acha que consigo ter acesso à transcrição da missão?

— Sim. Ela está em domínio público.

— O quê? — Carys fica surpresa.

— No caso de uma catástrofe no espaço... — Os dois olham para o ponto no qual Laika tenta deslocar uma placa de ardósia impossível de ser movida. — A morte de Max tornou a situação bem pública para a AEVE.

— Ah.

Ric puxa Laika e atira uma pedra para ele, que sai correndo.

— O que a levou a tomar essa decisão?

— Minha mãe disse algo sobre todo mundo ter que fazer a sua parte. — Carys observa a cachoeira a distância, as delicadas corredeiras brancas caindo sobre as águas glaciais. Depois de um instante, ela acrescenta: — Vou criar a estrutura da simulação, mas não vou conseguir me lembrar das manobras individuais.

— Posso ajudá-la com essa parte. — Ela faz um barulho. — Quer conversar sobre o que aconteceu?

Ela usa o bico do sapato para remexer a lama nas pedras.

— Na verdade, não.

— Tudo bem. Vamos ver quem chega primeiro lá na cachoeira?

Ric começa a correr, e Carys não consegue conter a risada diante da sua partida desengonçada, mas sai em disparada atrás dele, com a lama estalando sob seus pés nos pontos em que está congelada.

— Está na hora — declara Gwen um dia, durante sua visita seguinte, quando ela e a filha estão sentadas diante da lareira.

— Já vai para casa? — pergunta Carys.

— Está na hora — repete a mãe. — Você deveria começar a pensar em ter um parceiro.

A expressão da filha se torna sofrida.

— As regras dizem que eu preciso esperar.

— Esqueça as regras. Quando foi que me guiei por essas coisas? Você tem a idade certa, não importa o que digam.

— Provavelmente preciso conhecer alguém primeiro. — Gwen levanta uma sobrancelha. — O que foi?

— Ah, nada.

— Eu moro no meio do nada. Além disso...

— Sim?

— Não tem ninguém com quem eu... Quer dizer, não posso, por causa de...

— Max.

Carys dá um pulo ao ouvir a resposta tão direta. A maioria das pessoas ainda pisa em ovos ao tocar no nome dele.

— Por favor, não fale sobre ele.

— Por que não? — pergunta Gwen. — Ele foi muito importante na sua vida. Não é falta de respeito pronunciar seu nome.

— Mãe, eu não consigo.

— Entendo por que vocês pediram para que mudassem as regras, Carys. Sei como é amar alguém mais do que o aceitável. No meu caso, foram meus filhos. Eu não conseguia me afastar de vocês.

Carys fica em silêncio, relutante em ter aquela conversa.

— Você podia ter conversado comigo antes de pedir a revogação.

— Ele me pegou de surpresa com essa ideia — conta ela. — Tudo aconteceu muito rápido.

Gwen avalia essa nova informação.

— A revogação não foi ideia sua?

Tentei ficar sem ela, e não deu certo. Então vamos continuar juntos. Carys balança a cabeça para se livrar da memória.

— Na verdade, não. Quero dizer, eu provavelmente teria... — Ela não conclui a frase, incapaz de conversar sobre...

— Fale sobre ele, Cari. Você ainda ama Max.

— É claro que amo.

— É claro que você ama. Max foi seu primeiro amor.

— Max *é* meu primeiro amor — corrige Carys, tranquila —, e eu acho que nunca vou conseguir superar o que aconteceu.

— Vai, sim.

Ela fica indignada.

— Acho que não.

— Você tem o direito de ter um parceiro e uma família, de ser amada no presente. — Gwen se levanta e dá um beijo na cabeça da filha, saindo da sala. — Não se torne prisioneira do passado.

Carys começa a trabalhar. A simulação é difícil, e as manobras básicas demoram mais do que o necessário, já que se lembrar delas traz de volta partes de conversas e frações de tempo que ardem como cortes de papel: surgem de repente, mas a dor custa a desaparecer. Como prometido, Ric a ajuda consultando os diários de bordo, pesquisando os dias que ela precisa, mas, às vezes, ele faz perguntas demais, e tudo que Carys deseja é fugir com Laika e se esconder.

— Anna? — repete ele, sem entender.

Ela balança a cabeça. Não. O nome surgiu em sua mente, inesperado, e sua boca forma um *ah* de surpresa enquanto Ric a encara — não tivera a intenção de dizê-lo em voz alta.

— Desculpe — diz Carys. — Não sei onde estou com a cabeça hoje.

— Não se preocupe. Você está indo bem.

— Acho que não conseguiria fazer isso sozinha — diz ela, grata pela companhia, mesmo que ele a questione demais em certos momentos. Ric se remexe na cadeira, desconfortável, e ela fica apreensiva. — O que foi?

— Preciso voltar ao continente por alguns meses — conta ele. — Vai haver um lançamento importante na Agência Espacial.

— Ah.

— Mas eu volto na primavera.

— Certo.

— Preciso ir — diz ele. — Sinto muito.

— Não tem problema.

— Olhe para mim — pede Ric, levantando o queixo dela. Carys se assusta ao seu toque. — Preciso ir, mas não quero.

— Por quê?

— Porque acho que Laika vai sentir a minha falta — responde ele, tirando a mão do rosto dela, um pouco envergonhado.

— Laika vai ficar bem — diz Carys. — Vou distraí-lo com brinquedos. Mas não sei como minha mãe vai sobreviver sem você.

— E você? Vai continuar trabalhando no plano de voo? Vai passear todos os dias? — Ela afirma com a cabeça. — E vai me avisar quando o sol voltar a dar as caras?

— Sim.

— E vai molhar minha campânula quando ela chegar?

Carys sorri.

— Você subestima demais meu talento para jardinagem.

— Tenho certeza de que ela vai estar bem verdinha quando eu voltar. Talvez a primavera possa ser um recomeço para todos nós.

Ao ouvir isso, o coração de Carys se enche de tanta culpa que ameaça transbordar, quadruplicando o frio do inverno no Voivoda 18.

Carys continua a projetar a estrutura do campo de asteroides, usando os diários de bordo da missão recuperados pela AEVE. Ric teve a presença de espírito de remover qualquer informação pessoal dos arquivos, deixando apenas as coordenadas registradas pela *Laertes*. Ela anota linhas de código de simulação e calhamaços de orientações de segurança para pilotagem.

Gwen continua a visitá-la com frequência. Ela faz espaguete, que fica horroroso, e as duas voltam a pedir comida no RR.

Laika cresce — e cresce ainda mais depois de comer uma panela inteira de macarrão descartado.

— Por que você fica vindo me visitar, mãe? — pergunta Carys um dia. — Quer dizer, eu gosto, mas você não quer passar mais tempo em casa?

Gwen, sentada no chão, limpando o braço do violão com um pano e uma pilha de cordas extras ao seu lado, pensa na resposta que vai dar.

— Acho que você não deve ficar muito sozinha no ano seguinte ao seu acidente.

— E o papai?

— Ah, ele está bem. Quando estou aqui, conversamos pelo Mente-Coletiva.

— Que bom! — Carys faz uma pausa. — Mas acontece, mãe, que já faz um ano.

— E você melhorou? Ainda está sozinha. Vou continuar vindo até o Ric voltar, e depois, quem sabe...

— Mãe — diz Carys —, eu acho que o Ric não vai voltar.

— Claro que vai. Ele deixou a campânula para você cuidar. Vai voltar.

— Gwen, me escute. Acho que o Ric não vai voltar.

— Não me venha com *Gwen*. — Ela baixa o violão enquanto, mais uma vez, considera o que dizer, pensando nas palavras que ofenderão Carys o mínimo possível e, ao mesmo tempo, surtirão mais efeito. — Já lhe ocorreu, querida, que o Ric pode estar esperando você *pedir* para ele voltar?

— Não posso... Ele não... — Carys se interrompe. — Ele não seria manipulador a esse ponto.

— É verdade, aquele homem não tem nenhuma malícia. É um santo, completamente leal. E talvez seja a hora de você devolver um pouco dessa lealdade.

Carys fica horrorizada.

— Não desse jeito.

— E por que não?

— Eu não sinto nada... — Essa frase não tem fim. — É exatamente isto. Não tenho mais palavras. *Eu não sinto nada.*

Como ela poderia voltar a sentir alguma coisa? O pensamento soa estranho, e Carys avalia a sugestão da mãe de forma obsessiva, remoendo a insinuação de que Ric poderia sentir algo por ela, então odiando a si mesma quando conclui, depois de algum tempo, que talvez esteja curiosa para descobrir se isso é verdade. Droga. Achava que tinha se protegido contra esse tipo de coisa.

Senta-se com Laika no colo, deixando a simulação de voo abandonada na escrivaninha, e se pergunta se realmente vai fazer aquilo, ligando os Rios de Mural, com a mão erguida pairando no ar. Está prestes a enviar uma mensagem para Ric por flex, quando...

Socorro, aqui é Carys Fox, solicitando assistência. Osric, você consegue ler esta mensagem?

```
Carys. Há muita interferência, e vocês estão fi-
cando fora de alcance.
```

O pensamento quebra sua mente, e seus bloqueios mentais desabam. Ela sente ânsia de vômito quando sua parede desaparece e o rosto de Ric surge, gigantesco, cheio de preocupação.

— Você está bem? — pergunta ele.

— Eu liguei para você? — Ela está nervosa, ainda afetada pela memória. — Eu ia mandar um flex, mas...

— Quando?

— Agora. — Ao fundo da tela, Carys vê fileiras de estações de trabalho azuis, todos vazios, com mesas e cadeiras a perder de vista. Ela respira fundo, acalmando-se. — Eu queria dizer oi.

— Ah. — Ric se recosta na cadeira. — Oi.

— Pode falar agora?

— Claro — responde ele. — Não tem vivalma por aqui.

— Você parece bem — diz ela, recuperando-se, embora isso seja mentira: pálido e abatido, com seus cabelos louros despenteados, Ric está com cara de quem estava dormindo na mesa.

— Mentirosa.

— Já me disseram que é gentil ser gentil.

Ele sorri.

— Você, por outro lado, realmente parece bem. Como vai o cachorro?

Carys segura Laika e o exibe. O cão, por sua vez, desaba, com a barriga cheia completamente exposta à câmera.

— E aí, cara? — cumprimenta Ric. — Ele cresceu mais?

Ela assente.

— Fiz progresso com a simulação.

— Ah, é?

— Acho que encontrei uma solução, na verdade.

Ric abre um sorriso radiante para ela, e Carys se sente satisfeita com a alegria dele.

— Você vai salvar a Europia.

— *Nós* vamos. Nós dois... Na verdade, eu preciso de ajuda, se você tiver um tempo — diz ela.

— Cari, eu sempre tenho tempo para você.

Ric entende o que Carys passou e como se sente. Ele também ficou arrasado com a perda de Max e nunca se mete ou se ressente das memórias dela e da presença de Max em sua vida. Ele compreende. Em uma perspectiva menor, a perda de Carys também é a de Ric. Sua maneira de demonstrar respeito é deixar que Max seja sagrado e, guiado por esse sentimento, decide não contar a ela como reprogramou os drones para voltar e salvá-los, quebrando todos os protocolos da AEVE sobre inteligência artificial. Não conta que precisou encobrir todas as mudanças de código, nem que agora trabalha remotamente para se manter longe dos olhares atentos do programa espacial. Reclamar seu papel no salvamento dela, mas também na morte de Max, seria tomar posse de algo que Carys julga, de forma resoluta e arrasadora, ser somente dela.

Além disso, no fundo do seu subconsciente, teme receber repreensões e culpa: foi capaz de salvar um, mas não o outro.

Ric jamais contaria a Carys algo que pudesse magoá-la, mas Gwen sente que isso faz parte de seu papel de mãe. Ela respira fundo e dá tapinhas no espaço vazio ao seu lado, no chão — está lixando o piso: fazer reformas por conta própria é um trabalho árduo, e ela se encarregou de melhorar o apartamento de Carys durante suas visitas no inverno.

A filha obedientemente se acomoda ao lado da mãe, e começa a brincar com um pedaço de lixa. As duas ficam ali no chão. As enormes janelas de vidro, que vão do piso ao teto, se agigantam sobre elas, e as molduras vazias de Carys ocupam as outras paredes.

— Queria conversar com você, Cari, sobre Max.

Aquela conversa parece familiar. Uma voz feminina, calma, flutuando acima dela. *Você não precisa falar sobre Max.*

— Carys. — Gwen parece preocupada.

Ela volta ao presente.

— Você vai falar que preciso seguir em frente? Porque escutei o que você disse da outra vez, de verdade — responde ela. — Mas e se eu nunca mais me sentir daquela forma de novo?

— Talvez você nunca mais sinta aquele frio na barriga, mas vai ter estabilidade. Ou pode até se interessar de verdade por alguém, mas sem aquela sensação de insegurança sobre onde ele está ou se você é bonita o suficiente.

— Você quer dizer — começa Carys — que preciso me conformar com o que tenho?

— Você precisa se conformar... — zomba Gwen. — Todos nos *conformamos*. Não existe ninguém no mundo que tenha todos os elementos da fantasia que deseja. Todas as pessoas em um relacionamento sério se *conformaram*. Mas é você quem decide do que quer abrir mão.

— Está me dizendo que eu deveria me conformar em ficar com alguém que eu ame menos.

— Não, não foi isso que eu disse — esclarece Gwen —, mas, de novo, a maioria das pessoas nunca mais sente o fogo do primeiro amor. Não sacrifique sua felicidade em busca disso.

Você não entende? Eu salvei você quando nos conhecemos, e a estou salvando agora.

Carys joga a lixa no chão e se levanta.

— Já entendi aonde você quer chegar, mãe. Está falando de Ric.

— Pense no assunto. Tente. Ele é um homem bom, Cari, e não há nada de errado em amar um bom amigo.

— Tenho que admitir uma coisa terrível. — Carys estica a mão para trás da cadeira e pega um vaso coberto de gelo.

— Ah, não. O que você fez? — Ric se inclina para a frente, apertando os olhos nos Rios de Mural. — Isso aí é gelo?

— Matei sua planta. Desculpe.

Enquanto ele observa Carys segurar sua campânula, seu rosto se abre em um sorriso carinhoso.

— Cari, campânulas florescem no inverno; elas quebram o gelo com suas folhas duras.

Ela hesita.

— A planta não morreu?

— Claro que não. Está sobrevivendo em um ambiente hostil.

— Não a matei porque sou péssima em jardinagem?

— Espere mais uns dias, e ela provavelmente vai atravessar a terra congelada. Logo vai dar flores de novo.

— Mas que metáfora irônica! — murmura ela, mas ele não escuta.

— Falta muito para você terminar o trabalho aí?

Ric faz uma pausa.

— Posso apressar as coisas.

— Sério?

— Se você quiser, posso estar aí na semana que vem — diz Ric.

E, apesar de Carys geralmente criar desculpas para resistir, dessa vez, ela assente com a cabeça, e a culpa em seu coração se torna mais tímida.

— Ele vai voltar — conta ela a Gwen, segurando a planta congelada, e começa a chorar.

— Ah, Cari! — A mãe pega a campânula e obriga a filha a se sentar, enquanto Laika atravessa a sala como um raio e se enrosca no colo de Carys, lambendo uma gota salgada que escorre pela sua bochecha. — Essas lágrimas são de alegria ou de tristeza?

— Não sei — responde Carys. — Não sei o que sinto. Uma vez, Max me disse que a vida após a morte é o que deixamos para os outros. E se tudo que eu tiver para deixar for tristeza?

— Não é. — Gwen acaricia seus cabelos.

— Não tenho mais nada, mãe. Não tenho nada a oferecer.

Gwen tenta encontrar as palavras certas.

— Passei mais de um ano tentando descobrir uma forma de conversarmos sobre isso. Você precisa transformar Max em algo positivo, meu bem. Não se deixe destruir pelos seus sentimentos por causa de alguém que não está mais aqui. — Carys treme enquanto suas lágrimas secam. — Se o seu primeiro amor termina em tragédia, então sua autoestima e confiança, a forma como você confia e ama, todas essas coisas, são afetadas no futuro pelo modo como amou ou foi amada no passado. Mas você nunca esquece o primeiro, Carys. Seu corpo é incapaz disso. Porém, se você transformar essa dor em algo positivo, pode usar os sentimentos e a experiência para evoluir e, de alguma forma, tornar a próxima etapa da sua vida ainda melhor. — Carys fica em silêncio, então Gwen continua: — O problema do primeiro amor, Cari, é que ele acaba com você. Ele a transforma completamente para a próxima pessoa.

— Mas a questão é justamente essa, mãe. *Estou* acabada.

Carys volta a chorar, sabendo que chegou ao ponto em que deve retornar ao passado ou seguir em frente com sua vida, deixar o tempo passar. Ela se sente congelada desde aquele momento no espaço, desde o momento em que...

Vinte e três

Seis minutos

A luz segue lentamente na direção deles, um fantasma de esperança. Cercado de brilhos, água congelada, amônia e dióxido de carbono, o satélite segue lentamente pelo campo de asteroides, imitando a curvatura da Terra em sua órbita elíptica.

— Não estamos ficando doidos, estamos? — pergunta Max. — Não é uma miragem? — Os dois observam o que pensavam ser uma estrela cadente se movendo em um plano orbital constante. — Podemos estar tendo alucinações — continua ele. — Por causa da falta de ar.

— Max, sai dessa! — Ela fala rápido, sua voz urgente. — Isto está acontecendo. Isto é real. Precisamos tomar uma atitude antes que seja tarde demais.

— Já é tarde demais, Cari. Não temos tempo...

— Max Fox. — Ela o olha nos olhos, firme e cheia de convicção. — Esta é nossa última chance.

Ele engole em seco, o ar desce arranhando.

— Tudo bem.

— Podemos fazer isso.

— Tudo bem — repete ele.

— Aquele asteroide imenso aqui embaixo, à esquerda. Ele está em um ponto de Lagrange.

— O que é isso?

Carys para tudo e o encara, com a expressão séria.

— Aquele asteroide está em um ponto de Lagrange, onde a força gravitacional da Lua e da Terra se anula. Em cinco segundos, quando o alcançarmos, devemos parar de cair.

— Vamos ver. Estamos chegando em cinco, quatro, três, dois...

Instintivamente, os dois dobram as pernas, como bailarinos aterrissando no palco, e, ao chegarem ao nível do asteroide pedregoso, pela primeira vez em quase noventa minutos, eles param de cair.

— Não acredito. — Max parece incrédulo. — Essa tal de física, né? Sempre funciona.

— Tirando a época em que pensavam que a Terra era plana — responde Carys, distraída, analisando o céu. Ela agarra a mão desnuda dele. — Vou tentar me comunicar com o satélite usando o flex.

Max olha para a mão dela.

— Boa ideia. Talvez ele esteja tripulado.

— Não está.

— De repente, você passou a ter muita certeza de tudo.

— Como eu disse — responde Carys —, esta é a nossa última chance. Vamos aproveitá-la.

Ela ajusta a tela no lugar, presa entre as juntas dos dedos, e começa a digitar a mensagem.

Socorro, aqui é Carys Fox, da Laertes, *solicitando assistência imediata. Você consegue ler esta mensagem?*

Ela espera.

Repito: aqui é Carys Fox, da Laertes, *solicitando assistência imediata. Você consegue ler esta mensagem? Câmbio.*

Nada.

Por favor, nos ajude. Se não fizer isso, vamos morrer aqui.

O sistema de áudio dela estala com um *ping* ressoante.

```
Olá, Carys. Aqui é Osric.
```

— Até que enfim você apareceu — diz ela, visivelmente aliviada, enquanto o texto azul preenche a lateral do vidro do capacete.

```
Estou me comunicando diretamente com o computador
do satélite para lhe transmitir esta mensagem, Carys.
```

Obrigada, Osric. O drone está funcionando corretamente?

```
Sim, Carys.
```

Você o redirecionou até nós?

Ele... estará aí em seis minutos.

Obrigada.

— Carys? — chama Max. — O que está acontecendo?

— O satélite vai chegar em seis minutos.

— Seis? — Max hesita, e ela confirma com a cabeça. — Cari, não temos seis minutos. Não temos a mesma quantidade de ar. Sinto muito, mas, quando estávamos tentando voltar, quando usamos seu cilindro para fazer o propulsor improvisado...

— Não tem problema.

Ele a encara.

— Não?

— Claro que não.

— Mas estou lhe dizendo que tenho mais ar do que você.

— Eu entendi. Por favor, não se preocupe. Então você tem...

— Seis — responde Max —, e você tem dois. Desculpe. — O rosto dele se retrai um pouco na última palavra.

— Certo. Se tenho dois minutos de ar, você vai ter que me carregar. Depois que eu desmaiar, abra a escotilha, me jogue lá dentro e me reanime.

Max pensa no assunto.

— Isso é bem arriscado.

— Só vai levar alguns minutos, e o ar no meu traje espacial deve me segurar por mais um minuto. — Isso é mentira.

— Mas você vai perder a consciência. Acho que não... — Max não conclui a frase, incapaz de confrontar o horror de quase ter visto Carys morrer nos Jogos Voivodas, tantas luas atrás. — Você não consegue prender a respiração por muito tempo, Cari.

— Andei praticando. — Ela abre um sorriso, um leve levantar dos lábios que é maior em um canto do que no outro, e toca o braço dele, com o fio esfarrapado preso ao seu dedo nu. — Vamos lá.

Carys sabe que não pode deixar que Max chegue às suas costas ou faça algo com seu cilindro, então concentra a atenção dele em prender o cabo que os une pela última vez.

Ela não pode dizer com certeza como sabe dessas coisas, mas sente uma forte determinação sobre o que fazer e o que parece correto. Porém, em seu coração, tem plena convicção de que não pode deixar Max se sacrificar por ela. Sua vida sem ele é clara: seria apenas sofrimento. Um sofrimento que, com o passar dos anos, pode ser abafado ou parecer ter desaparecido, mas ninguém supera a perda do amor dessa forma, e isso a mudaria para sempre. Nunca mais conseguirá amar da mesma maneira, com a mesma paixão desenfreada; nunca mais sentirá o forte brilho da própria personalidade quando ele a olha, quando ele se foca nela, que reage, completamente iluminada.

Carys olha para Max, impulsivamente jogando os braços ao seu redor, e ele para o que está fazendo para abraçá-la.

— Ei. Vai dar tudo certo. — Ele aperta a mão dela de novo. — Vamos aprontar as coisas.

Nunca havia ocorrido a Max que seria possível se afogar no espaço. Depois da última vez, jurara que a protegeria.

Ele faz menção de ir para trás dela, mas Carys diz, rapidamente:

— Pode deixar que eu faço isso. — E dá tapinhas no cilindro dele e ajusta as alças e as cordas. — Pronto.

— É melhor eu verificar...

— Max, eu já verifiquei tudo. Você deveria se concentrar em como vai arrastar meu corpo inconsciente pelo espaço.

Ansioso, ele brinca com o cabo.

— Tem certeza de que isso vai dar certo? Estou meio preocupado com...

— Sim.

— Sim, você tem certeza, ou sim, estou certo em me preocupar?

Carys o encara. Abaixo dos dois, o mundo gira, e uma nuvem grande se forma sobre a África.

— Vamos ficar bem. Desse jeito, os dois sobrevivem.

— O quê? — pergunta ele, mas ela já está distraída, verificando as cordas e analisando a trajetória do satélite, que segue na direção deles, atravessando o campo em órbita elíptica.

O traje de Carys começa a apitar, soltando um alerta agudo em seu ouvido esquerdo, um alerta que ela ignora.

— Prepare-se — diz ela à medida que a luz vai-se tornando mais forte.

— Estou pronto. — Max toma coragem.

— Chegou a minha hora. Estou quase sem ar.

O rosto dele se torna angustiado.

— Tem certeza?

— Sim. — Um alarme vermelho pisca no centro do seu capacete, e ela o desativa com o flex. — Você conhece o plano. Precisa agarrar o satélite de qualquer jeito. — Max assente. — Sabe onde ficam as escotilhas de emergência?

— Acho que sim.

— Entre por uma delas e me conecte logo ao sistema de oxigênio.

Max pisca.

— E se esse drone não tiver um?

— Ele tem.

A cabeça de Carys começa a ficar leve conforme o ar reciclado se torna menos fresco.

— Certo.

— Pff. — Ela se sente tonta, e sua cabeça gira. A noite escura com sua multidão de estrelas, como fileiras de LED, a envolve.

— Carys.

— Você precisa se concentrar.

— Que mandona — diz Max.

Ele sorri ao ouvir que ela o corrige:

— Objetiva.

Ele esfrega as mãos, uma exposta ao frio do espaço, a outra coberta pelo quente tecido prateado. Precisa fazer aquilo, e precisa fazer do jeito certo, pelo bem dos dois. Conforme o satélite se aproxima, Max analisa suas laterais para encontrar a entrada, e, quando a vê, respira fundo.

— O que houve? — pergunta Carys, parecendo muito distante.

— Vai ser meio apertado.

— Você precisa ter certeza de que também não vai ficar sem ar. — A voz dela soa baixa, e as palavras agora demoram bastante para se formar.

— Humm — responde ele, sem se comprometer com nada, com a mente bolando planos e ideias rapidamente.

— Ele vai chegar aqui depois que seu traje começar a apitar, Max.

— Humm — repete ele, mais uma vez esfregando as mãos, uma coberta e a outra desnuda.

Carys sabe o que isso significa, e não pode deixar que ele faça aquilo. Não dessa vez. Tem certeza de que, se Max sobreviver, ele ficará bem: suas crenças e sua estrutura o ajudarão a se recuperar; sua vida voltará a ser como era antes de ela tirá-la do rumo.

Não. Não vai deixar que ele faça aquilo.

Enquanto sua cabeça gira de novo e a consciência começa a desaparecer, Carys se esforça para mover uma das mãos, sentindo um vago alívio quando suas terminações nervosas obedecem a ela. Enfia a mão sem luva no bolso da coxa, tateando os itens guardados, buscando aquilo que sabe estar ali.

Quando o encontra, fecha os dedos ao seu redor, torcendo por uma onda final de energia para fazer o que é necessário.

— Max — arfa ela, virando-se na sua direção. — Você não precisa fazer nada grandioso para me salvar.

— O quê?

— Por favor.

Ele se move, mas...

— Viva bem — diz Carys —, por mim.

Com um gesto final, empurra Max com os pés ao mesmo tempo que tira a mão do bolso e a leva à corda que os une. Enquanto Max é impulsionado na direção do drone que se aproxima, Carys se afasta, e o pequeno canivete do kit entregue a todos os tripulantes de naves da AEVE corta o cabo. Os dois se afastam com cambalhotas, sozinhos, a lâmina caindo da mão desnuda de Carys à medida que ela se afasta na escuridão.

— Carys!

O satélite chega mais perto, e Max emite um gutural urro animalesco, esticando uma mão para segurar o drone e a outra para o espaço. Mas ela se foi.

Vinte e quatro

Max se espreguiça no sofá, piscando contra a luz forte. Seu pescoço dói por causa da posição em que estava, inclinado sobre o braço do móvel, e ele se estica para diminuir o volume dos Rios de Mural. As notícias passam em um loop infinito, invadindo seu subconsciente. Seus sonhos foram ruins novamente — sonhos sobre o nada. Por um tempo, só havia o vazio — sem ar, sem som... sem ela. Ele muda de ideia e aumenta o volume das notícias.

Os mesmos rostos surgem na mídia aberta em edifícios públicos e particulares, nos restaurantes da Rotação e em laboratórios linguísticos, assim como em salas de estar por toda a Voivodia. Especialistas são chamados inúmeras vezes para analisar, ilustrar e criticar a história principal. Max presta atenção, encontrando consolo na desgraça alheia.

Hoje, a Europia triplicou seus esforços de ajuda aos antigos Estados Unidos. Os especialistas concluíram que os sobreviventes no Sul estão em situação mais arriscada, uma vez que é sabido que grupos rebeldes operam na área e estão entrando em conflito com as equipes de ajuda humanitária, dificultando a entrega de comida e água para os mais necessitados...

Ele puxa uma caixa de papelão de comida de baixo do seu quadril e a joga no chão, sentindo que a gordura encharcou as costas da sua camisa. Ótimo. O âncora do jornal entrevista um especialista, e Max assiste, impassível, ao rosto cheio de sinais de uma noite mal dormida.

Vai ser difícil, Sven, para a Europia formar novas equipes. Essas pessoas são enviadas a lugares de difícil acesso, no meio de pântanos, onde as condições de vida são impossíveis e os sobreviventes estão desesperados. E estão sob constante ataque de grupos rebeldes. Não é fácil convencer alguém a se voluntariar para esse tipo de coisa. A utopia precisa de uma forte mobilização para o recrutamento ou, talvez, seja melhor considerarmos a opção de serviço compulsório. E, se adicionarmos a presença constante do campo de meteoros sobre as nossas cabeças à situação desesperadora nos Estados Unidos...

Max desliga as telas, sem querer ouvir mais sobre o maldito campo de asteroides — não quer ser lembrado de nada daquilo. Dedica sua pouca atenção apenas a situações que não tenham relação alguma com o seu problema, a crises que não foram culpa sua, observando o planeta girar, as notícias se reciclarem, sabendo que, de alguma forma, não tem papel em nada daquilo — nada do que fez ou fará voltará a afetar o mundo de forma significativa.

Quando voltou, parecia estar completamente anestesiado enquanto era interrogado pela AEVE. Também não sentiu nada ao receber uma "licença de trabalho compassiva". Porém, toda a sua indiferença se tornou raiva quando a Agência, apesar da atitude pesarosa, fez uso do termo de responsabilidade e consentimento de riscos que ele e Carys haviam assinado para agilizar sua viagem espacial, absolvendo a Europia de toda e qualquer culpa.

Licença de trabalho compassiva, pensa Max. Que contradição! Sua mãe prefere chamá-la de "dispensa por má conduta". Sua incapacidade de voltar imediatamente à Rotação ou a qualquer coisa parecida com uma vida normal só provou aos seus pais como ele se afastara do ideal.

Foi só Max pensar nos dois para o pai aparecer, surgindo na porta da cozinha, segurando uma prensa francesa.

— Café? — oferece ele.

— Por favor.

— Arrume o sofá antes. E tire essa caixa gordurosa de cima do tapete — orienta Pranay — antes que sua mãe veja.

Max começa a desfazer a cama. São apenas oito da manhã, e já está com raiva. Pega a caixa de comida, irritado por ter se incomodado com as críticas dos pais, porém, mais do que isso, por estar ali, depois de tudo. Não tem muita certeza de como acabou indo morar com a família:

ninguém o queria ali, incluindo Max, mas, com os médicos da AEVE usando o argumento do transtorno de estresse pós-traumático, não havia outra opção.

— O que você vai fazer hoje? — grita o pai da cozinha, olhando para cima quando Max entra observando criticamente a mancha de gordura em sua camisa.

— Acho que vou passar um tempo trabalhando no mercado — diz ele, fazendo uma careta quando o café queima sua garganta. Ainda não está acostumado a bebidas quentes, embora a cafeína dê ao seu corpo um impulso extremamente necessário depois das noites cheias de pesadelos. Ele sufoca durante o sono, o oxigênio é sugado da sala enquanto Max observa a mão de Carys escorregar da sua e sumir na escuridão, uma vez após a outra. Sem ar, sem ela. — E depois pensei em ir ao hospital para visitar Kent.

Pranay lhe lança um olhar sério.

— Isso vai aborrecer a sua mãe.

— Não é o meu objetivo.

— Humm.

Max joga a caneca na pia, e o som soa alto no pequeno cômodo.

— Será que ela vai me perdoar algum dia?

— Tenho certeza que sim. — Pranay passa uma mão por seus escassos fios de cabelo. — Você só precisa lhe dar um tempo.

— Tempo é o que mais tenho — responde ele, piscando para apagar a visão de um medidor de ar que continuamente vai de noventa a zero.

Max segue para o trabalho, guiando a bicicleta furiosamente, impulsionando os pedais na direção do chão como se fosse atingi-lo, em vez de dar uma volta completa e retornar para cima. Seu coração acelera, e ele o sente ardendo ao palpitar contra as costelas. A dor é agradável e, já que ele é incapaz de agredir a estrada, vai agredir o próprio corpo até se sentir melhor. Viva bem, dissera Carys, por ela. Mas como fazer isso *sem* ela? Como Carys podia esperar que ele fizesse isso, como podia ter ignorado o óbvio?

Max chuta a parede de tijolos de uma ruína baixa, e pedaços da estrutura caem no chão, criando uma pilha de poeira e detritos amarelos.

— Não seja desrespeitoso com o passado — diz outro ciclista, emparelhando sua bicicleta com a de Max.

— Estou tentando — murmura ele, mas levanta a mão em um pedido de desculpas.

Tecnicamente, o mercado tem servidores programados para passar o dia estocando as prateleiras, mas Max prefere fazer uma tarefa automática a ter de cuidar da caixa registradora ou ser educado com os poucos clientes de aparecem. O lugar é diferente, já que está morando com os pais no Voivoda 2, mas é parecido o suficiente para fazê-lo sofrer.

De atendente de mercado a chef de cozinha, a astronauta, a atendente de mercado de novo. Max coloca um avental e vai para o estoque.

Empurra um carrinho cheio de latas de feijão e começa a encher as prateleiras. Logo encontra um ritmo: primeira à esquerda, primeira à direita, segunda à esquerda, segunda à direita. Duas horas se passam sem ele perceber. Quando leva o carrinho de volta para o estoque, volta a enchê-lo com latas de abacaxi. Agora, vai para um corredor diferente — sobremesas — e as empilha: primeira à esquerda, primeira à direita, segunda à esquerda, segunda à direita.

Enquanto abastece a terceira leva de latas no carrinho, nota o rótulo delas. Ele o encara por um instante. Levanta uma das latas até o rosto, lendo cada palavra, e então a joga direto na lixeira. Pega a caixa inteira de latas e a joga fora também, com um barulho ensurdecedor.

— Qual o problema delas?

Max se vira para encontrar Lindi, uma funcionária que veste um avental desbotado, listrado de vermelho e verde, e resmunga:

— Estão vencidas.

— Certo.

Lindi assente. Não menciona que a maioria das coisas ali está vencida. Isso faz parte da genialidade das comidas enlatadas.

Max se abaixa para pegar uma lata que escapuliu pelo chão. Olha para trás e descobre que Lindi continua o observando da porta.

— Chá? — oferece ela, sem se mover.

— Tudo bem.

Depois de um minuto, ele se levanta e a segue para a cozinha montada com placas de melamina, com uma bancada equilibrada entre dois esqueletos de paredes de tijolo. Ela coloca uma chaleira no fogo, apoiando-se em uma parede, com a poeira cor-de-rosa das ruínas caindo na parte de trás das suas pernas. Max não fala nada.

— Então — diz Lindi.

— Então.

— Como está o seu dia?

— Bem.

Ela o analisa com o olhar tranquilo.

— Você não é um homem de muitas palavras, é?

— Não muito.

— Isso é bom, às vezes. — Ela batuca os dedos contra os tijolos, e ele olha para a bancada da cozinha. — A gente não pode ficar olhando para a água.

— Como é?

— Quanto mais olhamos, mais ela demora a ferver.

— Ah, sim.

Ela serve duas xícaras fumegantes de chá aguado, tendo a gentileza de dar a Max a menos lascada.

Ele aceita a bebida e decide tentar ser mais sociável.

— Há quanto tempo você trabalha aqui?

— Desde que me mudei. Faço parte do Segundo Ciclo — diz Lindi, e ele nota que suas palavras não têm cadência, como se um cansaço eterno lhe desse preguiça de falar de um modo mais ritmado. — Seu pai tinha me promovido a gerente antes de você aparecer.

— Desculpe.

— Não tem problema — responde ela. Ele não insiste. — É melhor voltarmos ao trabalho.

Max faz que sim com a cabeça.

— Obrigado pelo chá.

— Disponha. — Ela se inclina para baixo e tira a poeira das pernas.

— Droga!

Max volta a estocar latas, retomando o ritmo: primeira à esquerda, primeira à direita, segunda à esquerda, segunda à direita. Está colocando a mão dentro do carrinho quando nota mais embalagens iguais às que jogou fora. Distraído, puxa a mão de volta — uma lata danificada, com uma afiada borda amassada de metal, corta seu dedão. Um riacho vermelho surge e escorre pela sua mão. Irritado, ele observa o sangue descer pelo punho e pelo braço; a dor finalmente o faz sair do estupor, e sua raiva vem à tona. Arremessa a lata maligna para longe.

Gordura de ganso explode contra a vitrine de vidro e rola pelo chão.
— Puta merda, como se eu quisesse me *lembrar* de...
— Maximilian.
— Tia Priya — diz Max, e a pequena mulher toca seu peito.
— Seu pai disse que você estava aqui — diz ela para o seu peito, antes de lhe dar um abraço apertado. Ele tenta se afastar, mas a tia o segura firme, sussurrando: — É só uma lata de comida.
— Mas...
— Não é ela. É só uma lata.
— Sim — diz Max, tocando os cabelos dela. — Eu sei.
— Venha — chama a tia, soltando o sobrinho e o afastando, como se quisesse observá-lo. — Vamos conversar um pouquinho.
— Preciso limpar essa bagunça.
Ele indica a vitrine com um gesto, mas para quando vê que Lindi já está limpando a poça de gordura com um esfregão. Ela assente e, depois de um segundo, ele repete o movimento, em agradecimento.
— Temos que conversar. Quero lhe contar uma coisa, uma coisa que já deveria ter contado.
Priya pega seu braço e nota o sangue saindo do dedão de Max e coagulando até seu cotovelo. Gesticula para que o sobrinho limpe o machucado, e os dois vão até a pequena cozinha, onde ela abre a torneira e faz menção de se apoiar na parede.
— Cuidado — diz Max, seus bons modos finalmente dando as caras. — A poeira dos tijolos mancha. — Ele coloca o braço debaixo da água e observa seu sangue aguado desaparecer. — Como você está?
Ela dispensa a pergunta com um aceno.
— A mesma de sempre.
— Eu também.
— Se tem uma coisa que você não está, meu querido — diz ela, bondosa —, é igual.
— Não. Acho que não.
Priya gesticula para o sobrinho se sentar, então ele se equilibra em uma escada, enquanto ela ocupa a única cadeira dobrável.
— Eu queria explicar sobre a última vez que nos vimos, antes de você voltar.
— Ah, é? — pergunta Max, distraído pela mão sangrenta.

— Quando você foi contar aos seus pais os planos de solicitar a revogação, eu lhe mostrei umas fotos pela janela. Lembra?

— Sim. — Max está determinado a não se lembrar de Carys parada ao seu lado, da respiração dela contra o seu braço, do toque gelado de suas mãos ao vir por trás dele para fechar seus olhos.

— Elas foram tiradas há trinta anos. São as minhas fotografias com Francesco, meu primeiro amor — Priya sorri — e, assim como vocês, nós decidimos que queríamos ficar juntos em longo prazo. — Max fica surpreso, mas não a interrompe. — Nós nos conhecemos quando seu pai e eu estávamos ajudando o seu avô a montar restaurantes nos Voivodas. O sistema de alimentação da época era terrível, e nosso pai teve a ideia de centralizar os restaurantes e as entregas de comida para que os moradores pudessem comer juntos, tornando as refeições um evento mais social para as pessoas em Rotações novas. Francesco era uma espécie de fazendeiro, era nosso fornecedor, e fazia entregas de frutas e legumes entre seis e oito da manhã. Eu ia correndo até o híbrido dele — diz ela, saudosa —, sempre chegava lá antes de todo mundo. Depois de um tempo, ele começou a voltar depois das entregas da tarde, e nós dávamos um passeio. — Priya olha para Max, que parece incrédulo. — Era muito mais comportado do que as *pegações* da sua geração — diz ela. — Eu sei, eu sei. Você não faz essas coisas, não mais. Mas nós dávamos um passeio e ficávamos de mãos dadas, e começamos a fazer planos. Eu tinha me comprometido a montar um restaurante no Voivoda 10, e Francesco decidiu ir comigo. Só pensávamos em ficar juntos. Não queríamos esperar para podermos nos mudar como uma família, conforme as regras. Não queríamos esperar até ficarmos velhos.

Max se inclina para a frente, fascinado.

— E o que aconteceu?

— O que você acha? — pergunta Priya, gentil. — Eu tinha vinte anos. Meu pai e meu irmão ficaram furiosos. Minha mãe, a estimada cientista genética, ficou muito decepcionada. Eles queriam que eu obedecesse à Regra dos Casais. Tivemos brigas, discussões... Acho que isso lhe parece familiar, não?

— Então, quando apareci com Carys, foi como se a história estivesse se repetindo.

— Sim, mas nós nunca tomamos uma atitude tão radical quanto pedir para mudarem as regras. Isso foi muito corajoso.

— Ou idiota.

— Foi corajoso, mas tem uma coisa que você precisa saber, uma coisa que a sua geração não entende. — Priya se levanta da cadeira bamba, caminha em direção ao sobrinho e tenta segurar sua mão. — Você precisa saber que não existe uma polícia secreta que cuida de relacionamentos "ilegais". Ninguém vai ser deportado ou excomungado se quebrar a regra. A maior verdade sobre a Europia é que é quase impossível viver aqui se você não quiser seguir as leis utópicas. Entendeu o que eu quero dizer?

— Como assim?

— Francesco desistiu. Não aguentou ser forçado a seguir regras com as quais não concordava, então abandonou a Voivodia. Ninguém o obrigou a nada, ele foi embora porque quis.

Max esfrega as têmporas.

— Ele não foi obrigado a ir embora porque vocês quebraram as regras?

Priya dá de ombros.

— Como eu disse, não existe uma polícia secreta ou excomunhão. Ninguém vai puni-lo. As pessoas que não conseguem viver de acordo com as regras de uma utopia tendem a descobrir que, para elas, aquilo não é realmente uma utopia. Então elas escolhem procurar outras opções.

A escada sob Max estremece.

— Eu achei que as regras fossem sagradas.

— Seus pais querem que sejam. Nós vivemos como se fossem, mas ser um indivíduo significa saber o que é melhor para si mesmo.

— É isso que eu fico dizendo a eles — responde Max.

— É você quem escolhe entrar na Europia. A Europia não vai obrigá-lo a sair.

— Meu Deus! Por que você não me contou isso?

— Você parecia tão destemido, pedindo para mudarem as regras. Achei que sua ideia seria para o *bem maior* e que tudo daria certo. Não imaginei que... — Priya não conclui a frase.

— Não — diz Max, desanimado. — Acho que ninguém pensou que as coisas acabariam assim. — No espaço. Com noventa minutos de ar restantes.

A voz dela soa triste.

— Não sei onde o Francesco está agora.

Max toca seu ombro.

— É uma injustiça, tia Priya. Para todos nós.

— É, sim. Foi uma injustiça, mas ele não tinha a sua coragem. Não queria desafiar o sistema. Em vez disso, ficou desiludido e abandonou tudo.

— Quando eu estava com ela, vivia com medo — conta Max. — Não seria capaz de passar uma década me sentindo daquela forma. Sempre com medo de que fôssemos descobertos e expulsos.

— Só você poderia tomar essa decisão.

Max chuta a cadeira dobrável, e ela desaba. A tia observa sua raiva explodir e seu rosto expressar apenas uma tristeza solidária.

— Você foi ao memorial da sua namorada?

— Sim.

— Sinto muito por você. Eu sei como é perder alguém que se ama.

Max assente com a cabeça, seu rosto está desolado.

— Ela era especial para você. O memorial deve ter sido difícil.

— A família dela não gosta desse tipo de coisa. Foi uma "celebração da vida".

— Meu Deus!

— Pois é.

Max sorri de verdade pela primeira vez, apesar do seu rosto parecer resistir. O memorial foi doloroso. Ele tinha sido partido ao meio, seu peito havia sido escancarado até suas costelas estarem dependuradas, revelando seu maltratado coração, que pulsava lentamente, mas, ainda assim, pulsava. Porque é isso que parece acontecer, apesar de tudo que a dor nos diz: nossos corações continuam batendo, por mais que imploremos pelo contrário. A vida continua.

— Obrigado, tia Priya. — Em um impulso, ele se estica e abraça a tia de novo.

Ela lhe dá um tapinha nas costas.

— Só achei que deveria lhe contar — diz ela. — Você precisa falar sobre os seus sentimentos.

Ele suspira.

— Acho que sim.

— Você tem que lidar com isso em algum momento, Maximilian. Caso contrário, seu sofrimento vai devorá-lo por dentro. Na sua autópsia, vão descobrir o nome dela escrito nas cicatrizes.

— É exatamente assim que me sinto. — Ele a encara com uma admiração hesitante.

Priya sorri.

— Eles nunca vão entender.

— Talvez não — responde Max. — Mas pelo menos sei eu que você entende.

Ele se inclina para a frente e lhe dá um beijo no topo da cabeça, e a tia o afasta com um gesto.

— Já pensou em conversar com alguém?

Max dá de ombros.

— A Agência me obrigou a participar de algumas sessões de terapia. Eu, sentado num canto, falando com um serviço automatizado nos Rios de Mural. A melhor maneira de se sentir mentalmente são.

— Estresse pós-traumático é algo sério, Maxi. Você precisa se cuidar.

Ele tira os cabelos da testa, o sangue da batalha com a gordura de ganso está coagulado na sua mão.

— Às vezes, ficar parado não parece a melhor maneira de seguir em frente.

— Não discordo. Mas você precisa se certificar de que está bem *emocionalmente*, além de fisicamente. — Priya aponta para o corpo magro do sobrinho. — Não vá se meter em situações intensas demais.

— Nunca mais serei um astronauta, tia Priya. Essa provavelmente vai ser a coisa mais intensa que farei na vida.

— É possível. Mas você não pode ficar no sofá dos seus pais para sempre. Não é isso que ela iria querer. — Max fica em silêncio, apesar de admitir que a tia tem razão. — O que vai fazer? — Priya olha para os olhos azuis do sobrinho com expectativa.

— Não sei — responde ele enquanto os dois saem da cozinha, observando o mercado ao redor —, mas acho que o que resta do meu futuro não está aqui.

Vinte e cinco

Max segue para o brilhante cubo branco que é o hospital, as alas idênticas à forma como eram na sua última visita, a única diferença sendo outros nomes nas paredes e outras crianças nas camas. Uma rotatividade infinita de pacientes que necessitam da habilidade dos médicos ou uma rotatividade infinita de médicos que necessitam das doenças dos pacientes. Sente-se mal por ter pensado aquilo, mas sua mãe cada vez mais faz essas ideias surgirem em sua mente. A raiva que os dois sentem constantemente causa atritos, transformando cada interação em uma alfinetada, separando-os no momento em que deveriam tentar fazer uma trégua.

Ele segue diretamente para o quarto de Kent, no último andar, encontrando a mãe no corredor. O rosto dela esboça o mesmo desdém do dia em que tiveram seu último confronto naquele lugar.

— Você veio. — É tudo que ela diz.

— Quero ver meu irmão.

— Ah, *agora* isso lhe convém. Você nunca se importou com ele antes.

Começou, pensa Max. Como era fácil ignorar a verdade para justificar um argumento!

— Estou aqui agora.

Ela pega uma prancheta digital ao lado da porta de Kent enquanto o ursinho animado nos Rios de Mural do corredor começa a pular alegremente na direção dos dois.

— Você não estava aqui para dar apoio a ele.

— Para dar apoio a ele ou a você?

Pela primeira vez, Max se pergunta como a mãe se sentiu durante o tempo que ele passou no campo de asteroides. Ele queria tanto que os pais reconhecessem o *seu* sofrimento que não levara o deles em consideração. Apenas presumira que eram indiferentes.

— Para dar apoio a Kent — responde Alina, bruscamente. — Ele não teve nada a ver com essa situação.

— Eu sei. — Max fecha os olhos, incapaz de não botar lenha na fogueira. — Pretende me perguntar sobre o que aconteceu comigo lá em cima?

— Você foi. Você fracassou. Não acho que tenha algo a ser discutido sobre o assunto.

— Ela morreu, mãe. Ela morreu para me salvar. Você não pode fazer pouco-caso disso.

— E eu fico triste por você, Max, mas isso não muda o fato de vocês terem quebrado as regras.

— Não quebramos as regras, pedimos para que elas fossem revogadas. E eles nos escutaram — diz Max. *Coisa que você não fez.*

— Sim — responde ela, inclinando-se para a frente no corredor claustrofóbico, chegando extremamente perto do rosto do filho, tão perto que ele consegue sentir o amargor do café no ar quando ela respira. — Não notou que as coisas estão... *um pouco diferentes* desde que voltou?

— Como assim?

— Todas as revogações, a introspecção, a dissenção?

— Revogações?

— Você não percebeu — afirma Alina, com a voz inexpressiva.

— Não. Do que você está falando?

— Como era de se esperar. — Ela dá um passo para trás, virando-se para a porta de Kent. — Você questiona as regras da utopia e depois sequer presta atenção nas consequências.

— Mas...

— Não sei o que é pior: questionar as regras ou apresentar o pior resultado possível para as poucas pessoas a quem você deu esperança.

— Ah — diz Max, abatido.

— É isso que acontece — conclui ela — quando você deixa uma criança fazer o que quer.

Sabendo que isso vai fazê-la perder as estribeiras, ele diz, baixinho:

— Não sou mais uma criança.

A professora joga a prancheta digital no chão, e o som é ensurdecedor quando o tablet acerta o piso.

— Você age como criança, então nós o tratamos como se fosse uma. — O urso animado se joga ao redor do batente da porta, e ela o afasta com um gesto furioso. — Por que não me escuta? Estou tentando ajudá-lo. Parece que nunca vai aprender.

Max fica em silêncio, com as mãos e os músculos tensionados.

— Maximilian, eu sei que somos rígidos com você, mas a Voivodia foi criada pelas pessoas para as pessoas. Você ainda pode consertar o que fez.

Ele continua quieto, pensando nas palavras da mãe.

— Papai gostou de Carys quando a conheceu.

Alina parece confusa.

— O quê?

— Antes de descobrir que eu a amava, você achou que ela era ótima.

— Não sei aonde quer chegar com isso.

Ele suspira.

— Quando eu vivia da forma como queriam, vocês também gostavam de mim.

— Maximilian. Você ouviu o que eu disse? Você precisa compensar o que fez. Precisa mostrar às pessoas que cometeu um erro e que vai viver do jeito certo.

As palavras o acertam em cheio. "Viva bem", dissera ela. "Por mim." Indo contra o seu bom senso, Max deixa as palavras traiçoeiras da mãe afetá-lo, misturando-se às de Carys, até ele não suportar mais a pressão em sua cabeça e soltar um berro para abafar as vozes.

Alina o encara, surpresa.

Max luta contra os seus sentimentos, expurgando a raiva com um berro até se sentir vazio.

— Não aguento mais.

— Como é?

Ele fecha os olhos.

— Como faço para consertar as coisas, mãe?

— De verdade?

— De verdade.

A expressão dela é de incredulidade enquanto analisa o filho.

— Quer mesmo saber o que eu acho?

— O que preciso fazer? Diga.

— Você pode começar a fazer algo pelos outros em vez de apenas por si mesmo.

Max não rebate, sabendo, no fundo, que começou a consertar a situação entre os dois, em vez de piorá-las.

— Eu sou mais do que você pensa — responde ele, tranquilo.

— Assim esperamos, Max.

— Vou provar para vocês.

— Aleluia — comemora Alina. — Até que enfim!

— Talvez precise da sua ajuda — diz ele, enquanto toda a sua rebeldia desaparece, e a mãe assente com a cabeça.

— Pode pedir qualquer coisa que precisar para consertar as coisas.

— Tudo bem — diz Max. — Agora, por favor, posso ver meu irmão?

Ela cede, abrindo a porta e o deixando passar, mas fica observando os filhos.

Kent o fita da cama, sonolento, e abre um sorriso desdentado radiante.

— Oi, Mac.

— Uau! Você perdeu mais dentes?

— Todos os de leite caíram.

Kent está tão orgulhoso de si mesmo que o coração de Max fica apertado pelo garotinho naquela cama enorme, feliz por ter alcançado um marco de vida. Espera que o irmão passe por todas as experiências possíveis, que consiga superar sua doença e ter uma vida longa e completa. *Ao contrário de Carys.*

A ausência dela o atinge como um soco no estômago. A confusão mental do sofrimento causa um espasmo de dor, e ele pensa, mais uma vez, em como é injusto que o cérebro consiga esquecer tudo que aconteceu por um segundo, só para atingi-lo de novo como se o evento tivesse acabado de acontecer. Como pôde ter-se esquecido, mesmo por um momento, de que ela se foi?

— Está dormindo no meu quarto? — pergunta Kent, e Max nega com a cabeça.

— Não, amiguinho. Não acho certo, não quando você está sempre indo para casa. Estou dormindo no sofá. — Os olhos do menino se arregalam diante de tamanha rebeldia, e Max bagunça os seus cabelos. — Mas eu acho que não vou ficar aqui por muito tempo.

— Por causa da menina de novo?

Ai.

— Mais ou menos. Você lembra que ela era pilota?

— Ela pilotava espaçonaves.

— Isso mesmo. E ela conseguiu um emprego para mim na AEVE, a Agência Espacial.

Kent faz que sim com a cabeça.

— Papai me contou.

Surpreso, Max olha para a mãe, depois de volta para Kent.

— Ela achava que eu podia ser um astronauta...

— Que maneiro!

— ...mas não posso. Ela estava errada. Sou um chef de cozinha. — Max olha para o irmão, perguntando-se por que está confidenciando suas escolhas de vida a um menino de 9 anos. Bem, percebe ele, porque não há mais ninguém com quem possa fazer isso. — Sou apenas um chef. Tenho talento para a cozinha. E existe um monte de gente que precisa de comida.

— Tipo aqui? No hospital?

— Tipo aqui — diz Max, mais uma vez olhando para a mãe —, mas no exterior. Em um lugar onde existem pessoas passando fome, soldados e um monte de gente com medo do campo de asteroides.

Kent esfrega os olhos, tentando acompanhar.

— Você vai embora?

— Vou embora, mas prometo ligar todos os dias. — Ele estende o punho para sincronizar seu chip com o do irmão, e pega sua mão. — Vou lhe enviar uma mensagem todos os dias, porque você é meu melhor amigo.

Kent se apoia em Max na cama, recostando a cabeça em seu ombro.

— E Carys é a sua segunda melhor amiga.

— Você é meu melhor amigo — repete Max —, e Carys é a minha eternidade.

Max vai diretamente para o centro de recrutamento do Voivoda para ver se o aceitam. Ele responde a todas as perguntas, então se submete a um exame físico. Quando a recrutadora lhe diz que sua capacidade pulmonar é excelente, ele se retrai — ah, se soubesse disso antes — e balança a cabeça enquanto seu histórico médico é analisado.

— Algum problema de visão, distúrbio musculoesquelético, infecções?
— Não.
— Algum distúrbio psicológico?

Max hesita apenas por um segundo.

— Não.

— Ótimo. Você está em condições físicas maravilhosas. Não deve ter nenhuma dificuldade em ser aprovado.

— Obrigado.

Ela afasta suas anotações, e uma longa lista de voluntários e recrutas surge na tela, todos com avaliações pendentes.

— Tem referências do seu último empregador?

— Fui treinado pela AEVE — admite ele —, mas, se estiver com pressa, a professora Alina, do hospital sul do Voivoda 2, pode lhe passar todas as informações pertinentes.

— Perfeito. Nesse caso, você provavelmente vai ser enviado ao centro de treinamento amanhã.

Max não sabe exatamente que parte da sua personalidade o leva a fazer aquilo; não sabe se quer provar algo ou agradar alguém, mas Carys havia lhe pedido, e ele prometera obedecer. Ele prometera, e agora tem a obrigação...

— Max? — A voz interrompe sua linha de pensamento enquanto ele ocupa um banco duro em um corredor sem graça, olhando para uma foto que rapidamente arrasta com o dedão para fora da tela do chip. — Você pode ir ao almoxarifado pegar seu equipamento.

— Obrigado.

— Não, obrigada a *você*. Estamos precisando muito de voluntários para as equipes de ajuda humanitária, especialmente nas regiões com conflitos.

— Sem problema.

Agora é hora de agir. Hora de viver.

Vinte e seis

— Qual é o cardápio do dia? Alguma coisa boa?

Max olha para cima. Está preparando oito tonéis enormes de comida, movendo-se para mexer cada um. Ninguém lhe deu uma concha, então está improvisando com tudo que consegue achar. Talvez aquilo faça parte do teste.

Faz seis semanas que o grupo treina no Voivoda 9 e, durante esse tempo, os participantes foram submetidos a mais exercícios físicos do que Max podia ter imaginado. Tornar-se cozinheiro das equipes de ajuda humanitária, no fim das contas, não é tão diferente de virar astronauta. Independentemente do destino final, ainda é necessário que seu corpo esteja em ótima forma. Se muito, em comparação, o treino da Agência Espacial é fichinha perto daquele: ali, ele fez flexões, *burpees*, pranchas, além de corridas diárias de dois, cinco e dez quilômetros, tudo sob os berros do treinador. A AEVE os deixava em forma na teoria, com exercícios cardiovasculares e equipamentos, mas ele gosta de não precisar pensar enquanto faz as atividades externas. Gosta de se desligar de tudo e se concentrar apenas no momento. Costumavam chamar isso de *zen*. Ele se sente zen. As endorfinas são uma coisa maravilhosa.

Max se prepara para ser provocado.

— Ensopado.

— De novo?

— Um ensopado delicioso e nutritivo. Se tiverem sorte, posso até colocar uns croutons.

— Nem tente me convencer de que esses pedaços de pão velho são croutons. Você e essas suas palavras chiques — diz o líder da equipe em treinamento, e Max sorri.

— É um bom treino para quando tivermos pouco suprimento.

— Não vamos ficar aqui por muito tempo — diz o novo líder. — Então vão nos enviar para a costa, no meio da zona de guerra.

Max lhe entrega uma tigela.

— Ah, é?

— A costa dos Estados Unidos é uma bagunça — conta ele —, todo mundo briga pelos terrenos mais altos e por água.

Por um instante, Max se pergunta onde o irmão de Carys deve estar, mas ignora o pensamento.

— O que você fazia antes disso?

— Eu era carpinteiro. E você?

— Chef de cozinha.

— Ah — diz o líder. — Achei que... — Max o encara, mas ele decide não terminar a frase. — Não se esqueça de me dar uma porção extra de croutons.

Eles dormem na universidade mais antiga da Europia, os belos prédios de tijolos vermelhos e amarelos da faculdade preenchidos por cômodos de vidro e aço. Os dormitórios do andar superior têm enormes janelas de vidro, mas nenhuma cortina, então Max não consegue dormir por muito tempo, mas pelo menos não tem tantos pesadelos. A rotina pesada de preparar refeições e treinar com a equipe de ajuda humanitária o distrai dos seus pensamentos rotineiros. À noite, permite-se vê-la, abrindo a fotografia tão manipulada pelo seu dedão: Carys envolvida por seu braço, as tremulantes bandeiras digitais dos Jogos Voivodas ao fundo. Um clima diferente, no que parecia ter sido uma vida diferente.

Depois de servir o café da manhã, Max segue para a parte externa da universidade, para assistir a uma aula sobre primeiros socorros básicos e nutrição. No automático, mistura uma colher de sal a oito de açúcar, adicionando cinco xícaras de água potável para criar um soro caseiro contra desidratação. A treinadora — Kelly — assente com a cabeça, em sinal de aprovação.

— Você sabe o que está fazendo.

— Fui treinado pela AEVE. É importante estar bem-hidratado no espaço.

Conhecendo o histórico de Max, a treinadora diz, despretensiosa:

— Sim, mas imagino que seja mais difícil lidar com água no espaço.

— A maioria dos líquidos entra no seu corpo por tubos. Você pode se afogar nas próprias lágrimas se elas encherem o capacete durante uma expedição externa.

A treinadora parece chocada por um instante, mas então se recupera, dando um tapinha no ombro de Max e seguindo para o próximo aluno.

— Você colocou sal demais — diz ela. — Seu paciente vai vomitar toda essa água salgada.

Max prepara as refeições da equipe, revezando-se com os outros cozinheiros em turnos para o café, o almoço e o jantar. Os voluntários formam um grupo animado, apesar de obviamente preocupado com a mudança iminente para os antigos Estados Unidos. Todas as frases começam com "quando", e não com "se"; há muitas conversas cheias de marra sobre o que farão quando entrarem em confronto com os rebeldes. O alojamento fica em polvorosa sempre que alguém descobre uma rara notícia em primeira mão, enquanto os boatos são frequentes, criando nervosismo entre os novos recrutas. Muitos deles ligam para casa ou usam seu tempo de folga para conversar com entes queridos, e os Rios de Mural iluminam as paredes da sala comunitária.

Max sente necessidade de conversar com alguém que conhecia Carys. Não alguém que sabia que ela *existia*, como a tia Priya ou até mesmo Kent, que sabiam de sua importância para ele; queria conversar com alguém que conhecera sua risada e suas ambições, alguém que a tocara. Teme que Carys se torne um fantasma, e parte do motivo pelo qual passa tanto tempo olhando para a foto dos Jogos é o desejo de manter seu rosto vivo na memória. Pensa em mandar uma mensagem para Liu, mas faz tempo que o amigo não liga. "Agora me conte sobre sua lembrança favorita de Carys", dissera ele no memorial, e Max lhe dera um murro. Liu fizera várias e várias tentativas, mas ficou claro que Max estava passando por um momento difícil demais de ser processado. O amigo finalmente lhe deu espaço.

Durante uma folga, Max entra em contato com Liljana pelo MenteColetiva. Surpresa, ela responde rapidamente. *O rei das sobremesas*, diz, e a mensagem aparece em vermelho em um cantinho da parede da sala comunitária, onde Max se senta com alguns colegas que conversam com amigos e familiares em Rios de Mural diferentes. *Deixou seus dias de astronauta para trás?*

Acho que sim, responde ele. *Agora eu sou o rei dos ensopados.*
Pelo menos você continua sendo o rei de alguma coisa.
Como você está?
Uma pausa. *Sinto falta dela.*
Ele fecha os olhos. *Eu também.*
Ninguém mais me chama de "Lili" agora que ela se foi.
Sei como é, flexa ele. *Ninguém mais me chama de coisa alguma.*
Faz-se uma pausa, e Max a observa digitar, esperando o texto aparecer.
Pode falar comigo, se precisar.
Obrigado. Você também, adiciona ele, pouco depois. *Se eu já não estiver no que sobrou dos Estados Unidos.*
Boa sorte, flexa Liljana, *e tome cuidado.*

Qualquer senso de perigo que ele sente é relacionado a boatos ou a um futuro nebuloso e vago — enquanto seus colegas pensam em termos de "quando", e não "se", para Max, só existem minutos. Os próximos dez minutos são dedicados a uma corrida de dois quilômetros. Os próximos vinte, para preparar o jantar.

Um dia, Max está lavando 16 panelas, girando a água sobre o aço — nove minutos —, quando a treinadora sênior, que tinha elogiado sua técnica de reidratação, o encontra na cozinha. Ele já está cuidando das facas, amolando uma lâmina após a outra, quando ela lhe faz um pedido.

— Você quer que eu fale com eles sobre o campo de asteroides — repete Max.

— Por favor — diz Kelly, passando-lhe a próxima faca na fila. — Você teve uma experiência direta. Muita gente está com medo.

Ele esfrega a têmpora com uma mão, segurando a pedra de amolar com a outra.

— Você sabe que me inscrevi para ser cozinheiro? Isso não tem nada a ver com o que eu fazia na Agência Espacial.

Ela pensa nas suas próximas palavras.

— A questão, Max, é que, com o seu treinamento na AEVE e a sua experiência, você está mais preparado do que todos nós.

— Não estou.

Kelly abre um sorriso gentil.

— Já ouviu falar do que aconteceu com os primeiros astronautas que viram a Terra da Lua?

Max pensa no assunto.

— *Um pequeno passo*. Não me lembro de mais nada.

— Eles olharam para o nosso planetinha e viram que as fronteiras nacionais não existiam, que os conflitos entre as pessoas eram insignificantes, porque estamos todos aqui, juntos. Chamam isso de Efeito da Visão Global. — Kelly lhe passa a próxima faca. — As pessoas que foram ao espaço e viram a Terra têm uma visão geral que as outras não têm.

Max suspira.

— E você acha que eu tenho isso.

— Estou errada?

Ele não quer dizer que esse provavelmente não foi o tipo de mudança cognitiva que ele teve. Não quer dizer que as únicas mudanças cognitivas que teve no espaço foram sofrimento, perda e um caos mental permanente que tenta suprimir ao seguir uma rotina.

— Eu já te vi correr mais rápido que nossos melhores alunos. Você é capaz de improvisar. De se adaptar. Dentre todas as pessoas aqui — Kelly gesticula ao redor, apesar de estarem sozinhos na cozinha —, é *você* quem deveria liderar a equipe. Você deveria ser o líder.

Max leva um minuto amolando uma faca, pensando em como responder.

— O problema, Kelly... Posso chamá-la de Kelly? O problema é que eu não sou um soldado. E com certeza não sou um herói. — Não há nada heroico em assar batatas, reflete ele.

— Você não vai precisar lutar.

Max respira fundo.

— Sou contrário à posse de armas pelas equipes de ajuda humanitária.

— É só para defesa pessoal.

— Não deveríamos precisar usar força para nos defendermos. O uso de força em nome da Europia é a mesma coisa que estar em uma guerra.

— E quem você acha que ganhou a guerra? — pergunta ela.

— Quem ganhou? — repete ele. — Ninguém. Não existe vitória depois de destruir um continente inteiro.

— Exatamente, Max. Exatamente. E você acha que não foi afetado pelo Efeito da Visão Global. — Kelly balança a cabeça, rindo. — Por que não vai à reunião dos líderes de equipe esta noite e vê o que acha?

— Vou pensar.

Ela se afasta.
— Vai falar sobre os asteroides?
— Vou pensar.
— Ótimo. Esteja no pátio às oito.

— Em nome de quem vocês atuam? — pergunta Kelly, e os líderes de equipe param de conversar e se viram para ela.
— Não de Deus, não do rei ou do país.
— Em nome de quem?
— Do meu próprio.

Curioso, Max sai da cozinha, desamarrando o avental e se apoiando na parede de tijolos dos fundos. Kelly vira o pulso e aciona os Rios de Mural externos nos quatro lados da quadra, e as paredes da universidade ganham vida.

— Pessoal, chegou a hora de conhecerem um pouco mais do mundo que irão visitar. Prefiro que descubram a situação real por mim a entrarem em pânico por causa de boatos.

As quatro paredes são tomadas por imagens ao vivo, e os líderes das equipes em treinamento são cercados pela projeção, olhando em todas as direções, a fim de absorver a cena.

— Não é nada além das suas capacidades — diz Kelly —, mas eu quero que estejam preparados.

Uma grande placa da Universidade do Sul da Geórgia, inchada e descascando, está abandonada no acostamento de uma estrada, os prédios de madeira branca há muito caíram aos pedaços, mas os jardins e uma torre de relógio dilapidada ainda se mantêm de pé. A câmera foca essa cena, imóvel, permitindo que seus olhos se acostumem, antes de a imagem girar para exibir o restante do terreno.

Há uma expressão coletiva de surpresa.

— O que poderia ter causado isso? — pergunta-se alguém, horrorizado.
— Humanos — diz Max, baixinho, com o coração acelerando.

Fissuras e crateras se espalham pela cena, com buracos negros em espaços antes ocupados por prédios e cidades — a verdejante e exuberante Geórgia do passado se fora. Eles enxergam rostos abatidos que não existem mais, já que não há sinal de vida ali, em lugar algum. Cinzas cobrem tudo, uma poeira grossa que paira na altura dos tornozelos, levada pelo vento, girando com o movimento da câmera. O grupo leva um instante até perceber que as cinzas flutuam sobre restos mortais humanos.

— Seis dispositivos — diz a treinadora, e sua voz também soa baixa. — Seis dispositivos nucleares, instalados perto o suficiente uns dos outros para criar uma reação em cadeia. — Kelly olha ao redor, para cada um dos líderes, enquanto eles se esticam para observar a destruição nas quatro paredes. — Foi assim que os seres humanos causaram isso. Foi o que fizeram uns com os outros.

A cena se foca nos restos de um crânio, e Max se sente enjoado, seu coração bate erraticamente contra as costelas. A estrutura da câmera desloca a caveira, e ela sai rolando em direção ao grupo, exibindo uma juba de cabelos castanhos. Max dá um salto para trás.

— Jesus Cristo.

— Por que fizeram isso? Petróleo? — pergunta alguém.

— Petróleo — confirma o líder que brincara com Max sobre os croutons —, dinheiro, poder, domínio.

— Mas que merda — diz um recruta. — A Europia é a solução.

Max sente um formigamento na pele que vai da espinha às têmporas, a ansiedade se acomodando nele. As pessoas murmuram em concordância, e o nível de aprovação aumenta, mas o tom diminui conforme os alunos continuam a observar o terreno devastado.

— Não se esqueçam — diz Kelly — de que nosso único objetivo é ajudar as pessoas.

Max se afasta da parede, esgueirando-se para longe do grupo, enquanto o ar fica preso em seus pulmões, que começam a arder com o pânico. Ele deixa os colegas para trás, buscando um lugar mais isolado.

Não era para ser assim, pensa ele. Aquela experiência deveria ser vazia, com uma rotina e um regime de exercícios repetitivos. Max se voluntariara para as equipes de ajuda humanitária como se atraído pelo vácuo — um lugar com atividades simples e habilidades pouco elaboradas. Algo completamente diferente do espaço.

— Eu não consegui salvar você — sussurra ele, vendo o crânio ao fechar os olhos, e a juba de fios castanhos que gira em sua direção em câmera lenta se mistura à imagem de Carys, os cabelos castanho-claros caindo sobre ele na noite em que foram para a cama depois dos Jogos — "Nunca quis tanto algo na vida." — E uma lágrima solitária escorre pelo seu rosto.

Não era para ser assim, pensa ele. A guerra não deveria ser tão *parecida*.

Liljana?, flexa Max, desesperado, acionando o chip.

E aí? A resposta é rápida, e ele respira fundo, aliviado.

Não consegui salvá-la.

Conseguiu, sim. Você a salvou quando se conheceram. Ela se sentia tão sozinha...

Eu a decepcionei. Max digita seu medo mais sincero: *E continuo a decepcionando.*

Liljana troca a conversa por uma chamada de voz, e o *ping* dá um susto em Max. Ele atende, surpreso.

— Alô?

— Você não precisa viver se preocupando em cumprir expectativas — diz ela. — Você só precisa *viver*. Olhe só as coisas que está fazendo, ajudando as pessoas, cozinhando para os mais necessitados. Esse tipo de atitude faz pessoas como eu acreditarem no sistema.

— Você já acreditava no sistema. — Ele se apoia nos tijolos vermelhos e amarelos. O suor escorre pelas suas costas e testa. — A vida aqui não é o que eu imaginava. Achei que fosse receber treinamento para alimentar e ajudar sobreviventes. Mas é como se fosse... um exército. — Liljana espera. — Querem que eu seja um soldado. — A voz dele se torna embargada. — Acham que sou um herói.

— Max, você é um sobrevivente. Carys achava que você era um herói.

Na noite quente do Voivoda 9, ele caminha sob os velhos arcos da universidade, chegando a um jardim pavimentado.

— Carys achava que eu era um monte de coisas.

— Não acha que precisa se dar um desconto? Não foi isso que eu quis dizer. Carys admirava você, e você, por sua vez, se esforçava para alcançar suas expectativas. E ela fazia o mesmo. Está me entendendo? Quando estavam juntos, vocês eram as melhores versões de si mesmos. Ela o tornou mais tranquilo e ambicioso. E, por outro lado, Carys era mais forte e mais feliz com você.

— Talvez — responde Max, uma artéria ainda pulsando no pescoço enquanto os efeitos do ataque de pânico bombeiam seu sangue.

— Então, talvez você esteja perdido sem ela, mas ela também estaria sem você.

— Eu não sou um soldado, Liljana. — A voz dele falha. — Jamais quero ser a pessoa que põe duas vidas numa balança e decide quem merece viver e quem merece morrer.

— Eu entendo — diz ela. — Você não quer que a vida tome essa decisão por você de novo.

— Queria poder voltar no tempo e desfazer o que houve — responde Max, e sua lágrima solitária rapidamente ganha companhia enquanto seu coração se parte.

— As pessoas costumavam acreditar — diz Liljana — que nós tínhamos a chance de viver de novo. Repetimos nossas vidas uma vez após a outra, e a única forma de seguir em frente é tomando uma decisão diferente, causando um resultado diferente. Só assim podemos alcançar um plano superior. Então, aquele momento horrível pelo qual você passou é só um instante que pode ser revivido com um resultado diferente, todas as vezes, até encontrar a resposta *certa*. Quando esse momento voltar, você vai tomar uma decisão. Vai tomar a única decisão que poderia ser tomada.

— Se eu pudesse, faria tudo diferente — responde ele, desesperado, e, enquanto pensa nas duas vidas na balança, sua mente volta ao passado em um redemoinho, como se a cena rebobinasse, como um rolo de filme...

Vinte e sete

Seis minutos

A luz segue lentamente na direção deles, um fantasma de esperança.

— Não estamos ficando doidos — afirma Max. — Não é uma miragem.

— Não, Max — diz Carys, baixinho. — Não é uma miragem.

Abaixo deles, a poeira do campo de asteroides gira ao redor do maior meteoroide, uns vinte metros abaixo dos seus pés. Mais além, uma nuvem grande se forma sobre a África. Porém, Max não vê nenhum dos fenômenos naturais nem a luz do satélite que aos poucos se aproxima deles. Em vez disso, olha para Carys, seus cabelos castanho-claros presos em uma trança ao redor da cabeça, dentro do capacete de astronauta, a pequena margarida acomodada entre os fios, pequenas mechas caindo pelo seu rosto. A mão dela é clara e desnuda contra a escuridão do universo. O fio branco, mal amarrado, flutua ao redor do seu dedo na microgravidade, e ele o encara, mas então volta o olhar para o rosto dela.

— Por que está me olhando assim?

— Assim como? — Ela sorri, sua expressão é meio vacilante.

— Como se não me visse há meses.

— Eu sinto como se tivessem sido anos.

Carys toca seu ombro.

— Parece que você foi à guerra. — Os olhos de Max vão para o fio ao redor do dedo dela, depois voltam para o seu rosto enquanto ele fica mudo, e ela assente com a cabeça. — Vamos parar em um ponto de Lagrange daqui a pouco.

Instintivamente, os dois dobram as pernas, como bailarinos aterrissando no palco, e, ao chegarem ao asteroide pedregoso, eles param de cair.

— Essa tal de física, né? — diz Max, obediente. — Sempre funciona.

— Tirando a época em que pensavam que a Terra era plana. — Carys agarra a mão desnuda dele, e Max aperta a dela de volta. Os dois levam um segundo sentindo a pele um do outro, antes de ela olhar para cima. — De perto, aquele asteroide é enorme.

— Enorme — concorda Max. — Não acredito que passamos raspando por ele.

— Desculpe.

— Pare com isso.

Sem estar pronta para tocar no assunto, Carys faz a pergunta para a qual já sabe a resposta.

— Quanto tempo temos?

— Agora? — questiona ele. — Acho que o satélite vai chegar em seis minutos.

— Seis minutos. Não é muita coisa.

Max puxa a mão de volta, mais por conveniência do que para demonstrar qualquer sentimento. Seis minutos: o tempo necessário para cozinhar um ovo com gema mole perfeito; a duração média do sexo entre a maioria dos casais; o tempo total que levaram para dizimar Nova York.

— É uma vida inteira — diz ele. — Você se arrepende?

— Do quê? Disso? Não — responde Carys, rápido demais. — Talvez. Não sei. Tem momentos em que acho que teria sido melhor não pedir a revogação.

Max faz uma careta.

— O problema, Carys, é que você não pediu nada. Eu pedi. Isso torna tudo o que aconteceu minha culpa. — Ela não responde, e ele morde o lábio. — É a minha vez de pedir desculpas.

— Não precisa. Acho que não ficaríamos bem separados.

A poeira do asteroide passa ao lado dos dois, momentaneamente cobrindo o brilho do satélite.

— Tem razão — diz Max. — Não ficaríamos.

Carys levanta o pulso, esticando os dedos.

— Vou tentar entrar em contato com Osric.

— Boa ideia. — Ele lhe lança um sorriso.

Ela ajusta a tela no lugar, presa entre as juntas dos dedos, e começa a digitar uma mensagem.

Aqui é Carys Fox, da Laertes, *solicitando assistência imediata. Você consegue ler esta mensagem?*

Ela espera.

Repito: aqui é Carys Fox, da Laertes, *solicitando assistência imediata. Você consegue ler esta mensagem? Câmbio.*

— Ninguém responde — diz a Max.

— Continue tentando.

Por favor, Ric.

O sistema de áudio estala com um *ping* ressoante.

```
Olá, Carys. Aqui é Osric.
```

— Osric — suspira ela, enquanto o texto azul preenche a lateral do vidro do capacete.

```
Estou me comunicando diretamente com o computador
do satélite para lhe transmitir esta mensagem, Carys.
```

Obrigada.

```
Há alguma pergunta que queira me fazer sobre o
drone, Carys?
```

Não, obrigada.

```
Tem certeza, Carys?
```

O que foi que conversamos, flexa ela, *sobre adicionar meu nome no final de cada frase?*

```
Desculpe.
```

Obrigada. Osric, estou certa em achar que, na eventualidade de uma catástrofe no espaço, os registros do sistema de comunicação da AEVE se tornam domínio público?

Uma pausa. `Sim, Carys.`

Tudo que lhe enviamos por flex em nossos últimos momentos estará acessível aos cidadãos da Voivodia?

Outra pausa. `Sim, Carys.`

Certo. Espere um pouco.

— Cari? — chama Max.

— O satélite é um dos nossos drones. Ele vai chegar em seis minutos. Você tem seis minutos de ar e, portanto, eu vou ter dois.

— É, sim. Desculpe por...

— Não tem problema. Precisávamos tentar alternativas. Sempre houve o risco de alguma coisa dar errado. Se não fosse o seu propulsor, eu teria nos matado com ozônio.

— Mas talvez você criasse oxigênio negro, o que seria impressionante.

Ela ri.

— Teria sido genial, não é? Tome essa, física.

— Acho que, tecnicamente, seria química.

— Muito engraçado. Agora, escute, porque estou tentando ser prática.

Max fica sério.

— Já percebi.

— Você vai sobreviver e consertar as coisas que começamos a arruinar. — Carys pega a mão dele. — Porque demos início a uma reação em cadeia, conscientemente ou não. Chamamos tanta atenção para uma regra da qual *nós* não gostávamos... que destruímos o conceito de bem maior. — Ela o encara, implorando para que compreenda. — Acho que a Europia não era uma utopia para mim. Nunca me adaptei ao ideal do Individualismo, mas isso não quer dizer que eu queira destruir o sistema. Então, por favor, Max. Você precisa voltar e consertar as coisas.

— Não posso fazer isso, Cari.

Ela suspira.

— Estava com medo de essa ser a sua resposta.

— Vi o que aconteceria com a minha vida sem você e, para falar a verdade, ela seria terrível.

— Talvez seja boa.

— Não, eu tenho certeza. Vi o que acontece — diz ele. — Minha família não vai me perdoar, e não terá mais lugar para mim na Terra. As habilidades que tenho, as coisas que eu quero fazer... Ninguém precisa de mim se você não estiver lá. Sem você, não tenho nada de heroico.

Carys fica contemplativa.

— Mas nós estragamos tudo, Max.

— Não.

— É verdade. Fizemos as pessoas começarem a analisar as regras.

— Ela se estica para tocá-lo.

— Pode até ser — responde Max —, e eu não gosto de ter que dizer isto, mas qualquer sistema que pode ser arruinado pelo fato de eu amar você já era bem frágil antes.

Ela respira fundo, colocando sua mão desnuda sobre a dele.

— Uau!

— Eu sei.

— Não acredito. Max Fox está rejeitando a utopia?

— É verdade.

— E, também, com licença, mas você disse que me ama?

— É claro que amo. Só me arrependo de não ter dito isso com mais frequência. Deveria ter lhe dito todos os dias.

— Não — afirma ela, com a voz baixa. — De certo modo, assim significa mais.

— Eu tentei. Especialmente na nave. Sempre gostei da parte de *Hamlet* em que ele escreve uma carta para Ophelia. Queria ler para você. Era o que estava tentando fazer hoje cedo.

— Ah, é?

— Sim. — Max pigarreia.

> *"Duvides que as estrelas sejam fogo,*
> *Duvides que o Sol se mova,*
> *Duvides que a verdade seja mentira,*
> *Mas nunca duvides de meu amor."*

Carys fica visivelmente emocionada.

— Está citando Shakespeare para mim, Max?

— Sim.

— Puta merda! Talvez a gente esteja alucinando de verdade — diz ela. — Devem *mesmo* ter programado nosso oxigênio para ser liberado mais devagar no final.

— Cale a boca.

— Desculpe. — Carys ri.

— Pare de me provocar. — Ele a agarra e a abraça, o mais forte que consegue. — Você está estragando o momento.

— Só fiquei feliz por você ter dito que me ama.

Max fica imóvel por um instante, depois ajeita o traje espacial em um momento de timidez.

— Precisamos aprontar você.

Ela suspira.

— Max...

Ele vai para as costas de Carys, finge ajeitar o cilindro dela, ajustando alças e cabos.

— Pronto. — Max fica onde está. Ela estica a mão desnuda por cima do ombro, e ele a segura, provavelmente pela última vez. — Escute, Carys. Você vai precisar trocar os tubos quando seu ar acabar. Afrouxei o seu antes; você só precisa trocar e prender o tubo no outro cilindro, está bem? Gire-o até senti-lo travar. — Max dá um tapinha na mão dela. — Entendeu?

— Não, Max. Eu sei o que você está tentando fazer, e não vou deixar. Você não vai me deixar com essa baboseira de herói. Não vai me dar o seu cilindro — diz Carys, virando-se tão depressa que ele dá uma guinada para a lateral dela. — Não vou deixar que faça isso. Você não precisa me salvar.

— Cari, não — diz ele.

— Não vou ser a mesma pessoa se deixar você aqui. Então, não posso fazer isso.

Max fica chocado.

— Pois é — continua ela, a voz voltando ao normal. — Mas você ainda tem tempo. Pode chegar ao drone, voltar à Terra. Ver seu irmão outra vez. — Ela endurece o coração. — É egoísta da sua parte abandonar Kent com tanta facilidade.

— Com tanta facilidade? — grita Max. — Acha que qualquer parte disso foi *fácil*? Porque viver sem você também não seria fácil. Não vou deixar que corte o cabo nos prendendo para *me* salvar. Você diz que eu quero ser um herói, Cari, mas você é igual a mim.

— Desculpe por ter destruído a nave — diz ela, mudando rapidamente de assunto.

— Você fez isso?

— Sim. Fui longe demais. Achei que tinha visto... Não, *vi* uma rota através dos asteroides. Uma forma de chegar ao outro lado.

Max levanta as sobrancelhas.

— Uma saída? Uau!

— Eu sei — diz Carys. — Mas bati a nave enquanto tentava chegar lá. O casco foi destruído por um meteoroide, e aí... você sabe o resto. Desculpe.

— Ah, paciência.

— Só isso?

— Não tem nada que a gente possa fazer agora — responde ele, olhando ao redor. — Mas uma saída? Cari, você encontrou uma solução.

— E arrisquei nossas vidas também. E, agora, estamos presos aqui.

— Por dois minutos, talvez menos. Tem certeza, Carys?

— Tenho. E você?

Os dois respiram fundo, nenhum deles querendo contar quantas vezes ainda podem fazer isso antes do fim.

— Então estamos decididos — diz ele, triste. — Nenhum de nós quer ir embora no satélite.

— Eu não quero de jeito nenhum. E você?

— Não — responde Max. — Não sei o que fazer sem você.

Carys suspira.

— Então está resolvido.

— Sim.

— O que vamos fazer?

— Acho que podemos parar um momento — diz ele. — Vamos ver a aurora boreal passando pela atmosfera, pensar em nossas famílias, agradecer pela nossa sorte e dizer boa noite.

— Que definitivo!

— O tempo está acabando, Cari. É como dissemos uma hora atrás: ou deixamos isso acontecer *com* a gente, ou tomamos as rédeas da situação e acabamos com tudo por conta própria.

— Vamos acabar com tudo por conta própria — responde ela. — Certo. — Sua mão sem luva pega a dele, e ela respira fundo. — Vamos contar até três?

— Vamos contar até três.

O sistema de áudio deles estala.

— Um.

— Dois...

— Espere! — Carys joga as mãos para cima. — Sempre quis que você pensasse que eu não precisava ouvir sobre os seus sentimentos ou expressar os meus. Mas quero lhe dizer que amei você, provavelmente desde o momento em que salvou minhas batatas, até agora. Desculpe, mas essa é a verdade, e eu queria que soubesse disso.

Max respira fundo.

— Amor à primeira vista? Cari, isso, *sim*, é romântico. Obrigado. Não mereço tanto. — E então ele muda de tática, incapaz de resistir. — Mas sempre soube que você estava fingindo.

— E eu sempre soube que você era um idiota — rebate ela —, mas, por algum motivo, ainda estamos juntos.

— Sim, estamos. Sozinhos no espaço. Sem *pings* de Osric...

— Osric. Eu quase esqueci.

Ela rapidamente digita o que se lembra das coordenadas da saída do campo de asteroide e as envia para Osric por flex. Transcreve as manobras mais simples e a rota que os tirou do cinturão, mas que acabou destruindo a nave quando chegaram ao outro lado. O texto azul pulsa e desaparece no vidro do seu capacete.

— Sozinhos no espaço — repete ele.

— Estamos no meio do nada, Max.

Ele sorri.

— Pois é. E é engraçado, porque o significado verdadeiro de *utopia* não é lá embaixo, num "lugar perfeito". — Ele aponta para a Terra, lentamente girando abaixo dos dois. — Em grego, *utopia* significa "lugar nenhum".

— Está dizendo que, apesar de toda aquela lenga-lenga, a Europia nos mandou para uma utopia de verdade? — Carys cai na gargalhada.

— Sabe de uma coisa? — começa Max. — Desde que chegamos, eu não via a hora de voltar para casa. Achava que nossos melhores dias seriam na Terra. Mas, apesar de tudo, fui muito feliz aqui em cima, com você. O lugar perfeito não depende de um regime político ou de um movimento filosófico. Depende disso, depende de nós — diz ele e, delicadamente, ela começa a chorar.

Você tem a mim, dissera Max muito tempo atrás. *Cari? Eu disse que você tem a mim*, apesar de ela nunca ter acreditado de verdade nisso. Mas ali estava ele, com ar suficiente para sobreviver e voltar para casa e, em vez disso, escolhera...

Carys para.

Osric, digita depressa, *eu lhe enviei as coordenadas da saída do cinturão de asteroides. É navegável, apesar de estreito. Acho que vocês vão conseguir sair da Terra de novo, caso queiram. Mas, antes, diga a eles...*

Ela pensa no que quer falar. Reflete sobre as palavras que a mãe disse, ou diria, ou poderia ter dito, reconhecendo, enfim, que Gwen não estava totalmente certa.

Diga a eles que o primeiro amor pode acabar com você, mas também pode ser a sua salvação.

Eles observam a aurora boreal dançar pela atmosfera sobre o Ártico e os territórios do norte, uma gama de tons verdes cambaleando e caindo pelos céus acima dos seus futuros lares alternativos — em um futuro que eles jamais conhecerão.

O alarme de Carys começa a apitar enquanto observam as luzes.

— Chegou a hora.

Ele observa o topo da aurora, os raios vermelhos apontando para o espaço, invisíveis para os expectadores casuais que observam os azuis e os verdes na atmosfera nortenha.

— Max, eu... — Ela gesticula para o traje espacial, os alertas piscando em vermelho, o rosto abrigando uma expressão pesarosa. — Acho que não vou conseguir.

A ideia de remover seu abastecimento de ar, mesmo que ele esteja acabando, é aterrorizante.

— E se tirarmos o ar um do outro? — Max a puxa gentilmente para um abraço, e posiciona a mão sem luva sobre a rosca às costas dela. — Agora, faça a mesma coisa comigo.

Carys ergue os braços e os leva às costas de Max, apoiando as mãos levemente no vidro do capacete. Gentilmente, levanta os dedos desnudos, posicionando-os no tubo na base do pescoço dele. O fio de algodão branco, mal amarrado em seu dedo, fica solto.

— Nada de pedir desculpas — diz Max. — É o que queremos fazer.

Ela faz que sim com a cabeça, e seu segundo alarme começa a soar.

— No três.

— Chega de contar, Max — pede ela, e ele compreende. — Chegamos ao fim.

Com muita delicadeza, sem fechar os olhos ou desviar o olhar, com os braços erguidos e presos um ao outro, Max e Carys soltam os capacetes, respirando o frio da escuridão.

Atrás deles, a luz da Via Láctea queima como brasa enquanto seus pulmões se apertam; e, envolvidos nos braços amorosos um do outro, sob o peso de mil estrelas, Max e Carys começam a dançar.

Agradecimentos

Darcy Nicholson trabalhou incessantemente nesta história, sempre com pontos de vista brilhantes, paciência e bom humor — obrigada, Darcy, por fazer de mim uma escritora melhor. Meu editor, Simon Taylor, foi um guia fantástico, assim como a equipe genial da Transworld, incluindo Sophie Christopher, Nicola Wright, Sarah Whittaker, Deirdre O'Connell e Lizzy Goudsmit — obrigada a todos.

Juliet Mushens, a melhor agente e a pessoa mais maternal que existe, vendeu este livro para o mundo todo e segurou minha mão enquanto fazia isso. Obrigada também a Sasha Raskin, Nathalie Hallam, Sarah Manning e Howard Sanders, da United Talent Agency.

Karen Kosztolnyik acreditou neste romance desde o início — obrigada a todos da Gallery em Nova York, assim como a Nita Pronovost, da Simon & Schuster Canadá.

Em 2013, Richard Skinner, diretor do programa de ficção da Faber Academy, me disse, sem rodeios, que eu deveria terminar o primeiro rascunho deste livro. Quando Max fala que "a vida após a morte é o que deixamos para os outros", ele está citando o poema "izba", de Richard, que foi usado com sua permissão e meus agradecimentos.

Minhas amigas e primeiras leitoras, Katy Pegg e Kate McQuaile, deram suas opiniões iniciais e me incentivaram a seguir em frente. Obrigada por me ajudarem a acreditar que podia fazer isso. E a Dan Dalton, por reorganizar a primeira página.

Ian George, John Fletcher e a equipe da Paramount Pictures: é um desafio ter duas carreiras, mas, com o seu apoio, tudo ficou mais fácil.

Meus pais, Jane e Don Wood, foram a inspiração da vida real para a proximidade entre Carys e Gwen. Por outro lado, os pais horrorosos de Max foram criados ao imaginar todas as coisas que eles nunca, jamais, diriam. Vocês são fantásticos. Obrigada, amo vocês.

Minha família maravilhosa: Sam e Liz, Amber e Ella, Finley e Sol, Poppy e Marley. Os dois últimos são cachorros, mas eles também fazem parte da nossa família...

E, finalmente, a Jonathan Hopkins, pelo chá matinal, pelo incentivo para eu cumprir meus prazos e pelas piadas sobre pessoas-preguiça. Esta pessoa-preguiça aqui foi à luta e escreveu um livro! Obrigada por tudo.

Este livro foi composto na tipografia
Minion Pro, em corpo 11,5/15, e impresso em
papel off-white no Sistema Digital Instant Duplex
da Divisão Gráfica da Distribuidora Record.